# Femplex

Eerste druk, februari 2009
© 2009 Pepijn Bierenbroodspot

ISBN: 978-90-484-0540-4
NUR: 301

Uitgever: Free Musketeers, Zoetermeer
www.freemusketeers.nl

## Free Musketeers
uitgeverij en producties

# Femplex

## Pepijn Bierenbroodspot

# Deel I

# .1.

Ik heb mijn hele leven geworsteld met een bepaald soort eenzaamheid. Om die enigszins te verduidelijken moet ik wat vertellen over mijn familieachtergrond.

Mijn vader is Duitser.

Ik ben dus, feitelijk, half Duits.

Minder Duits dan de leden van ons koningshuis, maar toch. Nu heb ik eigenlijk helemaal niets met Duitsland.

Ik mocht graag enkele jaren geleden – in die tijd had ik nog een rode Mercedes 560 SL V8 roadster – bij het binnenrijden van Duitsland roepen: 'ah, zeruck in der Heimat,' maar ik vrees dat dit zelfs taaltechnisch helemaal fout is.

Ik spreek beter Frans dan Duits, en mijn Frans is belabberd.

Ik heb niets met Duitsland.

Begrijp me goed, ik heb ook absoluut niks tegen dat land. Ik vind Duitsers nette en aardige mensen, beter opgevoed dan Hollanders, ze maken goede auto's en ze hebben een cultuur om trots op te zijn. Een van mijn favoriete muziekstukken aller tijden is Beethovens Negende Symfonie, met het fenomenaal mooie slotkoor, op tekst van Schiller, 'Ode an die Freude'.

Mijn vader komt oorspronkelijk uit Düsseldorf, een stad waar ik zelfs nog nooit geweest ben.

Zou ook weinig nut hebben, want het gedeelte waar hij tot zijn achtste heeft gewoond is volledig platgebombardeerd. Mogelijk door mijn grootvader van moeders kant, want dat is een zwaar gedecoreerde oorlogsheld die meer dan 105 bombardementsvluchten vanuit Engeland boven de heimat van mijn vader heeft uitgevoerd.

Ik ben geboren in 1965 en heb weleens tegen een vriendin die in 1979 was geboren gezegd dat ik tot de laatste generatie behoor bij wie de Tweede Wereldoorlog een duidelijke rol heeft gespeeld in de achtergrond van de ouders en daardoor in de opvoeding.

Mijn vader is in 1976 of zo genaturaliseerd, maar ik ben en blijf half Duits.

Paps kwam op zijn achtste naar Nederland.

Zijn vader is naar Spanje gegaan om met de Rode Brigades tegen Franco te gaan vechten, en van hem is sindsdien nooit meer iets vernomen.

Misschien heb ik wel een hele zwik familie in Spanje.

Ik hoop nog altijd dat de Spaanse variant van *Spoorloos* opeens voor mijn deur staat en dat ik liefdevol word opgenomen in een warme Spaanse familie van achterneefjes en -nichtjes, maar ik acht die kans bijzonder klein.

Mijn vader had een zusje, maar dat is voor de oorlog gestorven aan tbc, en zijn moeder stierf aan het einde van de oorlog. Mijn vader was dus enig kind en wees.

Mijn moeder, geboren in ons Indië en dochter van een Zeeuwse notarisdochter en een Amsterdamse marineman, is ook enig kind.

Ik ben dus het enig kind van twee enig kinderen.

Laat de gevolgen op u inwerken.

Ik heb geen broers, geen zusjes, geen neefjes, geen nichtjes, geen ooms en geen tantes. Geen achterneefjes, achternichtjes, achterachterneefjes, oudooms en ga zo maar door.

Mijn grootmoeder is recent overleden.

Mijn familie bestaat uit maar twee personen.

Ik heb een vader die ik weinig zie, hij is altijd weg vanwege zijn vak (reisboekenschrijver) en ik heb een moeder die ik weinig wil zien.

Ik volg haar namelijk niet.

Nadat mijn grootvader was overleden, stond er een grote overlijdensadvertentie in de krant met mijn naam eronder. In de maanden daarna bespeurde mijn moeder een 'Pepijn'-epidemie in de geboorteannonces. Die knipte ze uit en stuurde ze naar me op.

Het nut daarvan ontging me volledig.

# .2.

Het enig kind van twee enig kinderen zijn heeft voor- en nadelen.
Een voordeel is dat je uitermate onafhankelijk in het leven staat.
Toen ik besloot naar het eiland te gaan waar ik nu woon, had ik
geen leuke neefjes en nichtjes die ik per se moest zien opgroeien
of die ik zou gaan missen. Voorts heb ik, tot mijn grote vreugde,
weinig begrafenissen. Ik heb immers geen ooms of tantes die het
tijdelijke met het eeuwige verwisselen.
Het nadeel is een diep en wezenlijk gevoel van alleen zijn.
Het is, denk ik, niet de bedoeling dat je in dit leven ternauwernood
familiebanden hebt.
Ik besef terdege dat je wezenlijk eenzaam bent vanaf het moment
dat je geboren wordt, dat je wezenlijk (helaas) alleen leeft en dat je
in essentie alleen sterft, maar bloedbanden maken – denk ik, want
ik weet het natuurlijk helemaal niet – dat je dat minder beseft.          9
Een gezellig familiediner met damast, kristal, kaarsen, wildgebraad
en cranberrycompote is als balsem voor de eenzame ziel.
Kan de liefde mij redden van de eenzaamheid?
Op het moment in mijn leven dat dit verhaal begint zette ik daar
grote vraagtekens bij, want ik had naast de vloek van het enig kind
zijn ook al geen enkel voorbeeld van een geslaagd huwelijk – wat zeg
ik; een geslaagde relatie – in mijn omgeving.

Mijn ouders zijn nooit getrouwd.
(niettegenstaande het feit dat ik echt met de beste bedoelingen en
volledig uit liefde gemaakt ben)

Mijn grootouders van moeders kant zijn gescheiden.
(bijzonder in die tijd!)

Mijn grootouders van vaders kant zijn gescheiden.
(bijzonder in die tijd!)

De ouders van de vriend van mijn moeder (de schaduw over mijn jeugd) zijn gescheiden.

(bijzonder in die tijd!)

Mijn moeder en haar vriend (de schaduw over mijn jeugd) zijn niet meer samenwonend en al helemaal nooit getrouwd.

(normaal in die tijd!)

Ik ben opgegroeid met geen enkel gelukkig huwelijk in mijn omgeving.

Ik ben opgegroeid met geen enkele stabiele liefdesrelatie in mijn omgeving.

Dat houdt niet in dat ik denk dat het mij niet gegund is!

Ik ben aanhanger van het realistisch optimisme.

Zeker aan het eind van die dertigste april.

# .3.

Ik ontmoet haar op 30 april, Koninginnedag.

Nou vind ik dat geen dag om iemand te leren kennen.

Om te beginnen ben ik republikein.

Bovendien wordt wat ooit mijn stad was, Amsterdam, dan bevolkt door bier brakende Britten, blowende Belgen en andere tomeloze toeristen en mensen van het soort waar de term Nederlander niet op van toepassing is, maar Hollanders, een soort uit de krochten van de provincie ontsnapte waggelende frikadellen die gebiologeerd zijn door één ding: BIER.

De stad wordt overgenomen door ze.

Daar word ik niet vrolijk van.

Ik heb het niet zo op groepen en al helemaal niet op groepen beschonken idioten die zich hullen in elke schakering oranje, de vreselijkste kleur die er is.

Koninginnedag brengt het beste in een mens naar boven. Gelukkig regent het stevig de ochtend van die dertigste april, dat scheelt minstens tweehonderdduizend mensen van buiten Amsterdam en dat maakt de Koninginnedag een stuk leuker.

Ik sta in het Vondelpark bij het Filmmuseum als ik haar tegenkom. Nou is 'tegenkomen' niet het goede woord; we worden aan elkaar voorgesteld door een vriend van mij die, door de gebeurtenissen die volgen, mij nooit meer zal willen zien.

Ze is lang.

1 meter 79.

Ik hou eigenlijk helemaal niet van lange vrouwen.

Ze blijkt in een soap te spelen en ze heeft, door de daaraan gekoppelde vervelende vorm van bekendheid, zich de gewoonte aangemeten om zich zeer verhullend te kleden. Haar figuur kan ik dus niet goed beoordelen.

Ook draagt ze een volstrekt oncharmante jongenspet. Niet een of andere hippige baseballcap, nee, echt een Gilbert O'Sullivan-geruite pet van een of ander non-descript Engels tweedje.

Onder die pet piekt wat haar.

Het haar is niet rood zoals bij een roodharige, maar bietjeskleurig.

Zoals de bietjes van Hak.

Mijn voorkeur ligt bij blond. Ik ben zelf blond, met krullen. Meestal schijn je dan juist op een andere haarkleur te moeten vallen, maar ik ben dol op blondines. Niet fopblond uit het pakje of flesje maar echt blond. Op de een of andere manier associeer ik dat met zomer, zon, tarwevelden en naakt springen in hoog Zweeds gras. Ik vind het heerlijk om met mijn gezicht in een grote bos lang blond haar te liggen.

Donker haar is goed, als het maar lichtbruin is. Er is absoluut niks saaier dan zwart haar, zoals je dat bij sommige mediterrane dames aantreft. Er is geen enkele leuke kleurnuance in dat haar te ontdekken.

Het is gewoon zwart. Saai.

De Vondelparkdame heeft rood geverfd haar, merkwaardig genoeg een kleur die je steeds meer in het straatbeeld ziet. Later zal ik erachter komen dat heel veel vrouwen hun haar geverfd willen hebben zoals zij haar haar in de soap droeg.

Dit land gaat aan haarverf ten onder.

Ik heb al niets met natuurlijk rood haar, laat staan met geverfd rood haar. Natuurlijk rood haar is namelijk gekoppeld aan een lijkbleke lichaamskleur, en daar heb ik het niet zo op.

Ik ben meer van de gebruinde lichamen, en bruin worden lukt roodharigen niet. Hier, op het eiland waar ik nu woon, zie ik soms roodharigen die met vakantie zijn.

Zuchtend en steunend banen zij zich een weg door de hitte.

Meestal zijn ze gruwelijk verbrand.

Alleen al het kijken ernaar doet pijn.

De merkwaardige haarkleur blijkt een kenmerk te zijn van haar rol in die soap die ik nog nooit gezien heb.

Verder heeft ze diepbruine ogen. Ik heb niets met diepbruine ogen. Er is weinig in te zien. Ze zijn emotieloos en saai. Blauwe ogen, of zoals ikzelf heb, grijsblauwgroene ogen, zijn leuk om in te kijken.

Er gebeurt nog eens wat!

De overtreffende trap zijn groene ogen.

Ik word dus voorgesteld aan een lange, slanke vrouw met donkerbruine ogen en bietjeshaar.

Eufemistisch gezegd: niet direct mijn type.

'Hai, ik ben Femmetje van Spui.'

Femmetje? Laten we wel wezen: als je Femmetje heet (of Wanda, Eva of Petra), dan ben je blond.

'Ik ben Pepijn.'

'En wat is je achternaam?'

'Bierenbroodspot.'

'Echt?'

# .4.

Mijn achternaam, die echt is en stamt uit 1453, toen de Hoornse scheepsbouwer Pieter Bierenbroodspot besloot zich te noemen naar zijn favoriete gerecht, wordt zelden direct voor waar aangenomen. Mensen denken dat het een bedrijfsnaam is.

Ik verdien mijn geld met mijn stem. Ik spreek onder meer commercials in. Ik heb één klant er nooit van kunnen overtuigen dat het echt geen artiestennaam was.

'Bierenbroodspot? Wat een leuke bedrijfsnaam! Jij verdient je bier en brood met het inspreken van spotjes!! Hilarisch!!!'

Ik moet, terwijl het toch echt niet zo moeilijk is, mijn naam ook ALTIJD spellen.

Dat kan ik dus ook heel snel.

'Wilt u dat even spellen?' 'Bernardizaakeduardrudolfeduardnico-bernardrudolfottoottodirksimonpieterottotheodoor.'

'Eh sorry, meneer Burenoodpot, kunt u dat nog een keer herhalen?'

In het contact van aangezicht tot aangezicht laat ik meestal mijn bankpasje zien, waar naast mijn achternaam ook nog *drs.* op staat. Na mijn afstuderen heb ik dat er ooit in een lollige bui voor laten zetten. Je scoort er punten mee, zeker bij hen die geen drs. voor hun naam hebben staan. Eenieder die is afgestudeerd weet dat die hele titel niks voorstelt.

# .5.

Ik laat Femmetje mijn bankpasje zien om te bewijzen dat ik echt Bierenbroodspot heet.

'Goh, wat een leuke achternaam. Ik vind Pepijn trouwens ook een heel leuke naam.'

Mijn vriend, die ons aan elkaar heeft voorgesteld, moet platen gaan draaien voor de mensen die naar Vertigo zijn gekomen. Zijn broer komt bij ons staan.

'Goh, wat leuk, sta ik daar in het Vondelpark met twee bekende mensen. Althans, excuseer, een bekende actrice en een bekende stem.'

Ik ben zenderstem en tekstschrijver van DBS7. Ik doe het werk al een flink aantal jaren en mijn stem is redelijk bekend. Ik spreek de zogeheten promo's in, de 'commercials' ter promotie van de eigen programma's van de zender.

Net zomin als ik ooit Femmetje op de televisie heb gezien heeft Femmetje mij ooit op tv gehoord.

Een goed begin.

'O, ben jij actrice?' vraag ik aan bietjeshaar.

'Ja. Ik heb een jaar in *Op Zoek naar de Verloren Tijd* gespeeld.'

*Op Zoek naar de Verloren Tijd* is de best bekeken soap van het vaderland, hoewel het in mijn specifieke geval beter is te spreken van mijn moederland, aangezien mijn vader niet in Nederland is geboren. Ik heb ooit in mijn studententijd weleens een minuut of tien gekeken naar de soap, maar in al die jaren daarna heb ik nooit één hele aflevering gezien. Hoogstens een fragment van dertig seconden tijdens het zappen. Mij vielen dan vooral de bordkartonnen decors en dito karakters op.

'Sorry, ik heb je nog nooit op tv gezien,' kan ik dan ook naar waarheid zeggen.

'Ik heb jou nog nooit gehoord, ik kijk extreem weinig tv,' kan zij naar waarheid zeggen. Naar later zal blijken gebruikt Femmetje de tv als monitor om naar dvd's te kijken.

Ze leest geen kranten, luistert zelden naar de radio, heeft geen teletekst op haar tv en leest geen opiniebladen. Ik ben zelden iemand tegengekomen die zo volstrekt niet van welke actualiteit dan ook op de hoogte is. Ze lijkt door die onwetendheid een stuk gelukkiger te zijn.

Ik ben een informatiejunk. Nu, op het eiland, heb ik dat een beetje losgelaten, alhoewel ik wel elke week de TIME lees, maar de decennia daarvoor raadpleegde ik teletekst elke dag minstens drie keer, zag het RTL4 journaal en soms het NOS kleutertaaljournaal, en ik las de *Elsevier*, de *Haagse Post* (*HP/De Tijd*) en *Vrij Nederland*. Deze laatste twee opiniebladen lees ik al sinds ik acht jaar oud was.

Toen met een woordenboek. Koenen, niet de Van Dale.

Ik kwam er pas later achter dat dat niet normaal is.

# .6.

'Maar jullie zijn dus allebei bekend,' gaat broer door.
'Bekend, bekend, bekend. Kijk, er zijn vier soorten bekendheid,' doceer ik. 'De vierde categorie is bekendheid binnen het vak, de derde is geholpen bekendheid; noem voor- en achternaam en programma en dan weet iemand wie het is, de tweede is bekendheid waarbij voor- en achternaam moeten worden genoemd, en de eerste categorie is de voornaamsbekendheid waarbij alleen de voornaam volstaat. Ik val overduidelijk in de vierde categorie.'
'En ik in de derde,' zegt Femmetje ad rem.
'Maar is dat nou niet vervelend, die bekendheid?' vraagt broer, die blijkbaar in de veronderstelling verkeert dat zijn kale hoofdje een leuk gespreksonderwerp heeft gevonden.
Femmetje begint beleefdheidshalve tegen broer een praatje over de pro's en contra's van het bekend zijn. Ondertussen kan ik haar wat beter bestuderen. Ze heeft een fascinerend gezicht. Een merkwaardige mix tussen een karpatenkop (er zit iets Slavisch in het gezicht) een snufje Nederlands bloed en ergens ver weg wat Indisch. Ze heeft een vierkante kaaklijn (wat ze zelf vreselijk vindt), wat haar gezicht iets stoers geeft. Ze ziet er überhaupt stoer uit. Stevige zwarte motorlaarzen, een grote trui, een leren jack en een camouflagebroek. Haar mond doet me wat. Terwijl ze aan het praten is lijkt haar mond een geheel eigen leven te leiden. Haar lippen gaan alle kanten uit.
'… maar ik ben eigenlijk professioneel danseres.'
Ik haak meteen in op deze flard uit de kabbelende conversatie tussen Femmetje en de kale broer van mijn vriend die ons aan elkaar heeft voorgesteld.
'Ik kan niet dansen.'
'Onzin. Iedereen kan dansen.'
'Ik… kan… niet… dansen…' zeg ik met grote nadruk op elk woord.
'Kom mee.'
Femmetje pakt mijn hand. Een warme, zachte en krachtige hand.
Bij het filmmuseum is door café Vertigo een danstent gebouwd.

Mijn vriend, Gino Arrengo, die ons beiden later nooit meer zal willen zien, heeft als hobby het draaien van platen. Hij staat te dj-en. Femmetje trekt me de dansvloer op. 'Ik ga je dansles geven.' Ze houdt me vast bij mijn polsen.

'Doe me maar na.'

Nou is het voor een stijfheupige als ik niet makkelijk om de bewegingen van een professionele danseres na te doen; bovendien ben ik door mijn 1 meter 94 lange rugbypostuur ook altijd bang om mensen omver te dansen of om keihard op lange tenen te gaan staan, maar het gaat wonder boven wonder goed.

'Jaah, en wel cup dubbel D, hè!' blèrt Gino Arrenga opeens in mijn oor.

Pas dagen later begrijp ik die opmerking.

Op het moment dat hij het zegt denk ik dat Gino het aanmoedigend naar mij bedoelt omdat hij mijn liefde voor grote borsten kent.

In de versimplificeerde wereld van de mannenvoorkeuren ben ik geen benen- of billen- maar een borstenman.

Of eigenlijk een gezichtenman. Het gezicht is het allerbelangrijkste. Alhoewel ik direct erken dat een vrouw met DD met een decolleté er rekening mee moet houden dat mijn oerbrein ervoor zorgt dat ik zestig procent van onze conversatietijd naar haar borsten kijk. Het komt voor dat borsten tegen me beginnen te praten. Meestal raken we in een diep gesprek. Ik heb twee vriendinnen gehad met cup H. Ja, dat bestaat. En ze waren gemaakt door moeder natuur zelf. Een van deze vriendinnen was – en is waarschijnlijk nog steeds – een negerin. Zij verhulde haar borsten nauwlettend omdat ze ooit op een zomerse dag een verkeersongeluk heeft veroorzaakt. Doordat ze wat luchtig gekleed was, waren haar bijna cartoonesk vrouwelijke contouren goed zichtbaar. Een groep besnorde heren van de Triumph Spitfire club werd hierdoor dusdanig afgeleid dat ze op elkaar zijn gebotst. Sindsdien verhult ze haar borsten te allen tijde.

Ik begin Femmetje op slag een stuk leuker te vinden. Ik ben een overzichtelijk mens.

# .7.

In essentie voel ik me net zomin Duitser als Nederlander. Ik voel me tegenwoordig het meest verbonden met het eiland waar ik noch geboren noch getogen ben. Tot het moment van vertrek heb ik me vooral Amsterdammer gevoeld. Ik ben in Amsterdam gemaakt, geboren en getogen, dus dat mag ook wel.

Niet dat Hollandse mensen geloven dat ik uit Amsterdam kom. Ik kom uit een *NRC Handelsblad* driepersoons huishouden (een gezin kon je ons echt niet noemen), dus ik praat niet plat en dat schijn je per se te moeten doen als je uit Amsterdam komt. Maar dat komt doordat dit soort mensen Amsterdam verwart met platte lol, merkwaardige schemerlampen, gehaakte vitrages en vreselijke volkszangers die zelf natuurlijk schijterig allang niet meer in Amsterdam wonen maar in het gruwelijke Gooi, waar zij ook thuishoren wat betreft hun nouveaux riches proleterigheid.

Amsterdams heeft voor mij altijd betekend: ruimdenkend en liberaal.

Ik ken Amsterdam uit de tijd dat het nog leuk was.

Van voor de migratiestromen, van voor ME-busjes op het Leidse- en Rembrandtplein (nooit maar dan ook nooit RembrandtSplein zeggen! Het is ook niet LeidseSplein!), van voor de winkelopenstelling op zondag.

Ik weet hoe de stad voelt op zondagmorgen vroeg als de grachten glimmen, de lucht lichtgrijs is en er niemand op straat is behalve ik.

Het is het Amsterdam waar Ramses Shaffy over zingt.

Als ik Ramses hoor, dan kan ik huilen.

'Zie je, je kan best dansen!' complimenteert Femmetje me.

'Nou, mijn hobby is het niet. Norman Mailer schreef niets voor niets *Tough Guys Don't Dance.*'

We dansen door. Ik zo goed en zo kwaad als ik kon; het zal er zeer amateuristisch uitzien. Femmetje beweegt met onvoorstelbare professionele schoonheid.

# ·8·

De muziek stopt. Het feest buiten loopt een beetje op zijn eind. We gaan met zijn allen – Gino, zijn broer, mijn goede vriendin Nadine, met wie ik naar het Vondelpark ben gekomen, Femmetje et moi – aan een tafeltje buiten zitten en bestellen rosé en bier. Het begint te schemeren. Het wordt fris. Heel erg fris.

Ik vind Femmetje leuk en (naar later zal blijken) zij mij. Beiden willen we op dat moment (naar later zal blijken) alleen nog maar met elkaar praten (een goed teken). Beiden zijn we bang dat als de een voorstelt om lekker warm binnen in Vertigo te gaan zitten, de ander zegt 'lijkt me leuk maar ik moet naar huis.'

Bovendien zitten er nog andere mensen bij. En die willen we eerst kwijt.

Mijn goede vriendin Nadine voelt het aan.

'Hey mensen, ik ga lekker naar huis. Fijne avond nog. Pepijn, we bellen morgen wel even, hè!'

Gino en de broer van Gino blijven hardnekkig zitten.

Femmetje en ik roken een sigaret.

Op het moment dat ik voel dat delen van mij beginnen dood te vriezen spreekt Gino verlossende woorden: 'Ik denk dat ik even de spullen ga inladen.'

Zijn broer springt meteen op om hem te gaan helpen.

'Gaan jullie nog wat doen?'

'Ik denk dat ik zo naar huis ga, maar ik ga wel even naar binnen,' zegt Femmetje.

Mijn wereld stort in als ze zegt dat ze naar huis gaat, maar de wereld wordt gered van de ondergang als ze me daarbij een knipoog geeft.

'Ik ga even naar binnen om sigaretten te halen en dan ga ik ook naar huis, best wel moe van zo'n dag.'

Gino trapt in mijn tekst.

'Mooi. Was een lekker dagje. Ik ga ervandoor. Zie je.'

Dat zal er dus nooit meer van komen.

Femmetje en ik lopen nonchalant naar binnen, alsof we zo weer weggaan.

'Oh my God,' zegt Femmetje, die de gewoonte blijkt te hebben haar Nederlands te kruiden met Engels, 'je hebt geen idee hoe blij ik ben dat wij binnen zijn. Ik wilde zo graag lekker met jou doorkletsen en niet met die vreselijke Gino en zijn brave broer. Maar ik dacht, als ik zeg "we gaan naar binnen," dan gaan ze allemaal mee. Ik moet nu wel vreselijk plassen want ik heb het de hele tijd zitten ophouden. Let jij even op mijn tas en zoek een plekje uit.'

De sfeer binnen in Vertigo is gemoedelijk. Dat kan ook liggen aan mijn eigen waarneming (gekleurd door vreselijk veel bier dat ik in een zeer gelijkmatig tempo tot mij heb genomen) maar het lijkt alsof er alleen maar tevreden koppels zitten te kletsen.

Ik zoek een plek uit waar we rustig kunnen praten. Femmetje bestelt een thee en ik een cola light. We zitten tegenover elkaar, zij nog steeds met die vreselijke pet op, en we stralen. We kijken elkaar aan, continu breed glimlachend. Raar genoeg is er geen erotische spanning, maar alleen maar een enorme blijdschap. Het voelt als een feest der herkenning, terwijl we bijkans niks van elkaar weten.

Het is dit soort onverklaarbaarheden, waarvan er tussen ons nog vele zullen volgen, waardoor je bijna zou gaan geloven in ware liefde, zielsverwantschap en meer van die zaken.

Ik zeg bijna...

want

Het is allemaal illusie.

Mensen hebben helemaal geen diepere verbondenheid.

Dat is projectie.

Zeker in het begin is het allemaal gebaseerd op chemie, niet op een diepe waardering van het karakter.

Dat kan helemaal niet, want je hebt geen idee. Na jaren relatie heb je soms nog steeds geen idee. Chemie is allesbepalend. Het gaat om het grootst mogelijke genetische verschil en om de feromonen. Ik heb hierover twee documentaires gezien. In de ene moesten jonge vrouwen de aantrekkelijkheid van mannelijke lichaamsgeur beoordelen. De geur bevond zich op een T-shirt dat de heren drie dagen hadden gedragen. Hoe groter het genetische verschil tussen de jongen en het meisje (en dus een grotere kans op gezonde nakomelingen) hoe aantrekkelijker het meisje de geur vond.

In de andere documentaire hadden wetenschappers vijfentwintig jonge vrouwen en mannen aan elkaar gekoppeld. Op grond van vragenlijsten, gelijkenis in gezichtssymmetrie en tal van andere variabelen waren voorspellingen gedaan over wie op wie zou vallen of wie bij elkaar zouden passen.

Geen één voorspelling klopte! Geen één!

Het gaat om chemie.

Ik heb regelmatig een kwartier in de oksel van Femmetje gelegen om te ruiken. Ik heb een vriendin gehad die de hele tijd aan mijn oksel wilde snuffelen.

We hadden vast prachtige kinderen gekregen.

# .9.

De paar uur in Vertigo ervaar ik een groot warm waas van verbondenheid.

We moeten om elf uur eruit.

Omdat de Vondelstraatkant al afgesloten is moeten we het Vondelpark via de uitgang aan de P.C. Hooftstraat verlaten.

In het niet-winkelgedeelte van de P.C. ben ik als kind van vier vaak geweest. Ik sloeg in de zandbak mijn dinky toys stuk op het hoofd van andere kinderen. Dat was heel dom van mij, want die dinky toys zijn nu heel veel waard. Op naar kinderpsychiater mevrouw Van Bladeren, besloot mijn pacifistisch ingestelde moeder.

Ik mocht bij de psychiater met een poppenhuis spelen. Ik stopte alle poppen bij elkaar in de woonkamer en sloot, terwijl er geen noodsignaal had geklonken, alle deuren en ramen.

'Dit is typisch een kind voor een groot gezin. Hij wil graag iedereen bij elkaar hebben,' concludeerde mevrouw Van Bladeren.

Ik ben dus niet alleen het enig kind van twee enig kinderen, ik ben er ook nog eens helemaal niet geschikt voor!

Er groeien bloemen over het hek van het Vondelpark.

'O, kijk eens wat een mooie bloemetjes! Kijk, die ene houdt de andere vast en het is alsof ze elkaar een kusje geven!'
Femmetje gaat aan de bloemetjes ruiken en maakt mij deelgenoot van haar beleving.
Als ik al niet een beetje verliefd op haar was, dan word ik het op dat moment.
Op de een of andere manier past ook fysiek alles perfect. Ze loopt met haar 1 meter 79 aan mijn arm maar zonder te rukken. Gracieus, alsof ze op rolschaatsjes naast me voortglijdt. Je hebt vrouwen die als ze gearmd met je over straat gaan continu aan je arm rukken omdat ze niet goed lopen. Dat is om gek van te worden!
We lopen naar Café Helmers, een mausoleum voor alcoholisten, waar we nog één bier kunnen krijgen.
Daarna komen we in de Marnixstraat in Café De Klokkende Koe terecht, vlak naast de stadsschouwburg. Als De Klokkende Koe ons uitklokt wil ze door. Ik ook.
'Weet jij nog een leuke kroeg?'
Ik vertel haar dat ik een heel leuke kroeg weet richting de Keizersgracht.
Ik bedoel mijn huis maar dat zeg ik er maar niet bij; voor je het weet wek je een verkeerde indruk.
Onderweg naar mijn huis zijn alle kroegen gesloten, iets wat op dat tijstip na Koninginnedag gebruikelijk is. Naast mijn huis zit een café maar dat is op Koninginnedag niet geopend.
We staan voor mijn huis.
'Ik woon hier, alles is verder dicht. Zullen we bij mij wat drinken? Ik zal je niet meteen verkrachten.'
Femmetje moet lachen en loopt naar mijn deur.

# .10.

Ik geef Femmetje een kleine rondleiding in mijn huis.
Femmetje kijkt anders.
Ze ziet dingen die ik niet zie.
In een whiskyglas dat ik al tien jaar in bezit heb ziet ze een ingesle-

pen merkje dat aan mijn aandacht is ontsnapt, in een schilderij dat ik al sinds mijn afstuderen meesleep ziet ze een gezicht dat mij nooit was opgevallen.

Ze ziet dingen die ik nog nooit heb gezien.

We gaan op mijn bankje bij het raam op de bel-etage zitten. Ik schenk drank in want we hebben nog niet genoeg gehad en ik wil de huidige euforie zo lang mogelijk doorzetten. Femmetje een witte wijn, mezelf een whisky. We turen over de gracht. Ze houdt hardnekkig haar pet op. Ik overweeg ondanks mijn netheid toch om te proberen haar te zoenen, als Femmetjes telefoon begint te bliepen. Ze krijgt een sms.

'Belangrijk?' vraag ik.

Ze pakt de telefoon, neemt een haal van haar sigaret en spreekt ondertussen rook uitblazend de historische woorden: 'Neeh, mijn vriend maakt zich zorgen waarom ik nog niet thuis ben.'

Ik spuug bijna mijn zestien jaar oude Lagavulin Single Malt uit. 'Sorry?'

'Misschien had ik je dat eigenlijk eerder moeten vertellen. Maar het kwam er niet echt van. Ik woon samen. Sterker nog, we hebben met zijn tweeën een huis gekocht. Maar ik denk dat ik bij hem wegga. Hij heeft me drie maanden geleden ten huwelijk gevraagd na zeven jaar relatie en ik heb ja gezegd maar ik heb dat een maand geleden herroepen want ik wil helemaal niet met hem trouwen. Ik wilde by the way ook helemaal geen huis kopen.'

'Sorry?'

'Het is misschien wel erg veel informatie maar my God, we waren zo leuk aan het praten en ik, ik voel me zo heerlijk bij jou dat ik dit stukje van mijn leven even vergeten was.'

Bij het woord 'stukje' had ik kunnen weten hoe laat het was.

Het is halfdrie.

'Stukje van je leven? Ik vind het niet niks…'

'Nou ja, mijn relatie met Gijs is momenteel gewoon niet zo belangrijk voor me. Mijn werk is meer van belang en dat ik nu met jou zo fijn zit te praten is veel belangrijker dan dat hele relatiegedoe. Iedereen oefent maar druk op me uit. Mijn zuster en mijn moeder die mijn moeder eigenlijk helemaal niet is maar dat vertel ik je nog een keertje, die vinden dat ik wel met Gijs moet trouwen, maar ik wil al drie jaar bij hem weg.'

'Waarom heb je dan ja gezegd?'

'Om met jou nog wat te gaan drinken? Eenvoudig, omdat ik je heel leuk vind.'

'Dank je, maar ik bedoel, waarom heb je dan "ja, ik wil" gezegd op zijn huwelijksvoorstel, SLOERIE af!'

'Wat?'

'Mijn kat heet Sloerie, sorry. In mijn studententijd leek het een goede grap.'

'Ik heb ja gezegd omdat ik vond dat ik niet zo moest zeuren en dat je nu eenmaal niet alles in één man kan hebben. En toen hij me vroeg had hij dat allemaal perfect geregeld, de hele familie stond achter een rood velours gordijn in een sterrenrestaurant en hij had speciaal een zilveren ring laten maken door een edelsmid. Nee zeggen was op dat moment niet zo'n gemakkelijke optie. Maar ik ga hem nu even bellen om te zeggen dat alles oké is en dat ik later kom.'

## .11.

Ik moet dit allemaal even verwerken. Eén ding is claro (Spaans voor duidelijk): namelijk dat ze vannacht niet hier blijft slapen en dat ik niks ga doen met haar zolang ze nog met Gijs is, wiens naam ik in de eerste plaats al helemaal niet had willen weten. Ergens jammer, want een seksloos logeerpartijtje is vaak de eerste goede stap richting bonding. Maar straks staat er een of andere Gijs gillend gek te wezen voor mijn deur. En als ik aan één ding een hekel heb, dan is het wel gedoe. Gillende Gijsjes lijkt mij veel gedoe.

Alhoewel ik normaliter na deze mededelingen meteen had gedacht: laat maar zitten, denk ik dat nu niet.

Ik vind Femmetje een heel fijne vrouw. Iemand aan wie ik mijn zieltje in bruikleen kan geven. En raar genoeg weet ik op dat moment absoluut totaal volledig honderd procent zeker dat ze Gijs voor mij gaat verlaten.

Niet door mij maar wel voor mij.

Femmetje heeft Gijs aan de lijn.

'Neeh, everything is okay. Ik ben bij iemand en ik zie je later, ja?'

Als een vrouw met iemand gaat eten, even bij iemand was, nog een afspraak heeft met iemand... Weet dan: 'iemand' is altijd een man.

'Nee, gewoon iemand. Nee, die ken je niet, maar ik ga nu hangen, ja?'

Ik ben blij dat ik Gijs niet ben. Alhoewel hij wel jaren heeft genoten van deze vrouw...

'Jaah, ik neem een taxi.'

Ze hangt op.

'Ooo, ik word gek van die vent.' Haar gezicht staat in de kwade karpatenstand maar gaat over in de meest charmante stand als ze vraagt of ik toevallig gin en tonic in huis heb.

'Helaas is Schweppes in blik moeilijk te krijgen, maar ik heb wel Royal Club en ik heb Tanqueray. En als ik mij niet vergis, en dat doe ik zelden, dan heb ik ook een citroen in huis.'

'Tanquewat?'

'Tanqueray, een merk gin.'

'Ik was al blij dat ik Bombay Sapphire kende.'

'Tanqueray is daar weer de overtreffende trap van, alhoewel er mensen zijn die deze gin te smaakvol vinden.'

## .12.

Ik ben weleens bang dat ik behoor tot een uitstervende soort.

Nu schijnen blondjes met grijsblauwgroene ogen over enkele eeuwen helemaal niet meer te bestaan, maar dat bedoel ik niet.

Op mijn zeventiende was ik bekend met de Comedian Harmonists, The Mills Brothers, Beethoven, Sinatra, Dave Brubeck, Sobranie Black Russian sigaretten, Charles Bukowski, Tip Marugg, Boeli van Leeuwen, Godfried Bomans, Goethe en de ins en outs van de Citroën Traction Avant.

Tegenwoordig weet ik nog veel en veel meer.

Mijn ginkeuze is daar een miniem voorbeeld van.

Mijn drankkast is daar een iets minder miniem voorbeeld van.

Femmetje zal me later vertellen dat ze zo dol op die kast is. 'Alleen jij krijgt hem goed open, en dan zitten er allemaal dranken in van merken of boertjes waar nog nooit iemand van gehoord heeft. En alles is lekker!'

Ik mocht graag grote diners geven, ze ontnamen me vroeger de illusie van eenzaamheid. Ik stelde er eer in om mijn gasten alles te kunnen schenken en dan van de beste kwaliteit.

De flessen zijn er nog maar de diners niet.

Als ik tien mensen aan tafel had, dan was er meestal maar één met wie ik echt wilde of kon praten. De rest had het over dingen die mij in het geheel niet interesseerden of raakten. Je kunt je met tien man aan tafel hopeloos en intens eenzaam voelen. De grootste fout die ik ooit gemaakt heb is om vijf juristen bij elkaar te zetten. Ze hebben het de hele avond over juristerij gehad. Als het diner bij een ander was geweest, was ik hard gillend weggerend. Ach welnee, dat had ik ook niet gedaan. Ik ben het slachtoffer van een goede opvoeding.

Een ex-vriendin van mij was bang voor die drankkast; als ze zelf zo'n kast had zou ze elke dag wat drinken, zei ze. Raar genoeg heb ik die behoefte niet. Alhoewel de dranklust overduidelijk in mijn genen zit verankerd.

Mijn vader zuipt behoorlijk, zijn vader dronk, mijn grootvader van moeders zijde dronk in zijn marinetijd stevig. Ik ben op mijn vierde begonnen met drinken; ik heb na een feestje van mijn moeder en haar vriend (de schaduw over mijn jeugd) alle restjes uit de glazen van de gasten gedronken. Ik kan me nu nog de warme behaaglijkheid voor de geest halen die de drank me gaf. Goddank ben ik een gedisciplineerde drinker. Er zijn dagen dat ik niets drink. Ik heb nog nooit een dag werk gemist door de drank, maar als ik de volgende dag niks hoef te doen dan gaan er op een avond zo vijftien whisky in…

Bijgaand een lijstje dat ik enkele jaren geleden heb gemaakt na een heugelijke dag die een aaneenschakeling vormde van een merkwaardige Russische nieuwjaarsreceptie, gevolgd door een restaurantbezoek, drinken in grand en randcafés en afpilsen in diverse duistere kroegholen.

Gezopen op een donderdag van vier uur 's middags tot halfvijf 's nachts:

7 Krim-champagne
3 witte wijn
3 rode wijn
1 Underberg (kreeg maagzuur)
3 Cynar
1 Bitburger
2 Chartreuse
1 trekje van een aangeboden joint
6 bier
2 whisky
1 Ramazzotti (thuis)

(Met mijn leverfunctie gaat het goed. Dank u.)

Ik heb in de kast flessen single malt whisky die al tien jaar rustig staan te wachten tot ik ze een keer open. Nu, op het eiland, drink ik meer dan in Nederland, iedereen drinkt hier. Dagelijks. Ik geef hier ook vaker diners. Er zitten nog steeds mensen aan tafel die het over dingen hebben die mij niet boeien of die mijn zieltje niet beroeren, maar ik heb er minder last van. Het is hier namelijk warmer. En dan bedoel ik niet alleen het klimaat. De mensen zijn warmer en vriendelijker. Ze nodigen je tenminste ook uit om een keer te komen eten bij hen. En dat menen ze. Van veel van mijn gasten in Nederland moet ik de uitnodiging nog krijgen. Het meest gehoorde argument: 'Ik durf je niet uit te nodigen want ik kan niet zo goed koken als jij.'

Ik kan niet ontzettend vreselijk goed koken, ik let gewoon op en ik kan een recept lezen. Iedereen kan koken, het is een kwestie van concentratie. Maar je moet het wel willen.

Ik heb jaren geantwoord op de standaard 'wat doe jij voor werk' vraag dat ik archeologisch tandarts was en dat ik me bezighield met onderzoek naar het gebit van de cro-magnonmens, de mens van voor de magnetron. Om te beginnen geloofde een onvoorstelbare hoeveelheid mensen dit, maar ten tweede vrees ik dat als het zo doorgaat men over een eeuw niet meer kan koken maar alleen nog maar kan magnetronnen. Daarom nu een receptje:

*We gooien aardappelpartjes in de schil met een lepel olie en ruim knoflook en zeezout in de oven. (Vergeet de ovenschaal niet. Losse partjes in de oven werkt niet.) Na drie kwartier zetten we een tweede ovenschaal in de oven met om het even welke vis in een plens witte wijn. Tegelijk maken we een kekke salade of koken we een gekke groente.*

Dit vreselijk eenvoudige recept is voor veel mensen al een wonder.

# .13.

Femmetje vertelt honderduit over haar werk, haar danscarrière en haar voorliefde voor gekke kleurtjes en Pippi Langkous-sokken. Alhoewel ik geschokt ben door het gesprek dat ze met haar vriend had gevoerd begin ik mijn hart steeds meer aan haar te verliezen.

Opeens verandert de sfeer.

Ik kijk in haar ogen en zie een omslag.

Er klinkt kilte in haar stem.

'Ik moet gaan. Ik bel een taxi.'

Ik weet mezelf geen houding te geven.

'Ik vond het echt heel, heel erg leuk om je ontmoet te hebben en ik hoop je snel weer te zien.'

'Dito hier,' kan ik nog net uitbrengen.

We lopen naar beneden, naar de voordeur.

In het halletje beginnen we plotseling te zoenen.

Het is alsof we beiden tegelijk het initiatief nemen.

Femmetje kan buitengewoon lekker zoenen.

Onze tongen beginnen net aan een prachtige pas de deux als de taxi – naar mijn smaak veel te snel – komt.

'Hou die gedachte vast,' stamel ik.

'Doe ik. Ik zie je snel. Bye!'

Ze loopt naar de taxi, zwaait en is weg.

Ik zit een uur naar de gracht te staren, mezelf marinerend in de gintonic. Vervolgens stuur ik een slecht geformuleerde sms waarvan de kernvraag is of we samen oud zouden worden.

Als ik de sms de volgende dag teruglees, denk ik letterlijk: daar hoor ik nooit meer wat van.

Niets blijkt minder waar.

# .14.

Een goede vriendin van Gino belt.

'Ik hoorde dat je het leuk had met Femmetje.'

Ik vertel haar het hele verhaal. Dat had ik beter niet kunnen doen. 'Jij weet toch wel dat Femmetje de grote liefde van Gino is? Ze hebben vroeger wat gehad en de laatste jaren is Gino de minnaar van Femmetje. Zij bedriegt Gijs al jaren met hem. Hij is geloof ik trouwens niet de enige. Gino hoopt steeds dat ze bij Gijs weggaat en dat ze dan samen doorgaan en dat hij met haar naar Italië kan remigreren.'

Van deze hoeveelheid informatie moet ik even bijkomen.

In één keer begrijp ik dat de opmerking van Gino – 'jaah, en wel cup dubbel D, hè' gemaakt in het Vondelpark terwijl ik van Femmetje dansles kreeg – geen aanbeveling was geweest maar een 'kijk mij eventjes een lekker wijf hebben' tekst. Ik zet een espresso, steek een sigaret op en zet alles op een rijtje.

Femmetje heeft dus een huwelijksaanzoek van Gijs met wie ze zeven

jaar een relatie heeft en een huis heeft gekocht geaccepteerd en later herroepen. Ze wil bij hem weg en neukt ondertussen met Gino en wellicht nog met een ander.
Ik kan me voor een relatie tussen Femmetje en mij geen betere basis voorstellen.

# .15.

Gino belt. Boos.
'Hoe haal jij het in je hoofd om onder mijn duiven te gaan schieten. Ik lig dat wijf elke dinsdagmiddag doormidden te scheuren en je blijft met je poten van haar af.'
Dat doormidden scheuren vind ik overigens een heel nare uitdrukking. Het getuigt van weinig respect voor vrouwen en vanwege mijn plastische voorstellingsvermogen zie ik letterlijk een vrouw vanuit de vagina doormidden scheuren en dat is een onaangenaam beeld.
Ik maak later Femmetje deelgenoot van het gesprek met Gino. De uitdrukking 'doormidden scheuren' is voor haar de plens die de toch al goed gevulde emmer doet overlopen. Ze hoeft hem nooit meer te zien. Dat komt goed uit, want hij haar en mij ook niet.
Ik ben blijkbaar de enige die iedereen altijd best wel weer wil zien. Maar ja, ik ben dan ook het enig kind van twee enig kinderen.

'Ik wist helemaal niet dat jullie iets hadden. Ik zou nooit onder jouw duiven schieten. Als ik dit had geweten, dan was het nooit zo gelopen.'
Dit meen ik overigens serieus. Ik geloof heilig in een mannelijke erecode. Je gaat niet achter de vriendin aan van een vriend. Als zij je probeert te verleiden, ga je daar nooit maar dan ook nooit op in. Je gaat ook niet achter het meisje aan waar je vriend verliefd op is, ook al vindt zij jou veel leuker.
Ik vraag me tot op de dag van vandaag af of je achter de minnares van een niet zo goede vriend aan mag als je denkt dat het de vrouw van je leven is.

'Je kon het weten, Pepino, ik heb je over haar verteld. Ik zei toch dat ik een minnares had die speelde in de soap *Op Zoek naar de Verloren Tijd?*'

Op het moment dat Gino het zegt besef ik dat het waar is. Hij heeft het een maand of vier geleden gezegd en ik was het compleet vergeten of ik had in elk geval de link niet gelegd.

'Je hebt gelijk. Mijn oprecht gemeende excuses, maar wat kan ik er nu nog aan doen?'

'Ach, ik ben er ook helemaal klaar mee. Met dat kutwijf. Ze houdt me al jaren aan het lijntje maar ze blijft maar bij dat burgermannetje van haar. Hij werkt bij een bank en het is echt een enorm knijterige kneuter. Maar ze is hem dankbaar en daarom gaat ze steeds maar door.'

'Dankbaar? Waarvoor?'

'Dat is niet aan mij om te vertellen. Ondertussen bedriegt ze hem aan alle kanten. Niet alleen met mij, dat weet ik zeker. Ze is een tijdje geleden met de pil gestopt en werd zwanger van Gijs of van mij of van wie dan ook en die zwangerschap heeft ze laten mislukken door op een avond twee flessen wodka leeg te zuipen. Weet je, ik ben er klaar mee. Dat wijf is verslavend lekker, ze neukt als een Ferrari. Ik heb nooit een vrouw gehad met zo'n prachtig lichaam, ze is gruwelijk mooi, maar ze deugt vanbinnen voor geen meter. Jij mag haar hebben en als jullie gaan trouwen, dan hoor ik het wel. Dan moest het blijkbaar zo zijn. Ach kut. Dat kolerewijf!'

Gino smijt de hoorn erop.

Van deze hoeveelheid informatie moet ik even bijkomen.

Ik heb Gino daarna nooit meer gesproken.

Het laatste wat ik hoorde is dat hij in exotische slangen handelt en designterraria verkoopt.

Het was altijd al een sjacheraar.

# .16.

Ik zet een espresso en steek een sigaret op.

Femmetje heeft blijkbaar een levendig libido, bedenk ik. Dat is mooi, ik ook.

Alhoewel ik geen 'wijven doormidden scheur', wil ik niet zeggen dat ik seks niet belangrijk vind. Integendeel.

Ik heb elke dinsdagavond een afspraak met mijn ex-vriendin Guinessa. Eerst seks en dan eten en dan weer seks. Een reguliere seksafspraak. Dit voorkomt dat ik me in beschonken staat in de armen van allerlei gewillige vrouwen stort. Dat kan mij overkomen als Koning Alcohol en mijn grote libido in een té innige dans verkeren.

Ik ben weleens wakker geworden naast een vrouw waarna ik meteen dacht: ik wil hier nu weg.

Lastig als het je eigen huis is.

Guinessa en ik hadden het seksueel wel aardig a deux.

Het is jammer dat deze relatie het niet gered heeft.

We hadden absoluut datgene wat ik in eerste instantie nodig acht voor een goede relatie: de Woeste Bespring Neiging.

Zonder Woeste Bespring Neiging wordt het niks. Guinessa en ik hadden de WBN in ultimo. Als ze thuiskwam liep (rende) ze naar de slaapkamer en riep ze vanaf bed: 'Pepje, kom jij eens even hier. Ik moet je wat laten zien.'

Als ze zei 'ik moet je wat laten zien,' dan stond mijn geslacht al ferm overeind. Pavlov.

We hebben het ruim tweeënhalf jaar volgehouden. De rest van de relatie was helaas een stuk minder.

Ik heb ook een relatie gehad waarbij de seks veel minder was en de rest heel goed.

Die duurde vier maanden.

Zou dat iets over mij zeggen?

Ik dring mij nooit op aan vrouwen. Misschien omdat ik zelf door een vrouw ben opgevoed of omdat ik te veel vrouwen ken die met mannen nare dingen hebben meegemaakt. Alhoewel ik van de Woeste Bespring Neiging ben, bespring ik in eerste instantie juist helemaal niet.

Eigenlijk moet ik besprongen worden.

Ik voel me voor een groot deel een jongetje van acht dat geknuffeld wil worden. Het zal wel door mijn weinig affectieve jeugd komen dat ik zo vreselijk knuffelig ben. Ik wil de hele dag knuffelen. Het liefst lig ik met mijn geliefde naakt ineengestrengeld in bed. Huidhuidcontact is voor mij blijkbaar zeer belangrijk. Ik ben vroeger te weinig over mijn fontanelletje geaaid. (Met dank aan *Oud Geld* – niet mijn herkomst; ik bedoel de serie.)

# .17.

Een dag na het gesprek met Gino belt Femmetje. Alhoewel ik inmiddels bedacht heb dat ik deze aborterende vreemde vreemdgangster misschien er maar beter niet vandoor kan laten gaan met mijn tere zieltje, smelt ik meteen zodra ik haar stem hoor.

'Wat regent het leuk, hè? Het is net of de druppels volksdansjes doen op de ramen.'

Iemand die met zulke koekige observaties komt kan ik niks kwalijk nemen. We spreken vier uur onafgebroken. Ik kook ondertussen een hapje, zij kookt een hapje, en al bellend zitten we gescheiden samen te eten. We spreken over customized Amerikaanse baseballjacks, over wijn, over de regen die dansjes doet, over werkelijk alles.

Ik heb besloten dat Gijs mijn probleem niet is. Bovendien ben ik er nog steeds volledig absoluut totaal van overtuigd dat ze bij hem weg zal gaan.

Niet door mij maar wel voor mij.

Verder lijkt het mij verstandig om te denken dat wat er gebeurd is in het verleden helemaal niks met mij te maken had. Misschien wat romantisch naïef maar hé, ik ben smoorverliefd.

We spreken af voor de vierde mei.

# .18.

Ze komt aanfietsen. Ik sta die middag buiten in het zonnetje haar op te wachten. Ik wilde eerst in mijn buitenstoel op het grachtenstoepje gaan zitten, maar ik ben bang dat ik er dan lui en onderuitgezakt uitzie.

Het is de eerste keer dat ik haar zonder pet zie.

Ze is mooi.

Oogverblindend mooi.

Ze heeft een veel te goed zittende spijkerbroek aan met een ketting (zoals boer'n dragen met hun portemonnee eraan) en een kroontje op haar rechter kontzak, en ze draagt een witte angora trui.

Ik heb weinig seksuele afwijkingen. Twee eigenlijk. Behalve van het vertellen van verhalen in bed, word ik ook erg gruizig van college-outfits en witte angora truien. Doe witte kniekousen, een kort rood Schots geruit plooirokje en een witte angora trui aan en het gaat geheel mis met mij. In mijn studententijd was er een grote erotische spanning met een meisje dat een witte angora trui droeg en lang blond haar had, een fatale combinatie. Uiteindelijk zaten we in mijn luxe studentenappartement met ligbad (meer punten = meer huur!) in de Pijp aan de jenever van Amsterdams laatste ambachtelijke stoker Van Wees, tot ze plotseling in haar gezicht begon op te zwellen. Ze bleek hyperallergisch voor katten, vooral angora's, en ik had er een.

Ik ben opgegroeid met katten. Op mijn achttiende verliet ik het ouderlijk huis om mij vol in het studentenleven te storten. De kat werd de kat gelaten, een hond was al helemaal niet in frage (ja het is iN en niet iM. Neem dat maar aan van deze half-Germaan). Huisdierloos ging ik door het leven. Totdat ik het luxe appartementje in de Pijp betrok. Omdat dit, na vier jaar van zolder naar zolder verhuizen, mijn eerste echte woning was, had ik kamerbreed keurig smetteloos wit tapijt laten leggen. Zeer tevreden lag ik op mijn bank even bij te komen van het verhuizen. Vanuit mijn linkerooghoek zag ik plotsklaps wat bewegen.

*Zoef!*
Verbaasd keek ik naar mijn tapijt.
*Zoef! Zoef!*
Een muis! In mijn nieuwe huis leefde een muis!
Een muis? Twee muizen!
Ik lag nog steeds op mijn bank en keek in de duistere oogjes van twee muizen. Die twee hadden zich heel lang met een oude houten vloer moeten behelpen. Ze waren duidelijk in hun nopjes met het nieuwe tapijt. Zij dachten waarschijnlijk dat dit nu het circuit van Zandvoort was, want ze scheurden van de ene hoek naar de andere.

Goede raad was duur. Ik ben niet zo dol op muizenvallen, en muizengif vind ik helemaal wreed. Behept met een grote & levendige fantasie zie ik dan pappa muis wat van dat nieuwe voer mee naar het hol brengen:

'Ha die pa,' roepen de kleintjes muis. 'Nog wat gevangen?'

'Nou jongens, kijk eens, het ziet er wat raar uit maar het ruikt prima.'

'Mmm, ik pak de bordjes,' zegt moeder muis, voor wie de bordjes waarschijnlijk borden zijn, maar dit terzijde.

Gezamenlijk smikkelt de familie deze maaltijd op. Na een halfuurtje, de kinderen zijn naar bed en pa zit net goedgeluimd de *Muizenbode* te lezen, begint hij te kokhalzen. 'Aargh.'

Moeder muis zwalkt door de kamer heen, de bloedjes van kinderen komen in hun muizenpyjamaatjes (met een motief van paarse poesjes) kermend van de buikpijn de woonkamer binnen.

'Sorry jongens,' zegt pa nog voor zijn kraaloogjes breken.

'Foutje, bedankt!' zegt muis junior in een poging muismoedig de stemming erin te houden. Ma muis blaast de laatste adem uit haar muizenlongetjes…

U begrijpt, ik ben niet zo'n muizendoder. Maar die krengen brengen ziektes over, ze vreten alles kapot, inclusief je bedrading, en je voorraden zijn niet veilig.

'Je moet een kat lenen, zodra ze die ruiken zijn ze weg, in elk geval voor een paar weken,' zei een vriend van mij.

Een kat lenen? De meeste mensen die ik ken met katten lenen ze niet 'even' uit en hoewel ik ooit nog het bedrijfje 'lease-a-pitbull' heb willen beginnen, wist ik zeker dat er geen kattenverhuurders bestonden.

Misschien wilde mijn moeder een kat van haar bij mij onderdak brengen. Maar neen. Hoe kon ik dat nou denken, dat is toch slecht voor die kat! Gelukkig wist zij nog wel een oude asielkat ergens in het land. Daar heb ik me over ontfermd. Het was een reusachtige kater, die het muizenvraagstuk nogal radicaal oploste. Hij joeg niet achter de muis aan maar bleef heel vernimstig stokstijf zitten. Waarschijnlijk had mijn nieuwe kat last van muizenissen of was hij bezig met het wereldraadsel. De meer belezen muizen zagen hem vermoedelijk aan voor een souvenir uit Egypte. Na verloop van tijd liep er een muis langs de kater. Dan opeens ging hij tot actie over. Hij sloeg de muis met zijn gigantische poot in één klap de hersenen in. Vervolgens bracht hij de muis in een vloeiende beweging met diezelfde poot naar zijn bek. Daar verdween deze eenhapsmaaltijd met, inderdaad, heel gek, één hap in. Van de muis was later zelfs in de ontlasting niets meer terug te vinden.

Van zijn kattenharen was wel het een en ander terug te vinden, en daar had het blonde angoraatje dus last van. Ze begon heel erg op te zwellen. Vooral haar lippen. Nadat ik even kon ervaren hoe het zou zijn geweest om met Donald Duck te zoenen, moesten we noodgedwongen mijn appartement verlaten.

Op naar haar huis. Daar had ze van tevoren niks kunnen opruimen. Ik liep haar slaapkamer binnen en trof daar zeven vibrators aan. Ik herhaal: ZEVEN. Ze stonden in het gelid in alle soorten en maten, van groot tot heel klein. Die laatste was bedoeld voor de anale stimulatie. Ik heb mij daar een aantal keren door laten stimuleren. We hadden een hele tijd een heel apparatige relatie, maar toen angora voorstelde om mij anaal te nemen met een voorbindpik voorzien van spuitmechanisme gevuld met warme vloeistof zodat ze me kon nemen en in me klaar kon komen heb ik het uitgemaakt. Er zijn grenzen. Voor de oplettende lezer en de kattenliefhebbers: Sloerie kwam dus later.

# .19.

Femmetje zet haar fiets neer.

'U bent zonder pet ook wel heel erg mooi.'

Ze lacht heel lief en zegt met een kleuterstemmetje: 'Ik heb een cadeautje.'

Ze heeft Schweppes-tonic in blik gekocht bij een Chinees restaurant en ze heeft citroenen gehaald bij de supermarkt.

Ik mix twee gin-tonic en wil op het kleine bankje bij het raam aan de gracht gaan zitten waar we vier dagen daarvoor ook hebben gezeten.

'Laten we dat niet doen. Ik zit liever op die andere bank, die blauwe.'

Nou is daar wel wat voor te zeggen, want die bank is 1 meter 20 diep en 2 meter 60 breed. Daar kun je aardig op hangen met zijn tweeën. Maar Femmetje wil vooral weg van het raam.

'Het is niet alleen omdat ik in de bladen sta maar vooral omdat ik niet wil dat Gijs er op deze manier achter komt.'

Waarachter, denk ik.

Ik besluit het niet te vragen.

'Wat heb jij toch een sfeervol huis. Een beetje een meisjeshuis.'

'I beg your pardon? Een meisjeshuis?'

'Ik bedoel, het is vol kleuren, veel oude kandelaars, schilderijen, boeken, het is een warm huis. De meeste mannen hebben van die designdingen met veel staal en zwart leer in hun huis staan. Dat vind ik erg klinisch en koud. Jij hebt een mooie oude kast, een belachelijk grote bank, waar ik nu op hang, en je hebt parket en geen zeil op de vloer. Dat bedoel ik. Het is warm.'

'Over warmte gesproken, misschien een gek bruggetje, maar over menselijke warmte gesproken, hou jij van jezelf?'

Het is een van mijn favoriete vragen.

Ik hou van mezelf. Ik vind mezelf oprecht een van de aardigste mensen die ik ken. Met al mijn makkes kan ik bijzonder goed met mezelf door één deur. Mensen die niet van zichzelf houden, daar moet je ook niet van gaan houden. Het cliché 'je moet eerst van jezelf houden om van een ander te kunnen houden' is gewoonweg waar.

Maar Femmetje zegt, neutraal kijkend en bedachtzaam, meer constaterend dan bedroefd: 'Nee, eigenlijk niet.'

Ik zou nu naar beneden moeten gaan, naar mijn walk-in-closet. Ik zou mijn witte overhemd met dubbele manchetten moeten pakken en de zilveren baleinen in de boord moeten steken. Dan zou ik het hemd moeten aandoen en de manchetknopen van de Marine Luchtvaartdienst door de dubbele manchetten moeten steken. Ik zou mijn gestreken kaki katoenen broek (zonder omslag) moeten aantrekken, ik zou mijn blauwe blazer moeten pakken, en mijn stropdas moeten omknopen waarop het embleem staat van het 320 squadron van mijn grootvader, voorzien van de tekst ANIMO LIBERO DIRIGIMUR (wij worden geleid door een vrije geest). Ik zou mijn zwarte, hoogglanzende demi-oxfords van Barker moeten aantrekken en ik zou mijn gouden Ray-Ban Aviator met groene glazen op sterkte moeten opzetten. Vervolgens zou ik naar de Dam moeten lopen voor de jaarlijkse dodenherdenking.

Dat zou ik allemaal moeten doen als Femmetje heeft gezegd dat ze niet van zichzelf houdt.

Maar dat doe ik niet.

Ik denk op dat moment namelijk nog dat ik mensen (vooral vrouwen) kan redden.

'Hoezo hou je niet van jezelf? Je bent mooi...'

Femmetje onderbreekt me. 'Ik heb mijn schoonheid altijd als een vloek ervaren. Vanaf mijn vroegste jeugd willen mannen iets van me. Zelfs goede vrienden van Gijs hebben geprobeerd me te versieren. Sommigen deden dat terwijl Gijs gewoon enkele meters verderop stond! Bovendien vind ik mooi zijn totaal geen verdienste. Model zijn is zo ongeveer het domste beroep dat er bestaat, je bent gewoon een klerenhangertje. Modellen zijn wel mooi slank. Ik ben te dik. Ik vind mezelf helemaal niet mooi. Ik heb een rare kin, ik heb lelijk dun blond haar, daarom verf ik het. En mijn borsten zijn veel te groot. Ik ben danseres. Ik had graag cup A gehad.'

Nu zou ik moeten beseffen dat Femmetje radgek is.

Ze is van nature blond, ze is slank, en ze heeft cup dubbel D. Een clichébeeld van vrouwelijke schoonheid.
Hoe kun je jezelf dan niet mooi vinden en je haar verven?
Ik ga onverdroten verder.
'Je oefent het beroep uit waarin je goed bent.'
'Ik ben professioneel danseres. Ik speel in musicals en dans daar nooit de hoofdrol in omdat ik daar niet goed genoeg voor ben. Ik acteerde aardig in *Op Zoek naar de Verloren Tijd* maar ben er na een jaar uit geschreven. Dus zo goed zal ik niet zijn.'
'Je trekt in elk geval wel leuke mannen aan, met wie je op grote blauwe banken belandt.'
'Kijk, daar heb jij nou helemaal gelijk in.'
We hangen tegenover elkaar in de bank. Zonder erover na te denken, puur vanuit mijn gevoel, zeg ik: 'Kom eens hier.'
Alsof het een zorgvuldig gechoreografeerd ballet betreft buigt ze zich naar mij toe en gaat op me liggen. Ze raakt me maar ik voel geen enkele druk van haar lichaam. Naar later blijkt doet ze dit automatisch. Er zijn vrouwen die in staat zijn je te pletten als ze boven op je gaan liggen. Ook al zijn ze slank en maar 1 meter 55 lang.
Een opleiding tot danseres heeft duidelijk voordelen.
Ik lig onder.
We kijken elkaar recht aan en kussen.
Ik heb nog nooit zo goed gezoend met iemand en zij ook niet, zegt ze later.

38

## ·20·

Het is het eind van de middag. We gaan aan de wijn.
Femmetje zit op de trap die van de woonkeuken beneden naar de woonkamer boven leidt.
'Ik heb nog nooit iemand met zo'n grote aandacht een fles wijn zien openmaken en inschenken.'

'Daar zit, zoals wel vaker bij mij, een gedachte achter,' zeg ik. 'Omdat ik als kind snel groeide was ik op een gegeven moment langer dan ik zelf besefte. Mijn handen eindigden niet waar ik dacht dat ze eindigden. Dat zorgde ervoor dat ik dus dingen ging omstoten zonder het te willen. Ook ben ik, wat ik je geloof ik nog niet verteld had, aan één oor volledig doof.'

'O, wat erg voor je. Welk oor?'

'Als je terugdenkt aan onze momenten samen, dan zul je beseffen dat je altijd in mijn linkeroor praat. Ik ben rechts honderd procent doof. De domste vraag die mensen stellen is of ik dan geen gehoorapparaat wil. Ik hoor niks, nada, niente. Er valt dus ook niets te versterken. En erg is het niet.'

'Heb je het al sinds je geboorte?'

Ik lach. 'Het is geen aangeboren afwijking, gelukkig. Ik heb het sinds mijn vijfde. En het komt met aan zekerheid grenzende waarschijnlijkheid door een verwaarloosde middenoorontsteking. Alles zit er, hamer en aambeeld, buis van Eustachius, maar er is een zenuw stuk. De opgevangen signalen worden niet doorgegeven aan de hersenen. Een kennis van mij is arts en heeft exact hetzelfde. Hij wees me op het prettige detail dat als de ontsteking iets verder had doorgewoekerd, de rechterhelft van mijn gezicht naar beneden had gehangen.'

'Wat een verhaal!'

'Die doofheid beïnvloedt ook het evenwichtsorgaan. Ik flikkerde tijdens gymnastieklessen op de middelbare school standaard van de evenwichtsbalk af en ik was zoals gezegd wat langer dan mijn hersenen in de gaten hadden. Om grote onhandigheid en ernstige ongelukken te voorkomen, ben ik me heel erg gaan concentreren op datgene wat ik doe. Ik moet wel, want met de interne wiring in mijn hoofd is duidelijk iets mis. Om het nog leuker te maken, ik ben linkshandig geboren maar moest, op de montessorikleuterschool nota bene, in Amsterdam-Zuid, rechts leren schrijven. Het resultaat is een soort tweehandigheid die nu handig is maar niet toen ik puberde. Ik heb een tijdje golf gespeeld, niet gehinderd door enig talent; ik speelde met linkshandige clubs, die ik vasthield met een rechtshandige greep, en ik putte rechts. Ik vermoed dat ik door die merkwaardig lopende bedrading in mijn hoofd zo creatief ben. En voor een halfdoof iemand heb ik het redelijk ver gebracht in omroepland.'

Ik schenk, zoals door haar opgemerkt met grote aandacht, de wijn in. Het is een bordeaux, een Château Poujeaux Cru Bourgeois 1996 uit de Moulis. Ooit ingekocht voor 25 gulden. Ze zijn nu per fles vijftig euro maar daar zal ik Femmetje niet mee vervelen, dat is proletengedrag. Evenmin zal ik haar wat vertellen over de grote kristallen Riedel-glazen waar ik graag mijn bordeaux uit drink.

'O, wat een mooie, grote glazen,' zegt ze verrukt.

Ik geef haar de wijn. We lopen naar boven en nestelen ons op de bank.

Ze neemt een slok.

'Wow. Wat een heerlijke wijn. Maar het lijkt wel alsof alles leuker en lekkerder is als ik bij je ben!'

Ik heb exact hetzelfde.

In de weken daarna is er een constante gulzigheid.

We drinken gulzig, roken gulzig en praten met grote overgave.

Elke minuut samen is prachtiger dan ooit welke tijdspanne samen met wie dan ook.

Verliefdheid is een mooi ding. Duurde het maar eeuwig.

Het is dat ik groot respect heb voor de gevallenen in de Tweede Wereldoorlog en dat mijn grootvader van moederskant een met het Distinguished Flying Cross en het Vliegerkruis gedecoreerde oorlogsheld is, maar anders had ik die dodenherdenking verder alleen maar zoenend doorgebracht.

Om kwart voor acht die vierde mei zet ik de tv aan om de dodenherdenking op de Dam te volgen. Vlak voor acht uur ga ik naast de bank staan. Femmetje blijft zitten. De twee minuten stilte die volgen zijn stil, op een op zijn brommer voorbijscheurende pizzakoerier na en natuurlijk op de vogels na die altijd gezellig blijven doortsjilpen, ook al worden er mensen gefusilleerd.

Ik vertel over mijn grootvader, die ik vanwege een conflict tussen zijn tweede vrouw en mijn moeder pas op mijn veertiende heb leren kennen. Hij heeft in Indië, Amerika, en Engeland gewoond en was werkzaam bij de Marine Luchtvaartdienst, de vliegeniers van de marine. Toen ik hem leerde kennen was hij een verstild man. Op één na was hij al zijn vrienden in de oorlog kwijtgeraakt. Elke dag dat ze vanuit Engeland opstegen wisten ze dat er mensen niet zouden terugkomen. Na de oorlog is hij nog een tijd walvisvaarder geweest op de Willem Barentsz. Doordat zijn tweede vrouw hem erg onder de duim hield, heb ik hem feitelijk nooit leren kennen. Jammer, vooral als je het enig kind van twee enig kinderen bent.

Gelukkig had ik met mijn grootmoeder wel een goed contact, tot ze dement werd. Dan wordt het contact meestal een stuk minder.

Ik zet om zeven over acht de tv uit, ik ben nog van de generatie dat ik het bizar vind dat ik op tv een evenement kan zien dat een paar duizend meter verderop is. Omdat het op tv is lijkt het minder reëel dan als ik er echt was. Volgens mij is dat het probleem van mensen die met internet en tv en videogames en Wii en Xboxen en happy slapping en de hele reutemeteut zijn opgegroeid: niks raakt ze meer omdat ze niks als echt ervaren.

Femmetje en ik praten verder de hele avond honderduit, we lachen veel en blijken allerlei passies te delen. De moeder van de vriend van mijn moeder (de schaduw over mijn jeugd) was tot haar dood op haar vijfentachtigste zangdocente en logopediste van vele grote vaderlandse (en Belgische) acteurs. Daardoor ken ik de wereld waarin Femmetje zich beweegt goed. Ik vertel haar dat ik, omdat ik zowel bij mijn vader als bij mijn moeder heb gezien wat geldgebrek kan aanrichten, nooit datgene ben gaan doen wat ik als kind wilde.

Ik wilde wereldberoemd toneelschrijver worden maar daar is als Nederlander geen droog brood in te verdienen. Ik heb wel twee toneelstukken geschreven, waarvan er in mijn studententijd ook een is uitgevoerd. Daarna wilde ik acteur worden, maar het bestaan (dat ook Femmetje blijkt te leiden en te lijden) van een tijd voor weinig geld op het toneel staan en daarna een uitkering moeten trekken trok mij niet.

Na de middelbare school wilde ik naar de filmacademie, richting regisseur/scenario, maar die wilde mij niet. Of dat te maken had met het feit dat ik aan wijlen Wim Verstappen vroeg of hij de portier was en wist waar de toelatingsgesprekken waren of met de kwaliteit van mijn scenario zal ik helaas nooit weten.

Daarna wilde ik copywriter worden, een goed huwelijk tussen creativiteit, commercie, veel geld verdienen en het aan de man brengen van volstrekt zinloze zoutjes gemaakt van aardappelafval, maar een goede vriend van mijn moeder die een eigen reclamebureau had adviseerde mij om te gaan studeren als ik dat kon.

En dat kon ik.

Dus ging ik op mijn achttiende studeren aan de Universiteit van Amsterdam.

Het geldgebrek in het huishouden waar ik ben opgegroeid was relatief.

Ik zat na een vreselijk jaar Vossius Gymnasium (een school waar de kinderen discrimineerden op uiterlijk in plaats van op inhoud in een tijd dat zoiets nog niet, zoals nu, normaal was) op een goede school, het Hervormd Lyceum Zuid in de Brahmsstraat.

We woonden in een keurig Amsterdam-Zuid huurhuis met tuin – voor de liefhebber: de Jan van Eijckstraat – en er kwamen karrenvrachten boeken het huis binnen. Maar aan het eind van de maand kon er niet veel. Mijn moeder maakte dan vaak gehaktbrood, of we aten slavinken (gretverdemme). Ook 'dure' frisdranken kocht mijn moeder niet. Ter compensatie kocht ik elke donderdag als de *Vrij Nederland* en de *Haagse Post* binnenkwamen bij de inmiddels opgedoekte Albert Heijn op de hoek Stadionweg Beethovenstraat een fles bitter lemon (light bestond nog niet), een zak Shanghai-nootjes met witte krokante laag en een BonBonBloc. Ik lag die hele donderdag op bed gelukzalig te lezen en te eten. Ik was elf.

Ik kwam er pas later achter dat dat niet normaal is.

Kleren konden alleen gekocht worden als mijn moeder geld had teruggekregen van de belastingen, één keer per halfjaar. Dan moest ik mee naar de HIJ in de Beethovenstraat en daar kochten we dan, tijdens de uitverkoop, de winkel leeg. Ik droeg kleren die ik niet wilde maar mijn moeder drong haar dominante smaak altijd aan mij op. Zo heb ik ook mijn hele jeugd met lang meisjeshaar moeten lopen omdat mijn moeder dat zo leuk vond staan.

Ik logeerde vaak bij mijn grootmoeder, die in het Zeeuwse Vlissingen op de Boulevard Evertsen 278 woonde. Als we bij de plaatselijke slager kwamen werd dan ook altijd gevraagd of het meisje soms een plakje worst lustte.

Het is echt een wonder dat ik nog zo normaal uit mijn jeugd ben gekomen.

Mijn moeder stond ook altijd heel, heel erg rood. Daar moest ik dan weer hele verhalen over aanhoren, alsmede over het feit dat mijn vader nooit een cent alimentatie betaalde et cetera. Echt dingen die je als kind van negen fijn vindt om te horen en waarover je graag meedenkt.

Ik mocht tot mijn vijftiende maar één keer per week warm douchen. De rest van de week moest ik voordat ik naar school ging met koud water en een washandje mezelf trachten schoon te maken. Een 'kattenwasje' noemde mijn moeder dat.

De vriend van mijn moeder (de schaduw over mijn jeugd), die wel elke dag warm douchte, was meer een aanslag op het huishoudbudget dan een bijdrage, want hij studeerde nog. Later gaf hij les, maar ook dat was geen vetpot. Bovendien ging al zijn geld op aan boeken, boeken en nog eens boeken, want bij mij thuis waren kleding en eten bijzaken. Boeken waren belangrijker.

Dat ik in mijn jeugd niet van de honger ben omgekomen is te danken aan de ouders van 'the closest thing I have to a brother': mijn beste vriend, die ik ken sinds we nul waren; we lagen bij elkaar in de wieg.

Helaas is hij na de studie ver weg gaan wonen, zodat ik hem zelden zie. Gelukkig komt hij binnenkort naar het eiland waar ik nu woon.

Zijn vader, een bekend dichter behorend tot de Vijftigers, had een vrouw die buitengewoon lekker kon koken. Elke zaterdag reisden wij in de Fiat 500 van mijn moeder naar de Stofkopersstraat in Haarlem, alwaar wij vergast werden op spijzen (het beste woord hiervoor) als zelfgemaakte soepen, fazanten met zuurkool, puree en cranberrycompote en zelfgemaakt vanille-ijs, dus met vanillespikkeltjes erin.

Bij mij thuis regeerden bruine volkoren boterhammen met kaas en tofugruwel met kotskruiden. Zeer politiek correct maar buitengewoon smerig. De vriend van mijn moeder (de schaduw over mijn jeugd) vertikte het om te koken, zoals het een geëmancipeerd links intellectueel betaamt.

Ik ben nadat ik op mijn achttiende op kamers was gaan wonen en vanaf dat moment alles zelf bepaalde dertig (echt!) kilo aangekomen. Het was niet alleen het feit dat ik kon eten wat ik wilde. Daar zat ook de consumptie van een zwemband veroorzakend zwembad bier bij en een pierenbadje whisky. Op het moment dat ik begon met studeren woog ik 85 kilo. Toen ik afstudeerde (zesenhalf jaar later) woog ik 115 kilo.

Het meeste is er trouwens weer af, dank u.

# ·21·

Net op het moment dat het echt leuk dreigt te worden zegt Femmetje plotseling dat ze gaat. Nu is dat al erg – het jongetje in mij dat acht jaar oud is wil dat dit bevlogen gepraat en geknuffel en gezoen uren, dagen, maanden, jaren, decennia, eeuwen doorgaat – maar ze maakt het nog erger door het laatste deel van de zin waarmee ze aankondigt dat ze weggaat: 'anders wordt Gijs ongerust'.

Het is net alsof Femmetje rukt aan de arm van een platenspeler. Een grote kras met bijbehorend *grrwwoeggeehgg*-geluid is het gevolg.

Ik, meester der fijnzinnige subtiliteit, stel de vraag die als een zwaard van Damocles boven ons hangt. Of vooral boven mij. Na enig nadenken weet ik het krachtig en delicaat te formuleren: 'Neuk je nog met Gijs?'

Geef toe, ik weet het prachtig geformuleerd en bovenal subtiel te brengen.

Femmetje neemt fysiek afstand, iets waar ik overgevoelig voor ben, en inhaleert haar sigaret diep.

De stilte van Damocles hangt inmiddels in de donkere kamer.

'Alhoewel "ons" nog wat prematuur is...'

Ze zegt 'ons', jubelt mijn hartje!

'... vind ik dat ik je vanuit onze huidige relatie...'

Ze zegt 'relatie', jubelt mijn hartje!

'... daar misschien wel een antwoord op moet geven...'

Ze neemt weer een trek van haar sigaret. Kan dat mens niet stoppen met roken!! Ik wil antwoord!

'Neen. Ik ga niet meer naar bed met Gijs. We wonen wel in hetzelfde huis en we slapen zelfs nog in hetzelfde bed...'

Alhoewel ik daar normaal gesproken niet goed mee overweg zou kunnen, heb ik daar nu geen enkele moeite mee. Ik weet namelijk heel zeker dat het tussen ons goed zit. Waarom ik dat eigenlijk zo zeker weet, weet ik niet.

'... maar ik moet er absoluut niet aan denken om met Gijs nog naar bed te gaan.

In alle eerlijkheid heeft de seks in al die jaren niks voorgesteld...'

Dat is nou de openheid waar je als nieuwe geliefde op zit te wachten! Halleluja!

'We deden, o, wat klinkt dit errug... we deden het eigenlijk alleen op zondagochtend als we allebei gedoucht hadden. Dat wilde hij graag, eerst douchen en dan seks. Hij was meestal binnen twee minuten klaar en dan vingerde ik mezelf maar klaar, was er toch nog wat aan. Nee, de seks was niet echt goed.'

Ik trek de stoute schoenen aan en vraag door.

'Hoe hou je dat uit, zeven jaar lang?'

'In het begin was de seks nog redelijk aardig, en hij is heel lief. Het is een goed mens. Maar ik wil blijkbaar meer. Enne, laat ik maar

heel eerlijk tegen je zijn... O, wat erg. Dit wordt wel heel erge antireclame voor mij, maar ik ben Gijs ook niet altijd even trouw geweest in die zeven jaar.'
Ik ben verstandig en zwijg. Ik probeer begripvol te kijken. Geen idee hoe dat eruitziet.
Femmetje neemt een slok wijn en gaat door.
'O, het is echt heel erg. Hierna wil je me vast nooit meer zien. Ik heb wat gehad met een tegenspeler in de soap. Dat hebben we heel erg discreet gehouden, want dat was pas voer voor de bladen geweest en...'
Ze zwijgt en neemt een heel grote slok wijn.
'... ik heb al jaren wat met Gino...'
Gino had dus toch gelijk, bedenk ik. De soap is net afgelopen en ze heeft er maar een jaar in gespeeld. Dus ze had recent (OF NU NOG STEEDS?) wat met haar tegenspeler, die ik nu het liefst voor zijn bek wil gaan timmeren, en met Gino, die ik niks kwalijk kan nemen. De teller staat op twee. Of drie, als we Gijs meetellen.
Ik zwijg nadrukkelijk.
Van deze hoeveelheid informatie moet ik even bijkomen.

'Overigens, voor de goede orde, met die tegenspeler is het uit.'
(Mijn hart doet een vreugdedansje).
'Ik voelde niks voor hem. Ik verloor mij in clichéromantiek. *Christmas in Paris.* Dat soort onzindingen. En met Gino wilde ik al een hele lange tijd stoppen en dat ga ik nu ik jou ben tegengekomen ook meteen doen.'
'Waarom wilde je met Gino stoppen en heb je toch al jaren wat met hem?'
'Ik ken hem al heel lang, we hebben ver voor Gijs iets gehad, ik was geloof ik zeventien. Hij is dus zeer vertrouwd. Hij is iets kleiner dan ik, wat best schattig is, en hij is redelijk in bed. Dankzij hem heb ik het met Gijs denk ik zo lang uitgehouden.'
De laatste zin komt mij er veel te zakelijk uit. Ofschoon ik een reguliere seksafspraak met Guinessa heb, is het niet de bedoeling dat anderen ook zulk gedrag vertonen!

Bovendien heb ik geen partner. Ik ga dus niet vreemd, ik ga bekend.

Ik besluit haar het gesprek uit de doeken te doen dat ik met Gino heb gehad.

Tot mijn verbazing is ze niet boos dat ik al wist van hun affaire en dat ik haar dat niet heb verteld. Sterker nog, ze begrijpt dat ik hier niet zomaar ineens over kon beginnen. Ze is wel razend over de woorden van Gino.

'UIT ELKAAR SCHEUREN! Die zelfingenomen Italiaanse klootzak. Wat een vreselijke term! Wat een misplaatst machismo!! Ik ga hem nu bellen en zeggen dat ik die ongelofelijke klootzak met dat kleine lelijke lulletje helemaal nooit meer hoef te zien!'

Gelukkig kan ik haar ervan overtuigen dat ze dat beter niet nu meteen kan doen.

Ik heb op dat moment namelijk nog steeds de hoop dat mijn vriendschap met Gino dit allemaal overleeft. Dat zal een illusie blijken te zijn.

Femmetje kalmeert.

Ik ruk de derde fles wijn aan, evenals de tweede een Sebastiani Cabernet Sauvignon van 1994 uit Sonoma.

'Wil jij mij dronken hebben?'

Bij gebrek aan beter weet ik niks anders te zeggen dan het obligate: 'Een dronken vrouw is een engel in bed.'

'Wel als je van braakseks houdt,' repliceert Femmetje gevat.

'Ik moet opeens aan een uitzending van *Jerry Springer* denken die het prachtkanaal waar ik als zenderstem werk ooit uitzond: 'I like to puke on my partner'. De man in het programma kon op commando over zijn vrouw braken, die dat fijn vond. Overigens heeft de uitzending 'I sleep with my horse' het toentertijd niet gehaald.

Die was te erg.

Ik heb hem op VHS gezien en sindsdien heb ik heel vreemde associaties met een bekend André van Duin carnavalsnummer. Het echte nummer gaat zo:

(Alhoewel ik een prima inspreekstem heb kan ik absoluut niet zingen.
Ik doe echter een manmoedige poging.)
*Er staat een paard in de gang, ja ja een paard in de gang*
*O o een paard in de gang, een paard en staart*
*Er werd gewoon gebeld dus zij deed open heel bedaard*
*Nog geen seconde later was haar gang gevuld met paard*

In mijn hoofd komen dan automatisch de volgende regels op:
*Er wordt gepaard in de gang, ja ja gepaard in de gang*
*O o gepaard in de gang met juffrouw Jansen.*
*Er wordt gepaard in de gang, ja ja gepaard in de gang*
*O o gepaard in de gang met juffrouw Jansen.*
*Er werd gewoon gebeld dus zij deed open heel bedaard*
*Nog geen seconde later was juffrouw Jansen gevuld met paard...*
Gelukkig draait men het nummer zelden.'

48 Femmetje lacht tot de tranen over haar wangen lopen. Dan zegt ze: 'Over seks gesproken, maar dan zonder het gebruik, ik wil heel, heel, heel erg graag met je naar bed, maar daar wil ik momenteel even mee wachten.'

Ik heb zes dagen geleden nog liggen neuken met Guinessa dus ik hou het nog wel even uit, denk ik.

Bovendien, al dat geneuk is leuk maar ik ben in essentie op zoek naar Liefde met de hoofdletter L. Daarvan is seks een onmisbaar onderdeel, tezamen met tederheid en intimiteit, knuffelen en elkaar lang en warm vasthouden.

Seks is alles; van uren genieten van elkaars lichaam (wat een walgelijke *Viva*-zin) tot een quickie.

Maar in mijn ogen zijn echte communicatie en kameraadschap het allerbelangrijkste.

Helaas begint daar meteen het probleem: zelfs als het lijkt alsof je heel goed communiceert, dan nog kan het zijn dat je volledig langs elkaar heen praat.

Als de een 'fiets' zegt, dan denkt de een aan een omafiets terwijl de ander een vélocipède voor zijn geestesoog heeft zweven.

Als ik hier te lang bij stilsta wil ik me verhangen omdat je dan inziet dat ware, werkelijke communicatie in essentie niet mogelijk is.

Gelukkig heb ik twee linkerhanden en kan ik dus geen touw knopen.

Femmetje en ik hadden opmerkelijk genoeg bijna exact dezelfde associaties en hetzelfde beeld voor ogen.

Dat schept een diepe band.

## .22.

'Zolang jij het niet met Gijs hebt uitgemaakt en je nog bij hem woont ga ik ook niet met je naar bed. Dat lijkt mij niet verstandig. Bovendien wordt het dan allemaal wat rommelig.'

Femmetje moet lachen.

'"Rommelig" is een Gino-woord!'

Ze heeft gelijk en ik moet eveneens lachen. Dan verandert mijn toon als ik zeg: 'Ik wil wel een garantie dat je terugkomt.'

Femmetje denkt na. Blijkbaar begrijpt ze mijn angst. Ze doet haar halskettinkje van rood bloedkoraal af en geeft het me.

'Ik ben hier zeer aan gehecht, dus ik kom zeker terug om het kettinkje te halen.'

Ze bindt het kettinkje om mijn linkerpols achter mijn horloge. Het lijkt nu een soort armband.

'En anders stuur ik wel een leuke vervangster om het te halen.'

'Kan je die niet sowieso sturen?'

Ze lacht en rolt zich in mijn armen. Gek dat iemand van bijna 1 meter 80 zo klein kan voelen. Ik voel de welving van haar borsten tegen mijn borstkas en begin een erectie te krijgen.

'Wat kruipt daar in het struikgewas?' Femmetje legt heel even haar hand erop. Ik voel dat ze de kracht en kloppende warmte voelt.

'Hmm, een belofte voor de toekomst.'

Abrupt staat ze op, pakt haar telefoon en belt een taxi. Zonder enige verdere tekst gaat ze haar laarzen aantrekken. De taxi komt weer meedogenloos snel.

Bij de deur zoenen we.

Ze loopt naar de taxi en zegt heel blij: 'Ik bel je, lieve Pep.'

Later ontdek ik dat ze zo ontzettend slecht is in afscheid nemen dat ze het dan maar heel snel en heel erg abrupt doet. Nu ben ik verbaasd over de snelheid waarmee het gebeurt. Ik ga op bed liggen en wil masturberen. Uit romantisch respect voor haar wil ik niet aan haar denken maar ook niet aan een ander. Licht verward maar zeer gelukkig val ik in slaap.

Vlak daarvoor flitst nog even door me heen dat ik hoop dat ze niet tegen Gijs aan gaat liggen.

Dat mag niet. Het is mijn Femmetje.

## .23.

Femmetje sms't me pas op 6 mei, een hemeltergende zesendertig uur na ons afscheid.

Ik wil, als ik mijn hartje aan een vrouw ben verloren, het liefste vierentwintig uur per dag zeven dagen per week samen zijn, en als we dan niet samen zijn wil ik in elk geval regelmatig contact per telefoon.

Er bestaat, vind ik, zoiets als sms-etiquette. Als ik een sms stuur, wil ik binnen een halfuur antwoord. Anders ga ik me afvragen of er soms iets mis is.

Dat vraag ik me nogal snel af, want ik heb een veel te levendige fantasie.

Maar omdat ik vind dat ik Femmetje de tijd en de ruimte moet geven om de zaken met Gijs goed te regelen heb ik het mezelf opgelegd om haar met rust te laten.

Ik ben blij dat ik een groot deel van die zesendertig uur dat ik niks van haar hoorde heb geslapen en gewerkt.

'Lieve Pep, vanavond zes uur bij jou? Kan maar even blijven. X'

Alhoewel ik het laatste gedeelte van de sms een stuk minder vind, stuur ik haar meteen een 'ja graag!' terug, vergezeld van het teken

XXX. Een intern grapje, aangezien drie kruisjes bij de Amerikaanse filmkeuring staat voor hardcore X-rated.

Bijna exact om zes uur arriveert ze. Ze omhelst me maar zoent me zoals je je tante zoent. (Niet dat ik een tante heb maar mocht ik die hebben gehad, dan denk ik dat ik die zo zou zoenen.)

Nog voordat ik haar kan vragen waarom ze zo afstandelijk is zegt ze: 'Gijs heeft me opnieuw ten huwelijk gevraagd.'

Ik loop naar de ijskast en pak een fles chablis. Alhoewel mij bekend is dat er wereldwijd meer chablis wordt verkocht dan er geproduceerd wordt, vertrouw ik dit wijnhuis volledig.

Bovendien maakt het me op dit moment geen reet uit.

Als er maar alcohol in zit.

Ik moet iets drinken om van de schok bij te komen.

Ik heb nog nooit iemand ten huwelijk gevraagd. Ik heb het wel gewild, ooit, lang-lang geleden, en ik zou merkwaardig genoeg nu ter plekke met Femmetje willen trouwen (wat is het telefoonnummer van rent-a-priest?), maar waarom vraagt Gijs haar nu, ja nu, net nu ik haar ken, waarom vraagt die sukkel haar nu weer ten huwelijk?

'Eh. Nou, leuk voor je.'

Briljante reactie van mijn kant.

'Leuk? Ik maak de relatie uit en hij vraagt me opnieuw ten huwelijk? Het is een soort wanhoopsoffensief. Bovendien heeft hij me, zoals je geloof ik al weet, een halfjaar geleden al gevraagd. Eerst heb ik ja gezegd maar later heb ik dat teruggetrokken. De kaarten waren reeds verstuurd. Mijn moeder in tranen. Dat leverde een hele hoop toestanden op. Bovendien vroeg hij mij ten huwelijk na wat hij dacht dat een spontane miskraam was maar wat in werkelijkheid een door mij opgewekte spontane abortus was. Ik bedoel, welke foetus overleeft twee pakjes sigaretten en twee flessen wodka op een avond? Daarnaast kan Gijs me wel weer ten huwelijk vragen als ik het probeer uit te maken maar ik ben impelnimpelhoteldebotelstapeldebapel verliefd op jou dus dan ga ik toch niet met hem trouwen. Wat denkt hij wel? Hij zag er trouwens slecht uit. Zodra het minder met ons gaat, gaat hij drinken en dan...'

Ik heb een sigaret opgestoken en deze vervolgens tussen de lippen van Femmetje gedrukt. Ze houdt even haar mond. Goddank. Ik neem een grote slok chablis. Van deze hoeveelheid informatie moet ik even bijkomen. Verbazing, lichte afkeer en een warm gevoel in mijn bovenbuik strijden om voorrang. 'Was je zwanger van Gijs of van Gino? Of van je tegenspeler in die soap?'

Misschien moet ik in mijn eigen belang deze vraag gewoon niet stellen, denk ik. Ik voel een lichte misselijkheid opkomen. Mijn tolerantie voor polygamie heeft zo haar grenzen. Of de chablis valt verkeerd. Zal ik een glas grappa nemen?

'Oh my God, nu zet je me uit je huis.' Ze zwijgt even en kijkt naar buiten. 'Ik moet eigenlijk toegeven dat ik het niet weet.'

I beg your pardon, denk ik, maar ik weet het voor me te houden.

'Van mijn tegenspeler in de soap kan ik eigenlijk niet zwanger zijn geweest want we deden het met condoom. Gijs en ik hadden zoals je weet bijna nooit seks maar het kon wel van hem zijn want we deden het nog eens per twee maanden of zo. Ik moet tot mijn schande toegeven dat Gino en ik het altijd zonder regenjasje deden want hij kon het niet met condoom maar Gino heeft traag zwemmend zaad, weet ik. Een soort zaad zonder zwemdiploma.'

Ik zie opeens allerlei kleine spermatozoïden met duikmaskertjes en snorkeltjes voor me.

'Wel wrang eigenlijk, zo'n fel Italiaantje dat in zijn Alfa als een dolle accelereert en die dan vervolgens heel erg traag zaad heeft.'

Ze begint onbedaarlijk te lachen. Nu weet ik het zeker: Femmetje is gek.

Desondanks wint het warme gevoel.

Ik ben reddeloos verloren want ik ben impelnimpelhoteldebotelstapeldebapel verliefd op Femmetje.

'Maar wat heb je nu tegen Gijs gezegd na zijn aanzoek?'

'Dat ik er wel klaar mee ben. Dat ik van hem hou maar dat houden van alleen niet genoeg is. Dat we niet voor niets al geruime tijd bijna nooit meer seks hebben. Dat ik met ingang van morgen bij

mijn ouders in Duinrusthe ga wonen.' Vandaar, lieve Pep, dat ik nu alweer weg moet, want ik ga mijn koffers pakken en naar mijn ouders en dan zie ik jou overmorgen weer als je dat leuk zou vinden.'
Als ik dat leuk zou vinden? Wat mij betreft trekt ze meteen bij mij in! Maar dat durf ik niet te zeggen.
Femmetje zoent me op mijn mond, neemt een slok wijn en loopt weer mijn leven uit.
Nu hoor ik een hemeltergende veertig uur niks.
(Nee, ik heb de minuten niet bijgehouden, ik ben geen wijf.)
Sommige vrouwen beseffen niet wat ze je aandoen door volstrekt niks van zich te laten horen.
(Oké, ik ben wel een wijf.)
Ze denken er eenvoudig niet aan. Ik heb weleens gedacht dat ik voor Femmetje ophou te bestaan zodra ze de groene deur van de Keizergracht achter zich dichttrekt.

53

# .24.

Na veertig uur, het is 8 mei in de middag, stuurt Femmetje me een sms.
'Zit bij ouders. Vanmiddag in Amsterdam overleg met bureau dat mijn management doet. Dan interview. Daarna bij jou? Kan komen logeren?'
Ik sms meteen terug: 'Jaaah. Zal ik koken?'
Alhoewel ik geen antwoord krijg, haal ik het bed af, stop ik de enige set lakens die ik heb in de wasmachine (ik heb dan misschien wel een meisjeshuis, maar ik ben een man; ik vind één set beddengoed voldoende) en loop ik naar de Elandsgracht voor inkopen.
Ik ga een rosbief met aardappelpuree en verse doppertjes maken.
De wijn, een excellente Château Brane Cantenac, 2ème grand cru classé van 1996, haal ik uit zijn kist. Ik zet hem recht overeind om de droesem naar beneden te laten zakken.
Ik maak het bed op en wacht.

Ik ben meestal prima in staat om wat anders te gaan doen maar dat lukt me nu niet.

Ik wacht.

Opeens is ze er.

Ik doe de deur open. We staan in de hal.

'Sorry lieve Pep, dat ik wat later ben, de bespreking liep wat uit, maar ze hebben een leuke klus voor me; ik moet een of ander bedrijfsevenement waar ik niets van snap aan elkaar praten en dat betaalt heel erg goed en…'

Ik zoen haar vol op de mond.

Zeker een minuut of vijf dansen onze tongen een Weens walsje.

Ik heb enorm veel zin om haar nu Woest te Bespringen maar weet dat de belofte van korte wipjes uit pure geiligheid later zal kunnen worden ingelost als we De Eerste Keer hebben gehad.

Alhoewel ik vreselijk opgewonden ben gaat het mij toch te ver om De Eerste Keer hier en nu in de hal te laten plaatsvinden.

De Eerste Keer, die in mijn leven vaak plaats heeft gehad in een roes van gruizige geilheid en grappa, wil ik ditmaal nuchter beleven. Een paar glazen wijn daar gelaten. Ik wil heel bewust voor het eerst naar bed met deze vrouw van wie ik in korte tijd onvoorwaardelijk ben gaan houden.

We kletsen zoals te doen gebruikelijk honderduit en drinken. We drinken altijd als we samen zijn en we roken.

Ik rook al veel te lang, bedenk ik.

Op mijn veertiende was ik gek van Sherlock Holmes. Die rookte pijp, dus ik vond dat ik dat ook moest gaan doen. Ik stond er niet bij stil of ik het lekker zou vinden. Ik moest en zou gaan pijproken.

Ik ben dus niet gaan roken omdat anderen het deden, niet vanwege de wereld van Peter Stuyvesant, niet vanwege de avonturen in de jungle van de Camel-man en al helemaal niet vanwege de rokende cowboys van Marlboro.

Ik ben gaan roken vanwege Sherlock Holmes.

Voorwaar antirookactivisten, wat nu?

De boeken van Sir Arthur Conan Doyle in de ban doen? Rituele boekverbranding op het Spui in Amsterdam? (Te veel rook.) Mijn briljante leraar geschiedenis, de reeds jaren geleden ontslapen Jean Pecheur, beroemd om zijn uitspraak als tien leerlingen tegelijk een vraag stelden: 'Ik ben wel een poot maar geen duizendpoot', rookte pijp.

Ik vroeg hem om advies over het pijproken.

Met wat voor pijp kun je het beste beginnen? Welke tabak? En meer van dat soort vragen.

Hij nodigde mij uit om op een middag mee te gaan naar de film. Daarna zou hij mij alles vertellen over pijpen.

De film bleek *Morte a Venezia*, Dood in Venetië, uit 1971, van Luchino Visconti. De film zou op een zondagmiddag speciaal worden vertoond in The Movies.

Voor de partieel geschoolden: de hoofdrol in de film, Gustav von Aschenbach, wordt gespeeld door sir Dirk Bogarde, wiens echte naam Derek Jules Gaspard Ulric Niven van den Bogaerde was. Zijn bijnaam gedurende de Tweede Wereldoorlog was 'Pippin', wat weer een verbastering is van Pepijn en waarmee ik geen enkel verband wil suggereren tussen ons beiden maar wat an sich wel een geestig detail is. De film *Dood in Venetië* is gebaseerd op de gelijknamige roman van Thomas Mann.

De vijftiger Von Aschenbach bevindt zich, ondanks zijn grote literaire succes, in een nare creatieve crisis. Hij gaat na een periode van artistiek leed naar Venetië om eens fijn bij te komen. Helaas rust hij voor geen meter uit, want hij wordt bevangen door een koortsachtige passione voor de jonge knaap Tadzio, die in Venetië verblijft vanwege vakantie met zijn familie. Tadzio belichaamt een klassieke schoonheid die vriend Von Aschenbach zijn levenlang heeft gezocht en hij raakt totaal van zijn padje.

Op de achtergrond van de – overigens prachtige – film speelt een dodelijke pestepidemie die iedereen in Venetië bedreigt.

Kortom: een dol feest vol homo-erotiek, pedofilie, schoonheid en verval voor den geheele familie!

Ondanks de schitterende beelden van een onheilszwanger Venetië

werd ik gaandeweg wat minder blij met de filmkeuze van mijn leraar geschiedenis.
Knaapje Tadzio was trouwens ook minder blij met de film. Tadzio, die eigenlijk Björn Andrésen heet, was op het moment van de opname van de film zestien. (Evenals ik toen ik die middag de film zag.)
Hij was en is – hij leeft tegenwoordig met vrouw en kind in Stockholm – heteroseksueel. (Evenals ik toen ik die middag de film zag.)
Hij heeft jarenlang last gehad van zijn rol in de film.

> *'I was just sixteen and Visconti and the team took me to a gay nightclub. Almost all the crew were gay.* (Ook zijn tegenspeler Dirk Bogarde was homoseksueel.) *Waiters at the club made me feel very uncomfortable. They looked at me uncompromisingly as if I was a nice meaty dish. I knew I couldn't react. It would have been social suicide. But it was the first of many such encounters.'*

Ik wilde elke encounter of the first, second of third kind met mijn
 leraar trachten te voorkomen. Maar als slachtoffer van een goede opvoeding vond ik ook niet dat ik het kon maken om tijdens de film weg te rennen: *'It would have been social suicide.'*
Bovendien vond ik de film daar ook te mooi voor (de muziek van Gustav Mahler, de beelden van Venetië).
Ik keek even om me heen in de bioscoop.
Dat had ik beter niet kunnen doen.
In de hele bioscoopzaal zaten alleen maar mannen.
Ik werd nerveus want ze keken naar me: *'uncompromisingly as if I was a nice meaty dish'*.
Aargh!
Ik zag op enkele Venetiaanse daken antennes voor televisieontvangst terwijl er in die tijd helemaal geen tv was. Ik ben dol op fouten in films. Ik maakte mijn leraar op de antennes attent. Zijn antwoord nam mijn nervositeit niet weg. Integendeel.
Hij zei dat ik een 'goed oog voor lange stalen masten' had.
Ik kon niet voorwenden dat ik na een telefoontje plotsklaps naar huis moest omdat mijn tante niet goed geworden was. De mobiele telefoon bestond namelijk nog niet…
Nadat de film was afgelopen keek Pecheur mij geamuseerd aan.

'Nog even een glaasje bier drinken, of mag dat niet van je moeder?'
Hij smakte met zijn lippen en haalde zijn pijp uit de broekzak, stopte deze met Amphora-pijptabak en stak de brand erin.
Het leek me niet verstandig om gillend naar huis te rennen.
Het leek me niet verstandig om te vertellen dat ik gemiddeld met mijn jeugdvriend Slobodan zeker drie mandflessen lambrusco (bizar smerige Italiaanse rode, licht mousserende wijn. Ja inderdaad: rood en licht mousserend... kostte geen drol) per week dronk.
Het leek me niet verstandig om over zijn pijp te beginnen.
Ik wilde het woord 'pijp' of het meervoud van één pijp vermijden.
We liepen richting Westerkerk.
Na het slechten van de Rozengracht kwamen we bij een café op de Prinsengracht. We dronken zwijgend.
Ik een biertje, hij een halve liter bier en een jenever.
'Zo jongen, wat vond je van de film?'
In de daaropvolgende conversatie heb ik geprobeerd elke verwijzing 57 naar het contact tussen een oudere man en een jonge blonde knaap te vermijden. Ik weet niet meer hoe ik het gedaan heb, maar het is me gelukt.
'Zo mensen, het is al een uur of zeven. Ik woon hier vlakbij. Wil je een hapje komen eten?'
Ik was weleens eerder bij hem komen eten, chili con carne, in zijn grachtenappartement (dat om de hoek lag van het appartement aan de Keizersgracht dat ik later in de tijd bezat voor ik naar het eiland ging en waar ik met Femmetje wijn dronk en rookte) maar dan wel met de hele klas en met meisjes erbij!
Was er maar een meisje mee naar die film gegaan! Bijvoorbeeld mijn grote jeugdliefde, met wie het nooit wat geworden is, Lavenda.
Nadat ik van het Vossius Gymnasium af ging kwam ik terecht op het Hervormd Lyceum in de Brahmsstraat in Amsterdam-Zuid. Omdat de school andere boeken gebruikte dan het Vossius leek het de schoolleiding verstandig dat ik de brugklas overdeed. Dat advies volgde ik braaf op. Als doubleur, een keurig op het Vervormd Lyceum gehanteerd woord voor zittenblijver, moest je om naar het vwo te mogen in totaal negenenveertig punten hebben voor de zeven hoofdvakken.

Ik had er achtenveertig.

Dus naar de havo, maar, zo beloofde de schoolleiding, als ik een goed kerstrapport had, dan mocht ik naar het vwo.

Ik had een prachtig kerstrapport. Maar ik wilde helemaal niet naar het vwo.

Ik wilde in de klas blijven waar ik in zat want ik was impelnimpelhoteldebotelstapeldebapel verliefd op Lavenda, een rondborstige langharige brunette van 1 meter 63.

Ik ben jarenlang verliefd op haar gebleven.

Ik kan mij mijn ontzetting nog herinneren toen ze jaren later tijdens de krakersveldslagen in de Vondelstraat haar huis niet uit kon.

Vanwege Lavenda ben ik op de havo gebleven.

Het is nooit wat geworden.

We hebben zelfs niet gezoend.

'Zit je te dromen?'

Jean Pecheur verstoorde wreed mijn gedachten aan Lavenda.

'Je denkt zeker aan Tadzio? Hè?'

Dit geval van pedo-homo-erotische projectie ging mij te ver.

Ik stamelde dat ik naar huis moest om bij mijn moeder slavinken (bleh) te eten omdat ik dat zo had afgesproken en dat ik hem deze week wel weer op school zou zien.

Ik vluchtte het café uit, in mijn onhandigheid nog een barkruk omgooiend en hopend dat hij niet naar mijn billen keek.

Pas enkele weken later leerde hij mij in het klaslokaal op school de essentialia van het pijproken. De boodschap van mijn kant was duidelijk overgekomen. Pecheur is er nooit meer op teruggekomen.

# ·25·

Ik begon met een pijp van Big Ben. Ik kocht bij Van Lookeren op de Beethovenstraat mijn eerste pijp. Wat pijpenragers erbij (een woord dat ik die zondagnamiddag eveneens angstvallig probeerde te vermijden) en wat Friesche Heerenbaai-pijptabak. Thuis probeerde ik de pijp uit. Je moet een pijp eerst inroken. Vier keer vullen met een kwart tabak, vier keer een half, vier keer driekwart en, je raadt het nooit: vier keer volledig vol. Daarna kun je hem naar eigen inzicht vullen. Pepijn fume une pipe! Ik heb jaren allerlei dolle mixen van Dunhill gerookt zoals de Nightcap, ik was dol op Amphora en op allerlei Zweedse pijptabaksoorten. Mocht je gaan willen pijproken, het is wel een vreselijk gedoe met aanstampen en schoonmaken. Mede daarom en natuurlijk uit nieuwsgierigheid ben ik op een zeker moment sigaren gaan roken. Het ritueel met knipper, cederhoutjes en aanverwante artikelen kent voor mij geen geheimen! Gedreven door wederom nieuwsgierigheid ben ik sigaretten gaan roken, in een andere tijd dan tegenwoordig, waarin niet-roken de norm is. Ik begon met North State filter in een blauw-geel pakje; daarna heb ik tien jaar de enige echte zware Gauloises filter gerookt. En dan hebben we het niet over de in 1984 geïntroduceerde blondes, waar de echte Gauloises-roker (ik dus) pertinent op neerkeek.

Helaas zijn de Gauloises Caporal door de EU-regelgeving waarbij grenzen werden gesteld aan het teer- en nicotinegehalte volledig verneukt qua smaak. Daarna ben ik Camel gaan roken, en nu rook ik al jaren Marlboro medium of light. Marlboro is een merk waar ik totaal geen sympathie voor heb, wederom het bewijs dat reclame voor roken niet werkt.

Ik rook graag mentholsigaretten. Naast mijn 'reguliere' sigaretten rookte ik St. Moritz en Alaska. Dat laatste is de schuld van het boek *Nozzing but ze bloes*, later herschreven als *En nog steeds vlekken in de lakens*, van Nederlands minst bekende auteur, de in 2002 op tweeenvijftigjarige leeftijd overleden Bert Jansen.

In dit boek moet een jongen die als zanger wil doorbreken van zijn manager Alaska mentholsigaretten gaan roken vanwege het heesmakende effect.

Ik ben meteen naar de winkel gerend om ze uit te proberen.

Op het pakje, met jarenvijftigkleuren, stond een ijsbeer. Ze waren erg lekker.

Maar ze worden niet meer gemaakt.

Hier op het eiland ben ik gedwongen, als mijn voorraad taxfree lights op is, om aan de zware Marlboro te gaan. Om onverklaarbare redenen zijn er op dit eiland geen lights te krijgen.

Ik ben een aparte roker. Ook hierin vaar ik mijn eigen koers. Ik rook eens per twee jaar een pijp, meestal een zware. Eens per twee weken rook ik een zeer goede sigaar (Van der Donk of de Oliva Serie O) en ik rook nog steeds sigaretten.

Maar nog altijd omdat ik ze oprecht lekker vind.

Soms rook ik zonder erbij na te denken drie dagen niet. Ik rook zelden op zondag en ik rook bijna nooit voor vijf uur in de middag. Maar tijdens een uitgaansavond rook ik gemakkelijk anderhalf pakje of opeens drie sigaren van het robusto-formaat.

Gemarineerd en geasfalteerd.

Ik ontken niet dat roken niet goed voor je is maar ik hou me er eigenlijk niet zo mee bezig.

60 Mijn vader zei altijd: 'Ik ben begonnen in een tijd dat roken nog gezond was! Er was een sigarettenmerk, Dr. Dushkind, dat door artsen geadviseerd werd. Toen nog acteur Ronald Reagan, de latere veertigste president van de Verenigde Staten van Amerika, stuurde al zijn vrienden sloffen sigaretten met de kerst!'

Ik kan het mijn vader net niet nazeggen, maar toen ik met roken begon op mijn veertiende kostte een pakje sigaretten 1 gulden 25, een ruime 55 eurocent, en waren de risico's van het roken ook nog minder doorgedrongen tot eenieder. Op feesten stonden er schaaltjes met Caballero zonder filter klaar. Als je dat nu zou doen word je gearresteerd op last van de minister van Volksgezondheid.

Het aanbieden van sigaretten was een teken van gastvrijheid. De meerderheid in Nederland rookte.

Dankzij Femmetje rook ik opeens weer meer dan ooit. Het nadeel van een rokende partner is dat ik meer ga roken. Het voordeel voor de rokende partner is dat zij door mij minder gaan roken, omdat ik een pleurishekel heb aan gerook in de ochtenduren.

Ik heb menigmaal een scharrel in verwarring gebracht door na de avond dat ik haar in een orgie van alcohol en tabak had weten op te scharrelen (Ik neuk alleen nog maar biologisch! Ik scharrel alleen!)

de volgende ochtend te gaan zeiken dat als ze zo nodig na de ochtendwip moest roken, ze dat dan maar bij het raam moest doen en dan vooral de rook naar buiten moest blazen. Het is allemaal de schuld van Sherlock Holmes. Blij dat ik zijn cocaïneverslaving niet heb willen overnemen.

## .26.

'Heb jij tatoeages?' vraagt Femmetje.
'Alhoewel ik erover heb nagedacht, heb ik het uiteindelijk nooit gedaan. Jij?'
'Ik heb er drie. En een navelpiercing.'
Ik schrik.

Alhoewel ik tatoeages, navelpiercings en siliconenborsten best opwindend vind, weet ik niet of ik erop zit te wachten dat mijn Geliefde een of meerdere tatoeages of een navelpiercing heeft. In het geval van siliconenborsten is mij dat nog onduidelijk.

Het is het eeuwige dilemma, waarbij je uiteindelijk het liefst een uiterlijk beschaafde vrouw wilt.

Innerlijk mag ze een geil beest zijn, maar het is nou niet de bedoeling dat de gehele mensheid dat direct ziet aan het uiterlijk.

Uit onderzoek blijkt dat mensen met een navelpiercing seksueel actiever zijn. Dat geldt ook voor mensen met een tatoeage. Aan de mate van activiteit van mensen met drie tatoeages en een navelpiercing moet ik niet denken. Alhoewel...

Femmetje barst in lachen uit.
'O Pep, ik heb je in het ootje genomen!'
Ik zal jou eens in je ootje nemen, denk ik.
'Een tattoo kan mij in de weg zitten bij mogelijk werk dus dat heb ik nooit overwogen en een navelpiercing lijkt me niks. Als ik in bed ga liggen wil ik alles uitdoen, ook mijn sieraden. Met een piercing is dat moeilijk zo niet onmogelijk. Laat staan dat je een tattoo even af kan doen. Maar wat zei je nou, heb jij er weleens over gedacht, Pep?'

61

'Ik heb jaren geleden overwogen om mij te laten tatoeëren. Op de biceps van mijn linkerarm. Ik wilde een soort riddertafereel à la koning Arthur en de ronde tafel.'

'Zou mooi staan op die schitterende armen van je.' Ze omvat mijn biceps met haar handen en slaakt een tevreden zucht.

'Maar ik ben blij dat ik het niet heb gedaan. Het is tegenwoordig moeilijker om iemand te vinden die geen tatoeage heeft dan wel. Hetzelfde geldt voor piercings. Een tatoeage, vroeger voorbehouden aan maatschappelijke randfiguren, is tegenwoordig gemeengoed voor maatschappelijke randdebielen. Het is uitermate burgerlijk om er een te hebben, maar anderzijds is er niets burgerlijker dan het vrezen van de burgerlijkheid.'

Ik loop naar beneden om te gaan koken.

Femmetje nestelt zich op de trap met een glas wijn.

'Ik ben zo blij dat ik hier ben. Het is bij mijn ouders momenteel niet uit te houden. Het zijn schatten en ze hebben het beste met mij voor, maar wat zij het beste voor mij vinden is niet voor mij het beste. Ze hebben zich, voorlopig, neergelegd bij het feit dat ik weg ben bij Gijs. Het laatste nieuws is nu dat ze willen dat ik een opleiding ga volgen tot pedicure.'

Ik laat bijna de Wedgwood Edme Plain dekschaal die nog van mijn recent overleden grootmoeder is geweest uit mijn handen kletteren.

'Pedicure?'

'Ik begrijp het wel. Ik ben eenendertig. Ik ben een professionele danseres die gedurende een paar maanden in een musical speelt en vervolgens haar handen vele maanden moet gaan ophouden bij het GAK of GWK of ABP of hoe die slaapverwekkende instanties ook mogen heten.

Het lijkt allemaal heel leuk in de bladen hoor, dat acteursbestaan, maar dit is de harde realiteit van al die mensen die nu even 'tussen twee producties in zitten' en die 'met een paar vrienden met een eigen project bezig zijn' en die 'de schijnwerpers helemaal niet missen'.

Mijn ouders willen, zoals geloof ik iedere ouder, zekerheid voor me. En nu hadden ze, na een gesprek met de buren, bedacht dat ik maar een vak moest leren. En als pedicure heb je altijd werk, schijnt het.'

'Ik weet alleen niet of je als pedicure op grote voet kunt leven.'
We lachen om mijn flauwe grapje.
'Zonder gekheid, dit lijkt mij waanzin. Je hebt toch al een vak? Je
bent danseres! Ga dan dansles aan kindertjes geven! Niks leukers
voor kinderen dan les te krijgen van een professionele danseres die
in musicals heeft gezeten en in een soap heeft gespeeld.'
Femmetje glimt van blijdschap.
'Wat een fantastisch idee.'
Ik reageer op haar enthousiasme.
'Ik zie de koppen in de bladen al: EENS LAG DE WERELD AAN HAAR
VOETEN, NU LIGT ZIJ AAN DE VOETEN VAN ANDEREN.

*Het kan raar lopen: de voormalige soapster Femmetje van Spui, die in
het begin van deze eeuw schitterde in* Op Zoek naar de Verloren Tijd
*en musicals als* A Whore on the Corner of 41$^{st}$ Street, Crazy for Your
Money, Kat op een koude marmeren zerk, Madrid on Ice, Coffee,
Thea or Me *en* Liegen *duurt het kortst, schraapt tegenwoordig de
eelt van de voeten van andere danseressen. Van ster werd zij pedicure
van de stars...*'
Femmetje proest het uit.
Ik gooi er nog een schepje bovenop.
'Wat zijn dat voor volslagen idioten, die ouders van jou!'
Dat had ik niet moeten zeggen.
De blijdschap verdwijnt volledig uit haar gezicht en maakt plaats
voor een onvoorstelbare kilte.
De karpatenkop overheerst opeens al haar gelaatstrekken.
Het lijkt alsof er, als in een striptekening, een donkergrijs onweers-
wolkje boven haar hoofd drijft, waaruit een aantal bliksemflitsen
komt.
Zelfs haar stem is ijskoud.
'Wil jij mijn ouders niet beledigen.'
Er valt een ijselijke stilte.
Ik vind dat ze volstrekt overdreven reageert.
Gelukkig vraagt de puree, waar ik nu ook in lijk te zitten, mijn volle
aandacht. Er moeten nog twee tenen knoflook in. Even zwijgen lijkt
me het verstandigst.

'Ik ben mijn ouders heel erg dankbaar, ja. Ik heb alles aan ze te danken. Zonder hen was ik Annie geweest.'

'*It's the hard-knock life for us?*' zeg ik zachtjes, maar wel op de juiste melodie.

'*No one cares for you a smidge, when you're in an orphanage,*' zingt Femmetje meteen loepzuiver.

Ze heeft een traan in haar rechteroog.

'Hoezo had je anders in een weeshuis gezeten?'

Ze kijkt me droevig aan.

Alle hardheid is verdwenen en heeft plaatsgemaakt voor een enorme intense triestheid.

Ze kijkt een halve minuut stilzwijgen omhoog naar het plafond en slaakt een diepe zucht.

'Mijn ouders zijn mijn ouders niet.

Mijn – ik haat dit woord – adoptievader, Willem, is mijn biologische oom. Dus mijn "vader" is eigenlijk de broer van mijn vader. En mijn "moeder" is niet mijn biologische moeder. Mijn "moeder", Françoise, is de vrouw van de broer van mijn vader. Ik ben samen met mijn oudere zusje door mijn echte ouders weggegeven. Als Willem, mijn oom dus, zich niet samen met Françoise over ons had ontfermd, dan hadden we in een weeshuis gezeten of waren we geadopteerd door wildvreemden. Mijn biologische moeder is half Grieks en half Indonesisch, ze heet Malissa en woont op een piepklein eiland, Kythera, vlak bij het plaatsje Plátia Ámmos. Ze is zwanger geworden van Sweder, mijn biologische vader, de broer van Willem. Hij werkte als professioneel duiker in het gebied. Ze waren op zoek naar vazen of weet ik veel.

Hij, een grote blonde reus, kwam mijn moeder tegen, de lokale schone van het eiland, die voor de zomer terug was uit Athene, waar ze diergeneeskunde studeerde. Ze zocht haar grootmoeder op.

Sweder en Malissa vielen als een blok voor elkaar. Tzatziki, visje, wijn, wijn en heel veel faturada – een lokale likeur – later werden ze verliefd, verloofden zich, trouwden en maakten twee kinderen. Kleine schaduw over het jong geluk: Malissa is manisch-depressief, dat zit een beetje in haar familie.

Haar grootvader is in een van zijn manische buien van de rotsen ge-sprongen. Tenminste, hij vond dat hij als trotse Griek moest bewij-zen dat Icarus helemaal niet gek of hoogmoedig was. Getooid met twee gigantische vleugels gemaakt van ganzenveren en het hand-boek *Thermiek voor zweefvliegers* wilde hij bewijzen dat een moderne Icarus wel kon vliegen. Helaas mislukte zijn poging.

Zijn zoon, mijn grootvader dus, is overigens opmerkelijk genoeg later piloot geworden bij Olympic Airways.'

Ik wil een woordgrap maken over mensen die ze zien vliegen maar weet die wijselijk in te slikken.

Femmetje gaat door.

'We spreken over de jaren zeventig, en aangezien Prozac pas in 1986 werd geïntroduceerd en het begrip postnatale depressie eveneens onbekend was, want dat had Malissa gewoon na de geboorte van mijn zusje, besloot de lokale kwakzalver haar maar te behandelen met lsd, want dat was aan een leuke opmars bezig in die tijd. Malissa reageerde daar redelijk goed op maar ze begon het iets té enthousiast te gebruiken. Ze is de lsd blijven innemen gedurende de hele tijd dat ze zwanger was van mij. Op een gegeven moment, een jaar na mijn geboorte, begon ze het dagelijks te slikken of likken van een papiertje, geloof ik. Niet heel veel, maar net genoeg om een voor haar aangenaam vertekend beeld van de werkelijkheid te krijgen.

Op een middag, na de lunch die ze met Sweder had gebruikt, reed ze met ons in haar rode Renault 4 naar de rotsen waar haar grootva-der tientallen jaren daarvoor vanaf probeerde te vliegen.

Ze wilde kijken of wij misschien wél konden vliegen. Sterker nog, ze geloofde heilig dat wij dat konden.

Volgens haar angstwekkend logische redenering waren wij als baby's niet bekend met de zwaartekracht. En aangezien we die niet kenden waren we er niet aan onderhevig en dus konden we vliegen.

Ze had in de weken daarvoor in het geheim kleine ganzenveren vleugeltjes voor ons gemaakt. Volgens haar redenering maakte ik de meeste kans om te kunnen vliegen, omdat ik nog maar zo kort op de aarde was.

65

Sweder, die haar zag wegrijden met ons, is haar instinctief achterna-gereden omdat hij voelde dat er iets niet goed zat.

Op het moment dat hij zag dat ze mij boven de afgrond hield heeft hij haar overmeesterd en met één klap bewusteloos geslagen. Dat was niet goed voor hun huwelijk maar wel voor ons. De volgende dag is hij met ons op een boot vertrokken naar Athene en heeft ons op het vliegveld overgedragen aan haar vader, Theodoris Souvlakkis, en die heeft ons naar Nederland gevlogen. Willem en Françoise hebben ons opgehaald. Ze zouden op ons passen voor een maand of zo, tot het met Malissa in elk geval iets beter ging.

We wachten nog steeds. We zijn nooit opgehaald. Malissa laat af en toe nog weleens wat horen, via de e-mail is dat wat makkelijker geworden.

Malissa is na verloop van tijd afgekickt van de lsd. Ze is uiteindelijk veearts geworden en naar het eiland teruggekeerd.'

Femmetje neemt een heel grote slok wijn.

'Mijn vader is enkele maanden later vermist geraakt bij Antikythera, de naam van een klein eilandje 35 kilometer onder Kythera. Hij was bezig met vazen opduiken of zoiets. Zijn duikbuddy moest naar boven om gereedschap te halen. Omdat hij een beroepsduiker was kon Sweder gerust even alleen gelaten worden. Toen zijn buddy te-rugkwam was Sweder spoorloos. Zijn hulpijn was doorgesneden of kapotgetrokken, dat kon niemand met zekerheid vaststellen. Hij was in elk geval weg. Spoorloos. Foetsjie.

Niemand weet of hij dood of levend is, waar hij uithangt of wat er is gebeurd. Sommigen zeggen dat hij door een zeemonster is aangeval-len en jammerlijk is verdronken. Er zijn eilandbewoners die zeggen dat hij het niet aankon dat de geliefde van zijn dromen, want hij schijnt heel erg veel van Malissa te hebben gehouden, zo met hun kinderen omging en dat hij er een eind aan heeft gemaakt. Anderen geloven dat hij…'

Femmetje zwijgt en neemt weer een enorme slok wijn.

'Malissa gelooft heilig dat hij ergens rond de Malediven uithangt en een duikschooltje heeft. Ik denk dat ze graag gelooft dat hij ooit weer terugkomt. Ik geloof dat hij dood is. Dat is prettiger dan te

geloven dat ik ben weggeven door mijn vader én mijn moeder en dat mijn vader later van ons allemaal is weggevlucht.'
Van deze hoeveelheid informatie moet ik even bijkomen.
Ik trek een nieuwe fles wijn open en dien het eten op.
Het smaakt mij wonderwel en Femmetje, die vanzelfsprekend emotioneel aangeslagen is door haar hele verhaal, knapt zienderogen op. Naar ik met lichte vreze inschat zal het vanavond wel niet van de Eerste Keer komen. De overkomelijke schaduwzijde van het feit dat Femmetje, na zo'n korte tijd, me dusdanig vertrouwt dat ze me dit allemaal heeft willen vertellen.

## .27.

'Hebben we een dessert?'
Normaal haat ik het als iemand 'dessert' zegt. Mijn grootmoeder, die blauw bloed door de aderen had vloeien, heeft dat er bij mij wel uit geramd. Zo zeg ik dus ook nooit 'koelkast', 'gebak' of 'vaatwasser'. Zelfs het opschrijven van deze woorden vind ik al erg. Pavlov!
'Eh, nee. Alhoewel misschien in de slaapkamer...'
Ik waag er eens een grapje aan, je weet maar nooit.
'Lieve Pepijn...'
Ai, denk ik. Als mensen opeens je volledig voornaam zeggen, dan is het meestal goed mis.
'Hoewel een deel van mij niets liever zou willen,' (ik probeer me voor te stellen welk deel) 'ben ik door alle emotie zodanig uitgeput dat het me beter lijkt van niet. Weet je wat ik wel zou willen?'
'Nee...' zeg ik hoopvol.
Ze antwoordt niet maar loopt naar me toe en zoent me op de mond. Onze tongen dansen de cha-cha-cha.
Opeens stopt ze. Ze heeft tranen in haar ogen.
'Sorry, ehm, ik zou heel graag even van dat prachtige bad van je gebruik willen maken.'
'Natuurlijk. Ik heb allerlei badzouten en -schuimen. Leef je uit!'

'O, wat ben je toch een lieverd!'
Ze knuffelt me en loopt naar de badkamer. Femmetje kan merkwaardig blij zijn met in mijn ogen heel kleine dingen. Ze is me oprecht dankbaar dat ze in bad kan.

Plotseling bekruipt me een onbehaaglijk gevoel.

Jaren geleden, in mijn studententijd, woonde ik antikraak op een zolder van 10 bij 10 meter op de Overtoom, vlak bij het Leidseplein. Het pand bestaat niet meer, er staat nu een kantoorgebouw bevolkt door een luchtvaartmaatschappij en een copycenter.

Ik had in die tijd een vriendin met wie het niet zo goed ging. Zij woonde vlak bij mij in een kelder in de Jan Luykenstraat, een mooie statige straat achter de P.C. Laten we haar Morgane de Valckeniere noemen, omdat ze zo heet.

Ze behaalde slechte studieresultaten en volgens haar ouders was dat mijn schuld, iets wat overigens niet waar was.

Behalve dat wij wellicht iets te veel in het hoofdstedelijke Café Hoppe bier zaten te slempen, hield ik haar totaal niet van de studie af. Haar slechte resultaten waren de schuld van haar eigen ouders. Deze door gebrek aan gewicht omhooggevallen koekenbakkers – ze hadden een koekjesfabriek in het Limburgse Geulle – waren eenvoudige lieden, tevens simpel van geest, die haar hadden gedwongen om rechten te gaan studeren. Zelf wilde Morgane de verpleging in, maar dat vonden haar ouders te min.

Haar broer, Chris de Valckeniere, die eufemistisch gezegd niet dol op mij was, had het immers ook tot jurist geschopt. Hij woonde, volgens zijn ouders althans, op stand, op het Singel, vlak bij Hoppe, waar ik in die tijd drie keer per week kwam en waar ik Morgane van kende.

Haar broer was buitengewoon lelijk. Hij was al op zijn zevenentwintigste kalend en dik van het vele bier. Tot overmaat van ramp had hij ook nog een bril, die ternauwernood zijn bolle, uitpuilende ogen verhulde, en een snor.

Mijn vader, die als hij in het land was immer gekleed ging in spijkerbroek en leren jasje, mocht nog altijd graag naar de kroeg gaan. Meestal bleef hij in de Jordaan, zijn eigen biotoop waar hij al sinds jaar en dag een huisje huurde, maar soms ging hij naar Hoppe, in de regel als hij mij wilde zien.

Op een keer hadden we in zit-Hoppe afgesproken. Na een bier of acht ontwaarde mijn vader Chris.

Ik zette mijn vader na acht bier meestal in een taxi omdat hij dan qua verbaal vitriool niet meer te genieten was,

Chris bestelde een biertje, plaatste een ielig sigaartje in zijn kalende hoofd en stak er de brand in (in de sigaar, om misverstanden te voorkomen).

Mijn vader, ruim een kop groter dan de broer van Morgane, ging pal voor hem staan en keek hem recht in de ogen.

'Is deze kruk vrij?'

Ik wist dat dit onderdeel uitmaakte van zijn strategie.

Hij ging opzettelijk naast zijn slachtoffer zitten en maakte zich welbewust kleiner.

Chris antwoordde bevestigend.

'Je sigaar brandt niet goed. Hier.' Hij gaf Chris een vuurtje.

Pa nam een slok van zijn negende bier, keek met een schuin gehouden hoofd (met grijsblonde krullen, ik heb ze niet van een vreemde) naar links en zei met luide en duidelijke stem: 'Wat ben jij lelijk.'

Het was een fractie van een seconde doodstil in het volle café.

Chris keek mijn vader hogelijk verbaasd aan.

Als ik op dat moment pen en papier bij me had gehad, en als ik had kunnen tekenen, had ik zijn verbazing kunnen schetsen.

De verbale punch volgde.

'Als lelijkheid pijn deed zou jij ondraaglijk lijden.'

De weke mond van Chris, zoals je die bij generaties doorgefokte papen kunt aantreffen, viel wijd open.

Een oudere barman die mijn vader al decennia had geschonken, bemoeide zich ermee.

'Hé, laat die jongen met rust, dat is toch geen partij.'

Maar pa ging onverdroten door.

'Je lijkt met die uitpuilende ogen, dat armoedige brilletje en dat belachelijke snorretje wel een beetje op de homofiele broer van

Marty Feldman die Adolf H. speelt in een slechte comedy van Mel Brooks. Niet dat je weet wie Marty Feldman is, want je ziet er niet uit alsof je überhaupt iets weet.'

Hij nam gedecideerd een slok van zijn negende bier.

'Die kaalheid is pas echt erg zeg, ik ben blij…'

… dat ik niet kaal ben, maakte ik de zin in gedachten af, de thematiek van mijn vader onderhand kennende.

Hij werd onderbroken doordat Chris hem trachtte te slaan. Een weekhartige, laffe klap.

Een niet geheel overtuigde inspanning tot slaan.

Een machteloze poging om zijn kwelgeest tot zwijgen te brengen.

Met een snelheid die je niet zou verwachten van een man van zijn leeftijd ontweek mijn vader de klap, trapte de kruk waar hij op zat naar achteren, dook naar beneden en gaf vanuit gehurkte positie een enorme stoot op de maag van Chris. Die klapte dubbel en terwijl mijn vader opstond raakte zijn knie keihard de kin van Chris.

'O sorry. Gaat het?' vroeg de smiecht aan Chris.

Deze lag kreunend en half knock-out op de rustieke vloer van Hoppe met zijn hoofd in de sigarettenpeuken.

'Is je eigen lelijkheid je uiteindelijk te veel geworden?'

Ik hielp mijn vader in zijn leren jack en duwde hem zachtjes richting een taxi.

Ik heb het er nooit met hem over kunnen hebben waarom hij dit flikte.

Misschien had hij er gewoon lol in.

Samen met zijn oude kameraad Zeijk de Werper deden ze dit in de jaren zeventig in elke Amsterdamse kroeg waar ze kwamen en op de Sociëteit De Kring. Het ergste is dat ik er eigenlijk inwendig vreselijk om moest lachen.

Terug in Hoppe nam ik nog een bier.

'Kende jij die man?' vroeg Chris aan mij.

'Neen, maar hij schijnt hier wel vaker te komen.'

Een leugentje om bestwil, vooral om mijn bestwil, want ik had helemaal geen zin in dit gesprek.

Bovendien rook Chris de Valckeniere naar kots. Waarschijnlijk had hij zijn maandrantsoen koekjes (dat trouw elke vijfde van de maand door zijn ouders werd toegestuurd) er net uit gekotst nadat hij die peut in zijn maag had gehad.

Helaas blowt een jonge barman mijn cover.

'Kun je de volgende keer je vader een beetje in bedwang houden?'

'Je vader? Is die man jouw vader? Nu je het zegt. Dat haar...'

Ik wilde nog zeggen dat ik de fascinatie van Chris met mensen die wel haar hebben begrijp maar ik doe er het zwijgen toe.

'Ik ben niet mijn broeders hoeder. Laat staan dat ik mijn vader in toom zou kunnen houden.'

Ik rekende af, ook voor pa, en kon nog net mijn lachen inhouden tot ik Hoppe verliet.

Buiten proestte ik het uit.

## .28.

Enkele weken later kwam ik Morgane tegen, zonder haar broer, anders was het nooit wat geworden. Foute genen zijn foute genen. Stel je voor dat wij op een dag ook zulke kalende snorretjes van kinderen zouden krijgen!

Maar ik wist niet dat het haar broer was en we hadden de Woeste Bespring Neiging en we konden erg goed samen in de kroeg zitten en zuipen en dat is voor een relatie ruim voldoende in je studententijd.

Haar ouders waren al snel van mening dat onze relatie (voor zover je daar gezien de duur van kon spreken) moest stoppen en wel onmiddellijk.

Niet geheel onbegrijpelijk was Chris het daar geheel en al mee eens op het moment dat hij erachter kwam dat het vriendje van zijn zus 'de zoon van' was.

Als Morgane niet zou stoppen met mij, dan zou haar toelage worden beëindigd. In het geheim doorgaan werd moeilijk, omdat haar huisgenoot de vriendin van Chris was.

Ik was en ben van mening dat je dan dus de relatie voortzet en dat je gaat werken om je geld te verdienen in plaats van dat je met je relatie stopt, maar ik ben een oude romanticus.

Morgane, iets meer het pragmatische type, dacht hier anders over.

Zij zag geen andere oplossing dan ermee stoppen.

Na een moedeloos gesprek over dit alles in haar woonkamer, die zich aan de voorkant (straatzijde) van de kelder in de Luykenstraat bevond, ging zij wat koken in de keuken die achter in het kelderappartement ligt.

Toen gebeurde er dit:

In de woonkamer van Morgane staat de debuut-cd op van Rick Astley, *Whenever You Need Somebody.*

Nadat ik de hele cd noodgedwongen heb beluisterd, is het even stil.

Ik hoop van Rick verlost te zijn maar helaas, opeens begint de cd-speler uit zichzelf weer van voren af aan.

Blijkbaar heeft Morgane het apparaat op auto replay gezet. Ik heb geen idee hoe het ding werkt. Ik heb zelf niet eens een cd-speler.

Om Rick te ontvluchten, omdat mijn fles wijn leeg is en omdat ik me afvraag hoe het gaat met haar, loop ik naar de keuken.

De keukendeur zit op slot.

Ik probeer die open te krijgen maar dat lukt niet.

Het enige geluid dat ik hoor is van een lopende kraan.

Ik roep haar naam maar er komt geen antwoord.

Ik druk mijn oor tegen de deur aan.

Ik hoor behalve het lopende water verder onderdrukt gehuil. Ik roep nogmaals haar naam maar krijg geen antwoord. Ik schreeuw inmiddels haar naam.

Rick Astley zingt door.

Ik besluit de deur in te beuken met mijn schouders. Ik maak dat voornemen kenbaar aan Morgane.

Merkwaardig genoeg gaat opeens de keukendeur van het slot. (Waarom heeft die kolerekeukendeur in godsnaam een slot? Zijn ze gek hier, gaat het door mijn hoofd.)

Ik open de deur.

'Alles goed?'

Indien Morgane had willen antwoorden, wat, zo blijkt, ze niet van plan is, had het antwoord NEEN, SLECHT moeten luiden.

Ze heeft haar arm onder de geiser.

Het huis heeft nog zo'n ouderwetse kleine geiser met een konijnen-embleem erop en de Fasto-denkvlam.

Rick Astley zingt door alsof hij geen enkel benul heeft van de situatie waarin we zitten.

*'We're no strangers to love'*

Op de granieten gootsteen, die zandkleurig is met zwarte dwarrelende stukjes erin, ligt een groot keukenmes. Model 'Le Chère inconnue chef' van Blokker.

*'Never gonna give you up'*

Morgane houdt haar pols onder de kraan.

*'Never gonna let you down'*

Met het keukenmes heeft ze in haar linkerpols gesneden.

73

*Never gonna run around and desert you'*

Omdat ze gehoord heeft dat je je polsen moet doorsnijden en dan in een lauw bad moet gaan liggen, de beste manier om fijn rood gekleurd badschuim te creëren, heeft ze het bij gebrek aan een bad maar hier in de keuken gedaan.

*'Never gonna make you cry'*

Maar zoals iedereen die hier halfslachtig en verward aan begint heeft ze, goddank, verkeerd gesneden.

*'Never gonna say good-bye'*

Omdat het niet genoeg bloedt staat ze, griezelig agressief, met haar rechterhand te rukken aan de wond. Je wilt dood of niet.

*'Never gonna tell a lie and hurt you'*

'Hou op!' roep ik, niet tegen Rick maar tegen haar.

Ze zegt niets maar probeert nu met een Chinees eetstokje de wond open te poeren.

*'We've known each other for so long'*

Ik pak haar vast en probeer te voorkomen dat de wond, die steeds heviger begint te bloeden, verder opengaat.

*'Give you up. Give you up'*

Ik doe mijn corpsdas af en begin die om de wond te binden. Ze stribbelt tegen en voor het eerst voel ik paniek in me opkomen. Ik besluit om een ambulance te bellen. De mobiele telefoon bestaat nog niet.

'*Give you up, give you up*'

'Ik ga een ambulance bellen.'

Ze zegt niets, maar haar wazige lichtbruine ogen kijken me volstrekt leeg aan.

'*Never gonna give*'

Ik heb een probleem. De telefoon staat in de gang die de keuken en de kamer aan de voorkant met elkaar verbindt. Ik moet haar dus wel even loslaten, maar zodra ik dat doe begint ze weer in de wond te wroeten.

'*Never gonna give, give you up*'

Ik trek haar mee naar de telefoon. Ze biedt onverwacht veel verzet maar ik win. Het enige probleem is dat niet alleen de geiser ouderwets is. Ook het grijze PTT-toestel zou nu retrohip genoemd worden. Het heeft nog een draaischijf.

'*Never gonna give*'

Telkens als ik bijna het nummer van de ambulance weet te bellen, dat op dat moment nog uit zes cijfers bestaat, rukt ze zich los en begint als een dolle met haar pols tegen de radiator van de centrale verwarming te slaan. (Alhoewel het beter zou passen bij de geiser en de telefoon had de Luykenstraatkelder geen ronde zwarte gaskachels. Ik ga de waarheid geen geweld aandoen.)

Net als ik het hele nummer heb gebeld, slaat ze zo hard tegen de radiator dat ze eindelijk datgene voor elkaar heeft gekregen wat ze wil: het bloed spuit er in regelmatige stralen uit.

'*Never gonna give, give you up*'

'Hallo meneer, kunt u de muziek zachter zetten, ik kan u nauwelijks horen.'

Rick krakeelt inderdaad behoorlijk hard. Ik pak een fles wijn, die in een rek naast de radiator staat, en gooi, Morgane haar pols dichtdrukkend met mijn linkerduim en mijn wijsvinger, de fles richting stereo.

Een rode vlek extra maakt nu toch niet meer uit, denk ik. Rick wordt gesmoord in rode wijn en zwijgt.

Ik leg de situatie uit.

Terwijl ik het adres geef drukt Morgane mijn duim weg. Een straal bloed spuit recht in mijn oog.

Als de ambulance binnen een paar minuten arriveert denken ze eerst dat ik zwaargewond ben. Nadat de broeders binnenkomen is Morgane opeens zo mak als een schaap.

'U bent er snel!'

'Ja meneer, vanaf het VU naar hier is de aanrijtijd tien minuten.'

Ik wil zeggen dat ik dacht dat alleen verkeersslachtoffers een aanrijtijd hadden maar ik hou wijselijk mijn mond.

In de ambulance mag ik voorin zitten en ik mag een sigaret roken om van de schrik bij te komen.

Morgane ligt achterin vastgebonden op een stretcher.

In het ziekenhuis der Vrije Universiteit mogen we, het is inmiddels een uur of halfelf 's avonds, een uur wachten. Morgane zegt niks en ik snak naar een sigaret. Maar in een ziekenhuis roken... En om nu buiten te gaan roken terwijl er dus werkelijk verder in het geheel niemand in de buurt is om deze suïcidale bosmongool in de gaten te houden...

'Never gonna let you down' dreunt Rick na in mijn hoofd.

Na verloop van tijd komt er iemand, een vrouwelijke arts in opleiding, gewapend met een vragenlijst.

'U hebt zojuist een tentamen suicidii, een poging tot zelfmoord gepleegd. En u bent hier niet in geslaagd?'

Het antwoord op die vraag lijkt mij redelijk duidelijk maar ik hou wijselijk mijn mond.

Morgane begint opeens te praten.

Ze legt, welbespraakt als ze is, in keurige volzinnen uit dat ze het niet meer zag zitten, dat de drank zijn tol eiste, dat het minder erg was dan het leek. En zo gaat ze nog even door.

Ik ben stupéfait maar gelukkig ben ik niet met stomheid geslagen.

'Moet ze niet opgenomen worden? Nog geen anderhalf uur geleden spoot het bloed mij om de oren en in mijn oog.'

Heeft u daar wel oog voor, denk ik. Ik wil nog zeggen dat de arts in opleiding zich zand in de ogen laat strooien en dat ze oog moet hebben voor de ernst van de situatie maar ik hou wijselijk mijn mond.

Het is nu vast niet de tijd om woordgrapjes te maken.

Ze neemt Morgane even mee om poolshoogte te nemen.

Misschien kan ze beter polshoogte nemen, denk ik.

De wond wordt verpleegd en na het invullen van een formulier en nadat Morgane plechtig belooft dat ze het nooit, nee, echt nooit meer zal doen mogen we de VU uit lopen.

We nemen een taxi.

Het is één uur 's nachts en Buitenveldert is leeg.

De straten glimmen.

Morgane zegt: 'Jan Luykenstraat 23 sous graag.'

We draaien de Buitenveldertse laan op en rijden richting Parnassusweg.

Voor het eerst sinds haar wanhoopsdaad praat Morgane tegen mij.

Eigenlijk is het meer sissen.

'Ik doe het zo dadelijk weer.'

Ik overweeg de taxi terug te laten keren maar ik acht de kans klein dat de arts in opleiding alsnog tot dwangopname overgaat.

Ik weet niet goed wat te zeggen.

Ik ben nu wel met stomheid geslagen.

Voor ik het besef zijn we in de Luykenstraat.

We stappen uit.

Morgane betaalt de taxi en ze geeft ruim fooi.

We staan op straat voor haar huis.

Amsterdam is stil.

Het is een beetje te koud en het is vochtig.

Waarschijnlijk heeft het zwaar geregend terwijl het tentamen suicidii zich voltrok.

Mij is het volkomen ontgaan.

Ik vertik het om naar binnen te gaan.

Ik wil naar mijn huis op de Overtoom.

Maar ik durf niet weg.

Morgane zegt niks en gaat naar binnen, ze laat de voordeur achter zich open.

*Ik doe het zo dadelijk weer* galmt na in mijn hoofd.

Ik haal heel diep adem.

Een seconde lang staat alles in mij stil.

Dan draai ik me van de ingang af en begin via de van Baerlestraat richting mijn huis te lopen.

Terwijl ik een verse Gauloise opsteek hoop ik bijna dat ze haar hertentamen suicidii nu wel gaat halen. Leuk voor haar ouders als ze een keer een tentamen haalt.

Doodmoe en hongerig val ik slaap.

Nadat ik wakker ben geworden, probeer ik haar te bellen. Ik ben doodnerveus.

Ik krijg haar huisgenoot aan de lijn (die ik achttien jaar later als stewardess opnieuw tegenkom als ik van het eiland naar Amsterdam vlieg), die me vertelt dat ze 'weet wat er gebeurd is' en dat het redelijk gaat met Morgane, ze leeft dus in elk geval nog, maar dat ik 'haar maar beter met rust kan en moet laten'.

Op de achtergrond hoor ik Rick Astley zingen en ik hoor haar broer preken.

Het kwam binnen enkele maanden goed met Morgane. Ze is uiteindelijk getrouwd met een kerel die we kenden uit Hoppe en die we altijd aanduidden met Harm Watje.

Ze hebben zeven kinderen, die allemaal veel en veel te dik zijn.

Vanwege de koekjes.

## ·29·

Helaas heb ik aan het voorval met Morgane een tik overgehouden. Ik verstop grote keukenmessen in aparte lades in mijn keukenkast en als een vriendin opeens iets in huis gaat doen, me niet vertelt wat ze gaat doen en het me te lang stil is, dan maak ik me zorgen.

Nog steeds, twee decennia na dato.

Het onbehaaglijke gevoel dat ik had toen Femmetje naar de badkamer ging verandert dan ook snel in een vreselijke gedachtegang: bij gebrek aan een bad sneed Morgane in haar keuken onder de kraan haar polsen door. En Femmetje ligt in mijn bad en het gaat emotioneel niet goed met haar!

Ik storm de badkamer binnen.

Femmetje ligt te midden van wolken schuim luid neuriënd te spelen met mijn gele badeendje.

'Alles oké, lieve Pep?'

'Ehhh… jaah. Ik keek of je nog wat wijn wilde of iets anders…'

'Lekker, wat wijn graag. Wat ben je toch enorm lief!'

Ik loop naar de keuken en schenk in.

'Wat een luxe is het hier toch,' zegt ze nadat ik de wijn heb gebracht. 'Zou ik nadat ik heb gebaad nog even onder de aparte douche mogen?'

Ik heb én een ligbad én een grote aparte douche met extra brede douchebak waar je gemakkelijk met zijn tweeën in kunt douchen.

De douchecel is ingebouwd tussen twee marmeren muren en heeft met opzet geen douchecabinedeur. Dat maakt van het douchen een wat meer ruimtelijke ervaring. Het geheel rust op een marmeren verhoging, waaronder de afvoer en de leidingen lopen.

'Natuurlijk mag jij lekker douchen.'

Ik loop naar de keuken en begin de afwasmachine in te ruimen. De kristallen Riedel-glazen doe ik er liever niet in; voor je het weet verweert het kristal, wat ze bij Sun ook beweren. Ik zet de warme kraan voluit aan, laat hem even lopen en pak het kristallen glas.

Er klinkt uit de badkamer een ijselijke schreeuw.

Ik laat het glas bijna uit mijn handen kletteren, het had serviestechnisch een dure avond kunnen worden.

Ik ren glimlachend naar de badkamer, denkend dat er een muis rondloopt of een spinnetje.

Wat ik aantref is van een geheel andere orde.

Femmetje ligt als een hoopje menselijke ellende ineengezakt in de douchecel. Ze hangt met haar hoofd op de marmeren verhoging en ze huilt tranen met tuiten.

Er komt snot uit haar neus. Omdat ik ooit ergens gelezen heb dat koud water in een dergelijke situatie kalmerend kan werken help ik haar overeind en zet ik de koude valdouche aan.

Dat had ik beter niet kunnen doen.

Femmetje reageert met hysterisch gehuil met hoge uithalen op het koude water.

Daarna krimpt ze ineen en begint ze hevig te trillen.

Ik zet de warme douche aan en besproei haar voorzichtig. Ik aai haar over haar hoofd en hou haar vast terwijl ik haar zachtjes heen en weer wieg.

Heel langzaam komt ze uit haar... tsjah, uit haar wat eigenlijk?

Ik geef haar de douchekop, die ze heel voorzichtig aanneemt.

Na enige tijd staat ze op. 79

Ik zet de douche uit en droog haar af.

Ondanks het feit dat het in de situatie niet erg gepast is, krijg ik een erectie. Haar lichaam is van een onvoorstelbare schoonheid. Alles is licht gespierd, haar schaamhaar keurig verzorgd, haar billen mooi naar boven staand, en ze heeft prachtige borsten. Het lijkt wel alsof ze is geairbrusht, want haar huid is vlekkeloos. Gelukkig weet ik mijn erectie te verbloemen.

'Wat was er, lieve Femmetje?'

Ze zwijgt en beseft ineens dat ze naakt voor me staat.

Ze glimlacht en haar ogen, die de hele tijd dof hebben gestaan, krijgen weer hun sprankeling terug.

'Ik zal het je zo vertellen. Ik wil me nu aankleden, alleen. Heb jij misschien een joggingbroek te leen?'

Ik geef haar mijn donkerblauwe joggingbroek en een grijze Champion-sweater.

Even later, nadat ook ik droge kleren heb aangetrokken, zitten we, beiden in joggingbroek, boven op de bank.

Ik drink, geheel tegen mijn gewoonte in, een cognac, de 'Bons Bois' uit de Louis Royer Distilleries-collectie, Femmetje neemt af en toe een slokje.

'Nadat ik de musical *Liegen duurt het kortst* had gedaan, deelde ik, in Den Haag, een appartement met een vriendin, Clarette. Die had een vriend, wiens echte naam ik niet zal zeggen maar laten we hem Lex noemen, die altijd bijzonder aardig tegen mij was.

Hij maakte voortdurend avances maar dat deden er naar mij in die tijd wel meer, dus daar lette ik nooit zo op, laat staan dat ik enige sjoege gaf.

Op een gegeven moment, we hadden een weekend lang geen repetities en Clarette was naar haar ouders in Noordwijk, zat ik alleen in het appartement. Ik had me daar buitengewoon op verheugd. Lekker een weekend bijkomen. Ik had die ochtend een mooi boek gekocht, lekkere crackertjes en een Frans kaasje. Het leek me heerlijk: een compleet weekend lang lekker rustig in mijn eentje lezen. Ik lag in bed – het was in de middag – te lezen, toen ik opeens de deur open en dicht hoorde gaan. Ik dacht dat het mijn huisgenoot was die onverwacht eerder was teruggekomen. Clarette had dikwijls ruzie met haar ouders; haar moeder was onvoorstelbaar dominant en ze hadden regelmatig ruzie. Ik riep haar naam maar niemand antwoordde; ik nam daarom aan dat ik iets bij de buren had gehoord.

Plotseling ging mijn slaapkamerdeur open en daar stond Lex, met een shagje in zijn mond.

Ik zei opgewekt dat Clarette er niet was. Hij zei niks.

"Moet ik haar anders even voor je bellen? Ze is bij haar ouders in Noordwijk."

Hij liep gedecideerd naar mijn telefoon, die meteen rechts van de deur op een tafeltje lag, en pakte die.

Hij maakte de telefoon open en haalde de accu eruit.

Ik was zo verbaasd dat ik niet eens kwaad werd.

"Sorry, wat doe je nu?"

Hij zei niets.

Hij liep naar het bed en rukte het dekbed eraf. Ik lig bij voorkeur naakt in mijn bed maar gelukkig had ik nu een zalmkleurig hemdje aan. Daaronder droeg ik niks, helaas. Ik drukte, om mijn vrouwe-lijkheid te verbergen, mijn benen heel stevig tegen elkaar aan en vroeg hem of hij helemaal gek geworden was. Hij zei nog steeds helemaal niks maar keek me alleen geamuseerd en dreigend aan. Omdat ik daar van onderen naakt was en zonder dekbed lag, kon ik op dat moment niet zo heel veel. Het was een minuut lang stil.

Ik zei niks en hij zei niks.

Het rare was dat het prachtig weer was, het was lente en het raam stond open, ik hoorde kinderen buiten spelen en joelen en ik hoor-de vogels zingen.

De wereld daarbuiten draaide gewoon door en dat klopte compleet niet met wat er in mijn kamer aan de hand was.

Na een minuut werd ik pissig en vroeg ik: "Wat wil jij nou eigen-lijk?"

Lex liep naar me toe en probeerde opeens mijn hemdje uit te trek-ken.

"Ben je helemaal gek geworden. Hé klootzak, laat me los. Ik zeg..."

Op dat moment sloeg hij me voor de eerste keer. Vol in mijn ge-zicht, met de vlakke hand.

Ik was totaal overrompeld, ik zag allerlei puntjes dwarrelen voor mijn netvlies. Ik zag letterlijk sterretjes. Niemand had me ooit in mijn gezicht geslagen. Lex trok mijn shirtje uit en omvatte mijn borsten met zijn handen. Daardoor werd ik zo ongelofelijk kwaad dat ik, ondanks dat ik nu helemaal naakt was, hem aanviel. Ik be-gon met twee vuisten op zijn schouders te slaan. Het enige wat hij deed was met grote kracht mijn armen op mijn rug draaien en me naar achteren toe werken, waardoor ik achterover op bed viel. Hij draaide mijn armen om, waardoor ik wel mee moest draaien, en ik kwam op mijn buik te liggen. Lex haalde uit de zak van zijn leren jasje een paar handboeien. Hij wist, terwijl ik heel driftig tegenstrib-belde, mijn handen in de boeien te slaan en pakte een grote zakdoek uit zijn andere zak. Die propte hij in mijn mond. Hij wachtte even en begon keihard te slaan op mijn billen. Hij deed het rustig, bedachtzaam bijna, dat was het meest beangstigende, en in volkomen stilte. Hij had nog steeds geen woord gezegd. Hij sloeg ritmisch en keihard steeds om en om op een andere bil. Ik denk dat hij wel een kwartier bezig is geweest. Mijn billen waren volkomen beurs, ze gloeiden alsof ik ze had verbrand. Ik kon ze niet zien maar ik wist dat ze vuur- en vuurrood waren.

Ik begon langzaam bang te worden.

Opeens, zonder enige inleiding, begon hij me te vingeren. Het erge was dat die klootzak dat nog goed deed ook!

Het was alsof mijn lichamelijke reactie losstond van datgene wat ik er geestelijk van vond. Begrijp me goed, ik voelde me werkelijk gruwelijk aangerand en als er iets in de buurt was geweest waarmee ik hem had kunnen slaan, dan had ik hem op dat moment volledig buiten westen geslagen of misschien zelfs wel dood. Ik probeerde uit alle macht mijn lichamelijke reactie te verbergen maar de schoft merkte het aan me en ging door tot ik wel moest klaarkomen.

Daarna liet hij me alleen.

Ik hoopte dat hij me zou losmaken en dat hij zou oprotten, maar hij kwam terug met een blinddoek en een soort van grote koelbox. Hij deed me de blinddoek om. Ik hoorde hem de badkamer in lopen en hij liet de kraan lopen. Heel even schoot het door mijn hoofd: hij zal me toch niet nu verzuipen in mijn eigen badkuip?

Lex tilde me op van het bed, zette me recht overeind en duwde me letterlijk naar de badkamer. Hij gooide de koelbox leeg in bad, het klonk raar, ik kon niet thuisbrengen wat er gebeurde. Ik stond stil bij het bad en toen dwong hij met zijn voeten mijn benen uit elkaar. De klootzak deed 'n vibrator in mijn... eh... je-weet-wel. Het was zo'n ding met drievoudige stimulatie. Je kan hoog of laag springen maar je komt klaar. Of je wilt of niet. Ik wilde niet maar het gebeurde. Op het moment dat ik klaarkwam maakte ik geluid en op dat moment duwde Lex me in het bad. Dat was IJSKOUD. Lex had blijkbaar in die koelbox ijsblokjes zitten.'

Femmetje, die de hele tijd bloedserieus heeft gekeken, glimlacht flauwtjes, een glimlach van verbijstering.

'Die jongen moet dagenlang ijsblokjes hebben zitten invriezen. Ik viel bijna flauw doordat het water zo onvoorstelbaar koud was. Hij duwde me met mijn gezicht onder, steeds net zo lang dat ik dacht dat ik zou verdrinken, maar net op tijd haalde hij me naar boven. Het was doodeng. Hij liet het bad leeglopen, zette een warme douche op me en begon, terwijl ik dus nog steeds niks zag, mijn je-weet-wel kaal te scheren. Alhoewel ik hem inmiddels het liefste wilde vermoorden, was dat niet de boodschap die mijn lichaam aan hem gaf. Ik droop letterlijk uit mijn je-weet-wel. Na het scheren begon een soort uren durende wisseldouche marteling, waarbij Lex me steeds onder een afwisselend extreem koude en een extreem warme douche zette. Ik probeerde me af en toe te verzetten maar als ik dat deed, sloeg hij me keihard in mijn gezicht. Nadat ik het bijna begaf van lichamelijke uitputting, gebeurde datgene waar ik tot dan toe het meest bang voor was geweest: hij legde me op bed en verkrachtte me. Hij nam me, nog steeds zonder een woord gezegd te hebben, zonder condoom. Het enige waaraan ik kon denken was: ik slik de pil.

Dat dacht ik de hele tijd terwijl hij bezig was.

Waarschijnlijk enorm opgewonden door het uitvoeren van zijn fantasie, kwam hij snel.

Daarna, ik denk om sporen te wissen or whatever, zette hij me weer onder de douche, waarbij hij me dit keer met de douchekop van binnenuit schoonspoelde.

Daarna ging hij me aankleden. Ik kreeg een gewone, vrij grote slip aangetrokken, tenminste dat dacht ik, zwarte netkousen en een zwartleren rokje. Standaard, maar dat was blijkbaar zijn fetisj. Daarboven een witte blouse met een zwarte zijden strik. Vervolgens gingen we tot mijn verbazing richting de deur. Ik en Clarette woonden driehoog en hij leidde me, ik was nog steeds geblinddoekt, alle trappen af. Ik hoorde hem de buitendeur openen en op dat moment rukte hij mijn blinddoek af.

Het plotselinge licht verblindde me. Het belachelijke was dat het buiten, zoals ik al zei, prachtig weer was. Ik zag lieve kindjes touwtjespringen.

We liepen naar een openbaarvervoerhalte en gingen op de tram wachten.

83

Hij deed heel even de linkerkant van zijn leren jas open. Ik zag een groot mes in een leren houder aan zijn riem zitten. Ik werd ontzettend bang. Hij zou me kunnen neersteken. Sterker nog, wellicht ging hij me nu vermoorden omdat hij klaar was met me. Omdat zijn fantasie voltooid was.

Veel tijd om daarover na te denken kreeg ik niet. De tram stopte. Ik ging naar binnen en ging zitten. Hij zat tegenover me. Er zaten mensen om ons heen. Ik durfde niet om hulp te vragen vanwege dat mes. Hij pakte een klein apparaatje uit zijn zak. Opeens voelde ik iets trillen in mij. IN DIE SLIP ZAT EEN SOORT VIBRATOR EN DIE BESTUURDE HIJ OP AFSTAND! Ik kon er niks aan doen maar ik kwam klaar midden in die tram. Ik hield me natuurlijk stil maar hij zag het. We stopten bij een soort groot park in een nette buurt. Het was tegen zessen en keurige mannen in rode broeken waren hun hond aan het uitlaten. Hij liet me op een bankje plaatsnemen en ging op een ander bankje zitten, een meter of acht verderop. Elke keer als er een man langskwam zette hij de op afstand bedienbare vibrator in mijn slip aan. Het ding had, zo merkte ik na verloop van tijd, drie trilstanden. Lex bediende het ding met grote aandacht, ik kwam steeds net niet klaar. Als ik niet zo bang was dat hij me zou vermoorden nadat hij klaar was met het uitleven van deze fantasie, dan zou het bijna opwindend zijn geweest, maar nu zat ik steeds op de rand van hysterisch gaan huilen en klaarkomen. Misschien klinkt het als de ultieme *Viva*-klaarvinger-verkrachtingsfantasie maar geloof me, dat was het niet.

Plotseling wist ik wat hem had getriggerd.

Waarom hij dit met mij deed.

Een paar weken daarvoor waren Clarette en ik in gesprek geweest over bondage en sadomasochisme. Ik was, we hadden een fles wijn te veel op, buitengewoon openhartig geweest. Ik heb wel een kant in me die in bed graag gedomineerd wordt. Toen ik jong was, een jaar of negentien, heb ik in de sm-wereld rondgekeken, geïnspireerd door *Histoire d'O*, maar ik vond het al snel een stelletje doorgeslagen hobbyisten die er bijkans een religie van maakten. Ze aanbaden als het ware het andreaskruis. Dat is zo'n ding waaraan ze je kunnen vastbinden. Alles was voor hen sm, tot de manier van koffiedrinken aan toe, en als sm je identiteit wordt, dan heb je geen identiteit. Ik heb me na die ontdekking van die wereld afgekeerd. Ik zag mezelf niet zo snel met leren kappen en broeken door het leven banjeren. Ik heb wel geëxperimenteerd met lichte bondage, handboeien, kaarsvet, blinddoeken en een beetje spanking. Ik had dus wat ervaring met sm.

Dat had ik allemaal aan Clarette verteld.

En dat had zij fijn aan Lex doorverteld, die naar later bleek helemaal geobsedeerd was door de film *Histoire d'O*. Ken je die?'

Ik antwoord Femmetje dat ik de film, uit 1975, ken.

Vooral de scène dat O naakt op een gemaskerd bal verschijnt, staat me nog altijd goed bij, evenals het andere hoogte- of dieptepunt van de film, namelijk het moment dat ze als een koe wordt gebrandmerkt. Meuh!

De film is gebaseerd op het boek van de Française Pauline Réage, een pseudoniem. Het boek verscheen in 1953 en veroorzaakte een flink schandaal, er kwam een rechtszaak van en het boek werd door de Franse overheid zelfs een tijd verboden.

Pas nadat haar ouders waren overleden heeft de schrijfster zich bekendgemaakt. Haar echte naam was Anne Desclos, een vrouw die voor haar verzetswerk in de Tweede Wereldoorlog onderscheiden was met de Legion d'Honneur. Ze had het boek geschreven om te bewijzen dat Marquis de Sade ongelijk had. Deze heeft ooit gezegd dat vrouwen geen erotische roman konden schrijven. Charmant detail is dat Anne Desclos zelf bekendstond als preuts. Ze is in 1998 op eenennegentigjarige leeftijd overleden.

Kern van het verhaal is dat de jonge en natuurlijk ook mooie O (Wie? O! O die!) gespeeld door Corinne Clery (die later nog als hondenbrokje – ook dieren hebben liefde nodig – voor een roedel dobermannen heeft gediend in de James Bondfilm *Moonraker*) door haar geliefde naar een 'instituut' wordt gebracht, alwaar zij door bondage en slaag wordt getraind. Ze wordt geblinddoekt, geketend en gedwongen 'voortdurend beschikbaar' te zijn voor iedereen en op elk moment, vierentwintig uur per dag, zeven dagen per week, dertig komma vijf dagen per... U begrijpt het idee. Als ze geen 'zin' heeft, wordt ze gewelddadig gepenetreerd. Nadat ze volledig getraind is, wordt ze door haar geliefde weggegeven aan Sir Stephen, die O dan als zijn bezit heeft.

Kortom: een feest vol sm-erotiek, dolle groepsverkrachtingen, schoonheid en bloei voor den gehele familie!

Femmetje gaat door met haar verhaal.

Buiten schemert het inmiddels.

'Zoals ik het zie is O een slaaf van haar eigen lust. Ze moet vernederd worden, ze vindt dat fijn, misschien omdat ze zich niets waard voelt, ze moet zich aan andere mannen geven om dichter bij haar geliefde te komen. Ik was heel bang dat Lex een groep mannen om zich heen had verzameld met dezelfde afwijking, en dat ik ook door hen zou worden misbruikt.

Goddank was dat niet zo.

De kern van de film en van de hele sm-voorkeur is natuurlijk wel dat O bepaalde handelingen mag weigeren of helemaal met "het spel" mag stoppen.

Sm-ers hebben het tot gek wordens toe over "het spel". Maar het aspect van "spel" en dat ze mocht aangeven wanneer te stoppen was Lex blijkbaar even ontgaan.

In zijn totaal op hol geslagen fantasie was ik zijn O geworden. Ik vroeg me af of hij zichzelf zag als mijn Sir Stephen of als mijn minnaar die me later zou weggeven. Gelukkig bleek met dat soort beschouwingen mijn fantasie volledig op hol te slaan.

Lex deed gedurende een uur lang niks anders dan mij op dat bankje steeds net niet laten klaarkomen.

Daarna sleepte hij me naar de bosjes.

Hij deed de vibratorslip uit, deed die in zijn jas en verkrachtte me nogmaals. Het rare was dat ik mensen ondertussen vrolijk hoorde praten en lachen.

Mij liepen de tranen over de wangen.

We gingen daarna opnieuw op een bankje in het park zitten. Hij draaide een shagje, stak die op en zei toen de enige zin die hij die hele gruwelijke dag heeft gezegd: "Do you like being a human ashtray?" Daarna hield hij het shagje zo dicht bij mijn huid dat het pijn begon te doen. Hij lachte keihard, gooide de peuk op de grond en drukte hem uit met zijn laars. Hij raapte de peuk op, deed deze in zijn jas en liep weg.

Ik heb zeker een halfuur lang zitten wachten tot er wat gebeurde.

Tot hij terugkwam.

Ik was verlamd.

Maar er gebeurde helemaal niets.

Hij kwam niet terug. Mijn nachtmerrie was over.

Ik weet niet hoe het menselijk brein werkt maar ik besefte opeens dat ik de hond van mijn zus en haar man, die ook in Den Haag woonden, nog te eten moest geven. Ze waren met vakantie. Misschien dacht ik dat ik door de hond, Woefie, veiliger zou zijn.

Ik ben, terwijl zijn waterig geworden zaad langs mijn benen omlaag liep, naar het huis van mijn zus gestrompeld, ik was bang om de tram te nemen, bang om naar mijn eigen huis te gaan, bang dat hij me volgde.

Ik was bang.

Ik was zo bang.'

Ze zwijgt.

'Nu weet je, als het al niet duidelijk was, overigens waardoor ik niet tegen koude douches kan.'

Ik probeer Femmetje te omhelzen maar ze weert me zachtjes af.

'Heb je aangifte gedaan?'

'Ik voelde me schuldig omdat ik, in mijn eigen visie, me niet genoeg had verzet, me niet had losgemaakt en omdat het me soms puur fysiek had opgewonden.

Ik durfde geen aangifte te doen.

Ik was bang voor de vragen van de politie...

Ik had dan wel een mes gezien maar ik had weg kunnen rennen, toch?

Ik was ontzettend bang voor de confrontatie met hem.

Ik was bang voor de schande over mijn familie. Ik wilde gewoon door, dit vergeten. Bovendien, ik had geen enkel bewijs…'

'Sorry voor het plastische, maar je had zijn sperma toch?'

'Allereerst kwam ik daar niet op. Ten tweede was ik in bewijstechnisch opzicht zo stom geweest om in het huis van mijn zus een uur te gaan douchen, waarbij ik mijn je-weet-wel met groene zeep heb staan uitwassen tot het pijn deed. Ik voelde me zo afgrijselijk smerig, alles moest eruit.

Ik heb daarna drie dagen huilend in het huis van mijn zus gezeten. Vervolgens heb ik mijn zus op haar vakantieadres gebeld en haar gezegd dat het niet goed met me ging. Zij kon op dat moment weinig voor me doen, ze waren in New York, maar een studiegenoot van haar en een kennis van mij, Gijs, werkte toen in Den Haag bij het hoofdkantoor van de bank waar hij momenteel nog steeds werkt. Gijs zou even poolshoogte komen nemen.

Op het moment dat Gijs het grindpad op reed ben ik hysterisch gaan huilen. We zijn naar het strand gereden en daar heb ik hortend en stotend het hele verhaal verteld. Hij was heel begripvol, wilde Lex in elkaar gaan slaan, wilde dat ik aangifte deed et cetera.

Ik was hem zo dankbaar dat hij op die manier aardig tegen me was en niet riep dat het mijn eigen schuld was, wat ik dus ergens zelf wel vond. Ik was hem zo dankbaar dat hij me hielp zonder iets van me te willen op seksueel gebied en daardoor ook zozeer verward dat ik hem een paar dagen later heb verleid.

De rest van het verhaal ken je. Ik ben al die jaren misschien bij hem gebleven uit dankbaarheid.'

Ze steekt een sigaret op en inhaleert diep.

'Kan je nagaan hoelang ik bij iemand kan blijven uit liefde!' Hierbij kijkt ze me schalks aan.

We zwijgen en roken. Van alle emoties en van de drank ben ik behoorlijk moe geworden, Femmetje ook.

'Mag ik nog steeds blijven logeren?' vraagt ze opeens met de stem van een klein meisje.

'Hoezo niet?'

'Nou,' zegt ze met hetzelfde stemmetje, 'misschien vind je me nu opeens niet meer lief...'

Ik trek haar van de bank en hou haar stevig vast.

'Ik zou niemand in de hele wereld weten die ik liever te logeren heb dan jou.'

'Oké. Ik hou wel je joggingpak aan als je het goedvindt.'

De boodschap, geen seks, is duidelijk. Ik zou er nu ook geen zin in hebben.

We gaan liggen in bed.

'Pep?'

'Ja?'

'Ik vind jou lief.'

Ze kruipt in me. Binnen een minuut slaapt ze in mijn armen, in het joggingpakcondoom.

Ik had me onze eerste nacht samen anders voorgesteld maar raar genoeg, ondanks alle vreselijke verhalen, ben ik ziels- en zielsgelukkig.          89

Ik voel me veilig. Ik wil dat Femmetje zich veilig voelt.

Ik ben thuisgekomen. Ik hoop Femmetje ook bij mij.

De volgende ochtend vraagt Femmetje wat ik eigenlijk van sm vind. Ik vertel haar dat ik er te lui voor ben. De hele dag iemand domineren, ketenen en heropvoeden, het lijkt me doodvermoeiend. Alleen het porno-idee uit *Histoire d'O* van een vrouw die steeds beschikbaar is op het moment dat de man zin heeft spreekt me aan. (Maar ja, welke man niet?) Ik zag vroeger, ik was achttien, de wereld als een groot dampend matras waar ik nog niet op lag. Om dat te veranderen had ik een soort internationaal liftersgebaar bedacht waarmee je aangaf of je wel of niet wilde neuken. Ik ben dan ook van een generatie waarbij het gevaar van seks alleen was dat je er zwanger van werd of een behandelbare ziekte opliep. Hoe verkoop je mijn liftneukgebaaridee aan de jongere generatie, die seks allereerst associeert met ziekte en dood?

'Ik wist eerder hoe ik een condoom om een lul moest doen dan hoe ik moest neuken,' zoals een vriendin van mij die in de late jaren negentig op school zat het treffend uitdrukte.

Femmetje bedankt me voor het 'lieve koken' en biedt haar excuses aan voor haar gedrag in de badkamer en ze maakt zich zorgen of ze me dit allemaal wel had moeten vertellen en of het geen negatieve invloed heeft op onze relatie. Als antwoord zoen ik haar langdurig op de mond. Daarna gaat ze de deur uit met de belofte om in de avond terug te komen met boodschappen en te gaan koken voor me. Iets met veel 'groentjes'.

# ·30·

Femmetje komt om een uur of vijf binnen. We trekken een fles wijn open (het is een wonder dat mijn lever het in die tijd niet heeft begeven), een of andere Albert Heijn Zuid-Afrikaanse literfles wijn.
Ik vind er geen bal aan, het is een vlakke slurpburpslobberwijn.

Ik besluit dat ik vanaf dat moment in deze relatie hoofd inkoop wijn ben.
'En hoe vind je de wijn? Ik wilde je laten zien dat goede wijn helemaal niet duur hoeft te zijn!'
Dat kan best maar niet met deze wrange blurk, denk ik, en ik zeg: 'Hij is interessant. Het is een apart glas.'
Femmetje kookt iets met kikkererwten, een half onsje kip, 7 verse kruiden en 9 kilo groenten. Nu eet bijkans niemand zo gezond als ik – 3 ons fruit en 4 ons groenten per dag haal ik wel ter compensatie van mijn drinken en roken – maar ik ben wel een man.
Dus ik eet vlees.
Ik ben niet vegetarisch want ik besta immers uit vlees en ik eet al helemaal niet vegetarisch.
Ik heb een hekel aan vegetariërs.
Ik weet niet wat ik moet koken voor vegetariërs.
Ik heb geen vrienden die vegetariër zijn.
Ik wil geen vrouw die vegetariër is want dan kunnen we nooit 'hide the salami' spelen.
Ik geloof heilig dat vrouwen die van eten, drinken en roken houden beter zijn in bed.

Vegetariërs gaan vroeg of laat zeuren. Over de bio-industrie. Ik eet geen vlees uit de bio-industrie want dat is minder lekker. Ik eet meestal ecologisch vlees. Niet uit principe maar omdat het lekker vlees is. Hier op het eiland eet ik graag lomito (ossenhaas). Het lekkerste rundvlees dat ik ken. Flink lang afgehangen (mooie term voor bijna laten bederven) en zo mals als vlees maar zijn kan. En hier kost het geen kont. Dat zal wel liggen aan het feit dat die koeien alleen maar van Argentinië naar hier hoeven te zwemmen en niet de hele oceaan over.

Ik eet graag vlees.

De groenten bij mijn stuk vlees zijn een aflaat die ik erbij doe omdat ik jarenlang door de overheid ben geïndoctrineerd met het idee dat groenten goed voor me zijn.

Maar ja, de overheid roept ook dat melk goed voor je is en dat is het niet. Melk is gif. Niet-blanken kunnen geen melk drinken want die hebben lactose-intolerantie, en blanken zijn niet gemaakt om na hun derde levensjaar ooit nog melk te gaan drinken. Ook Poesie Mauw gaat ervan aan de stinkende schijterij.

Femmetje is allerlei dingen aan het doen met de 47 kilo groenten die ternauwernood in een pan passen. Ik vraag me angstig af hoe ik tot morgen ga overleven op 25 gram kip. Om een beetje te functioneren heb ik grote lappen ribeye met vers gemaakte bearnaisesaus nodig. En met knoflook verrijkte aardappelpuree met rode wijnsaus. Of zo. Een andere lichte maaltijd is natuurlijk ook welkom.

Ik vraag me, terwijl ze in de keuken vecht met groentes, af of Femmetje blijft logeren en of we dan seks gaan hebben. Met penetradinges en zo.

Eigenlijk ben ik ervoor om het stadium van het niet hebben van seks zo lang mogelijk te rekken.

Ik ben ervan overtuigd dat die tijd voordat je seks hebt nooit meer terugkomt.

Ik bedoel daarmee dat als je in een nieuwe relatie eenmaal begonnen bent met het hebben van seks, je daar meestal flink de smaak van te pakken krijgt en dat het zeker de eerste maanden een bezigheid is die je, als het tijdstechnisch even meezit, een keer of vijf per dag kunt voltrekken.

Nu hebben we de hele avond gesprekken.

Straks zullen we dan misschien de hele avond seks hebben. Ik weet wel dat veel kerels meteen voor het laatste zouden kiezen, maar ik niet. Ik ben dol op seks, maar ik vind het niet het ultieme middel voor communicatie tussen twee geliefden. Seks is in wezen een eenzaam gebeuren. Meestal zit je fysiek wel in een vrouw maar ben je in je geest voornamelijk ergens anders. Wil ik klaarkomen, dan moet ik fantaseren, want anders kom ik niet klaar. Hoewel ik geen wezenlijke seksuele afwijking heb, behalve een fetisj voor Schotse plooirokjes en witte angora truien, gaan mijn fantasieën altijd wel over meisjes die keihard en veelvuldig genomen worden. Omdat ze dat graag willen. Ik moet met schaamte bekennen dat ik het verhaal over Lex ondanks de gruwelijkheid ergens deep down ook opwindend had gevonden (vooral de op afstand bedienbare vibratorslip deed wel wat) maar ik deel gelukkig zijn afwijking volstrekt niet. Ik heb niet ook maar de minste behoefte om iemand pijn te doen. Ik ga niet mee in het oude gezegde 'Sla uw vrouw eens per week. Als u niet weet waarom, dan weet zij het wel.' Een lichte tik op de billen in bed kan, maar daar vragen veel vrouwen zelf om. Haar handen op de rug vasthouden en haar dan vingeren blijkt ook een vorm van zeer gewenst sociaal gedrag in bed. Het is me, tijdens mijn twee decennia durende participerende observatie, opgevallen dat veel vrouwen een licht masochistische kant hebben. Ondanks al het geëmancipeerde gelul willen opmerkelijk veel vrouwen in elk geval in bed gedomineerd worden. Daarbuiten niet.

Mijn theorie is dat bijna alle meisjes worden opgevoed met het denkbeeld dat seks vies is en niet lekker. Of in elk geval met de boodschap dat seksualiteit iets is wat je uiterst geheim moet houden, en dat nette meisjes daar niet aan doen. Zodra diezelfde meisjes seks leuk gaan vinden en graag door hun vriend klaargevingerd worden of door hem gepenetreerd willen worden, leggen ze graag een deel van hun verantwoordelijkheid bij de ander, zodat het kleine meisje in hen zich niet schuldig hoeft te voelen.

(Hij dwingt me… Het is wel heel lekker maar eigenlijk wil ik niet… Ooo, hij heeft mijn handen vast dus ik kan het ook niet van hem overnemen, ik moet me wel overgeven aan zijn vaardige handen. Vaardige handen? Hallo, het is geen TrackBall! Ik ruk toch ook niet aan jouw lul alsof het een joystick is!)

Alhoewel je uit het deel voor de haakjes zou kunnen afleiden dat als een vrouw nee zegt ze eigenlijk ja bedoelt, hou ik altijd maar de regel aan dat als een vrouw nee zegt, ze nee bedoelt.

Wel zo overzichtelijk, en het voorkomt onverkwikkelijke situaties.

Ik ga daarin misschien zelfs iets te ver.

Je moet het als vrouw wel heel duidelijk laten weten aan me als je wel iets wilt.

Een vriendin van enkele decennia her sprak, toen we na onze eerste kennismaking bij mij thuis belandden en ik na enige uren geen enkele poging tot geslachtelijk verkeer had ondernomen, de nog steeds historische woorden: 'Of we gaan nu zoenen of ik ga weg.'

Het ergste was dat ik vreselijk moest lachen.

Dat heb ik enkele seconden later meteen goedgemaakt.

Ik ben naïef en geremd.

Een vriend van mij heeft hetzelfde euvel.

Het meisje waar hij uiteindelijk mee is getrouwd stuurde hem, terwijl ze naast hem op de bank zat, op een gegeven moment een sms: 'Ik wil zoenen'. Toen pas viel het kwartje.


'Waar denk jij aan?'

Ik besluit dit wijselijk voor mezelf te houden. Ik wil iets kwijt en omdat Femmetje en ik sinds het begin openhartig en vertrouwd met elkaar omgaan, durf ik het te zeggen.

'Ik wil met heel mijn hart dat onze Eerste Keer echt is. Dus niet op de automatische piloot. Ik wil het verder niet doen omdat jij denkt dat we het moeten doen omdat je denkt dat ik dat wil. Ik wil het doen op het moment dat we er allebei aan toe zijn.'

Femmetje lacht. Ze omhelst me en knuffelt me. Ik voel de warmte en kracht van haar lichaam. Ik ruik haar lichaamsgeur. Haar borsten voel ik drukken tegen mijn borst. Ondanks mijn wijze woorden van zo-even wil ik haar nu het liefste ter plekke nemen, maar ik heb besloten om met haar bewust van mijn gewoonte af te wijken. Meestal wordt er gepenetreerd nadat ik met iemand een paar nachten samen heb geslapen. Die nachten werden meestal niet gevuld met slaap maar met veel gezoen, gevoel, gevinger en gelik, uiteindelijk leidend tot een orgasme bij beiden. Dan is de Eerste Keer niet zo beladen, want er is al meer lichamelijke vertrouwdheid. Nu wil ik dat de Eerste Keer dat we in elkaars nabijheid klaarkomen is doordat ik in haar zit. Ik wil in haar zitten. Ik wil haar voelen. Ik wil! Nu! Nu! Nu!

'Ik ben geweldig blij dat je er op die manier over denkt, lieve Pep. Ik zou het niet anders willen. Laten we het rustig opbouwen. O, maar nu moet ik terug naar mijn groentjes.'

In een wanhopige poging het groenoffensief te laten mislukken pak ik haar vast en begin haar uitgebreid te zoenen. Femmetje weet zich op charmante wijze los te worstelen en gaat naar het fornuis.

De groentehel gaat losbarsten.

## ·31·

Uiteindelijk valt het eten me nog best mee. Beetje te veel een labyrint van groenten waarin de kip volkomen verdwaald was (ik kon hem niet vinden) maar absoluut lekker.

'Wil je nog een beetje?'

'Nou, dat smaakte naar meer.'

Een interne grap. Als kind dacht ik dat de zin 'dat smaakt naar meer' inhield dat iets naar water smaakte. Ik associeerde 'meer' met een meertje.

Verder heeft het tot mijn dertigste geduurd voordat ik doorhad dat de uitdrukking 'hij loopt niet in zeven sloten tegelijk' niks met sloten van sleutels te maken heeft maar met sloten met water. Achteraf is het best knap dat ik iemand in zeven deursloten tegelijk zag lopen, maar ik had een associatie met celdeuren en boeien en met voordeursloten van grote groene grachtendeuren en dat je dan achter die voordeur terechtkwam, waar allemaal ellende wachtte met draken (ook groen) en andere enge beesten. Mijn derde taalkundige misverstand is dat ik dacht dat een peniskoker een specialiteitenkok bij de kannibalen was.

Ik eet nog een bordje groen. Vervolgens gaan we naar boven, we drinken en praten. Ik vertel haar over de twee toneelstukken die ik heb geschreven toen ik jonger was: De Zinnen en Het Mistige Morgenland. We bekijken fotoalbums, praten over het verschijnsel 'auditie doen terwijl ze je toch kennen' en over haar hekel aan audities. Opeens is het halfdrie. We gaan gescheiden naar de badkamer en Femmetje gaat als eerste in bed liggen. Ik werk mijn avondritueel af: deur op slot, Sloerie vers water en brokjes geven zodat ze niet om zeven uur in de ochtend naast mijn hoofd heen en weer gaat trampolineren met haar pootjes, kelderraam dicht, dat neurotisch de hele avond openstond voor de illusie van frisse lucht, trap op, gordijnen boven dicht en de grote Boeddha even over zijn hoofd aaien in de hoop op voorspoed, geluk en vriendschap. Daarna loop ik de slaapkamer binnen.

Mijn in 1924 door Wilhelm Wagenfeld voor Technolumen ontworpen lampje brandt nog. Femmetje ligt geheel in het dekbed gerold in mijn handgemaakte Vi-Spring van 1 meter 80 bij 2 meter 20. Ik doe mijn horloge af en haal het bloedkoralen kettinkje, dat ik al dagen draag, van mijn pols. De volgende ochtend zal ik het haar teruggeven, omdat ik ervan overtuigd ben dat het goed zal blijven gaan tussen ons. Ik ga in bed liggen.

Ik voel, hoewel we elkaar niet raken, de warmte van haar lichaam. En ik ruik haar. Een heerlijke lucht. Een lichtvoetig kruidig luchtje dat zich vooral in haar oksel lijkt te bevinden. We kijken elkaar aan en ik wil dat ik verander in een micro-uitvoering van mezelf zodat ik in haar ogen kan gaan zwemmen.

Ik aai haar over haar hoofd, ze blijft stil liggen en kijkt me lief aan. We zoenen. We kruipen dichter tegen elkaar aan. Ik voel mijn erectie opkomen. Zij ook. Ik vraag de vraag die ik nog nooit gesteld heb omdat het meestal vanzelf sprak dat ik het deed.

'Wil je?'

'Ja, heel graag, lieve Pep.'

We bedrijven de liefde. Ik gebruik de term zelden; meestal neuk ik, of 'we' neuken als het meezit.

Deze Eerste Keer, waarvan me helaas details ontschoten zijn omdat het menselijk geheugen nu eenmaal niet alles vasthoudt, deze Eerste Keer waarvan ik nog flitsen weet, is schitterend.

Teder, warm en uiteindelijk onvoorstelbaar gepassioneerd. Het is thuiskomen op alle fronten. Af en toe lijkt het alsof we één menselijk wezen vormen. Alsof we één grote, vloeibare, warme menselijke massa zijn. Alsof ik haar ben en zij mij.

Haar gezicht wordt anders. Soms is het alsof ik met een temperamentvolle Griekse seks heb, dan weer met een serviele Indonesische, dan weer met Femmetje. Mijn Femmetje. Mijn eeuwige Femmetje. Uiteindelijk vallen we klevend aan elkaar, innig in elkaar verstrengeld in slaap.

'Omni animal post coitum triste est' (alle dieren zijn droevig na de gemeenschap), schijnt Aristoteles ooit te hebben gezegd.

Ik ben het niet met de wijze baard eens.

Ik slaap in met een glimlach van oor tot oor.


De volgende ochtend doen we het nog eens dunnetjes over. Er zullen vele malen volgen.

Het seksdier in ons is los. Soms bespringen we elkaar als twee beesten die moeten procreëren. Die geen keus hebben. We doen het meermalen drie keer op een dag.

Ik ben blij dat we dit bastion hebben genomen.

Ik ben angstwekkend gelukkig.

Dit is mijn vrouw.

Met deze word ik oud.

Dit is 'De Vrouw van mijn Leven' en niet die voor heel even.

Ik weet zeker dat als ze bestaat dit nou 'De Ware' is.

Ik heb nooit geloofd in het concept van 'De Ware' – tot ik Femmetje tegenkwam.

Toeval bestaat niet (behalve als je epilepticus bent).

Dat we elkaar zijn tegengekomen? Het moest zo zijn.

Het is voorbestemd.

Ik ben zo dol op Femmetje dat ik als ze zwanger was (van mij natuurlijk, ik ben niet gek) en ik kon haar leven en dat van ons kind redden door het mijne te geven, ik dat op dit moment direct zou doen.

Voer voor verlatingsangstdeskundigen?

Mijn verlatingsangst is compleet weg.

Ik kan me zelfs niet meer voorstellen dat ik die ooit heb gehad. Dat komt door Femmetje.

Ik heb namelijk normaal gesproken in een relatie last van verlatingsangst met daarbij bindingsdrang.

Of dat laatste nu de andere kant is van de medaille laat ik aan eenieder zijn beoordelingsvermogen over.

Ik heb geen bindingsangst, zoals iedere normale, zichzelf respecterende man, neen, ik natuurlijk weer heb verlatingsangst!

Die verlatingsangst komt uit mijn jeugd, denk ik.

Mijn moeder, die werkte als televisieomroepster (voor de mensen die het fenomeen niet kennen: een voice-over maar dan in beeld), was net door mijn vader in de steek gelaten (of had hem het huis uit gezeurd, daar zijn de geleerden het niet geheel over eens) en we hadden het niet breed; daar kon ik niet zoveel aan veranderen, ik was anderhalf.

Mijn moeder kon zich wel een Fiat 500 veroorloven maar geen oppas. We bewoonden een flat (nu noemt men dat een appartementswoning, wat leuker klinkt maar het nog steeds niet is) in de Burgemeester Hogguerstraat (consequent door de bewoners aangeduid als de burgemeester Hoge Huren straat) te Amsterdam-West. (In een tijd dat het daar hip en groen wonen was en het nog niet te boek stond als Allochtonië).

Als mijn moeder in haar donkerblauwe Fiat 500 naar de studio's ging liet ze mij achter in de box. (Niet in de kelderbox, zo erg was het nou ook weer niet.) Tegenwoordig zijn er instanties die je dan uit de ouderlijke macht ontzetten, maar in die jaren was dat blijkbaar volkomen normaal.

Ik was anderhalf jaar oud.

'Als ik dan terugkwam,' zo vertelde mijn moeder mij enkele jaren geleden tijdens een diner vrolijk, 'had je staan duwen en trekken aan die box. EN DAN WAS JE VANUIT DE WOONKAMER MET JE BOXJE HELEMAAL NAAR DE VOORDEUR GEKOMEN.'

Dat dergelijk gedrag van een tweejarig kind wellicht misschien enigszins een teken is dat ik er niet tegen kon dat mijn mammie me moederziel alleen liet is nooit in haar opgekomen.

Dergelijke dingen, die ik u verder in dit boek zal besparen, gecombineerd met haar vriend (de schaduw over mijn jeugd), mijn altijd afwezige vader, de ontdekking dat crèche en crash eigenlijk hetzelfde zijn en nog wat andere zaken, zouden er eigenlijk toe hebben moeten leiden dat ik zo verknipt ben als een deur.

Maar dat ben ik niet.

Ik ben er nog redelijk goed uit gekomen.

Behalve dan dat ik dus een milde versie van verlatingsangst heb. Die op latere leeftijd erg is versterkt door het volgende – waar gebeurde – verhaal.

Op zekere dag, namelijk donderdag 13 februari, vrijdag was leuker geweest maar het was nu eenmaal een donderdag, komt Henri thuis. Hij is archivaris bij het Koninklijk Instituut voor Taal-, Land- en Volkenkunde in Leiden. Klinkt saai maar het is een leuke baan, zeker voor Henri, die eerste drukken van Antilliaanse schrijvers verzamelt. Geheel in zijn sas – hij is op het spoor van een exemplaar van het moeilijk te krijgen boek *De Mensenzoon* uit 1947 van Boeli van Leeuwen – komt hij thuis.

Henri is in Leiden blijven hangen na zijn studie en woont op een van de grachten met historica Fleur, die hij nog kent van de studentenvereniging – Minerva, dat spreekt voor zich.

Afgezien van een al sinds begin december durend conflict over op welke datum men nu wetenschappelijk verantwoord Sinterklaas viert, de een vindt vijf december, de ander zes, waardoor men pakjesavond uiteindelijk maar helemaal niet meer vierde, is hun relatie zoals de liefde volgens velen hoort te zijn: een plots oplaaiende veenbrand die de door de koude winternachten verkilde harten weer doet verwarmen.

De lust van Henri voor haar heerlijke hockeylichaam was er nog altijd, maar haar libido leek in de loop der jaren af te nemen. Daarom was er geen dagelijkse lichamelijke passie meer, een passie die er in de beginjaren van beide kanten zeker was geweest.

Om het goede nieuws over de ophanden zijnde uitbreiding van zijn Antilliaanse bibliotheek te vieren heeft Henri een heerlijke fles Crozes-Hermitage bij zich.

Als hij de deur van hun charmante huis opent ziet hij tot zijn verbazing dat overal het licht uit is.

Meestal is Fleur eerder thuis en maakt zij het in huis gezellig met lampjes en kaarsen. De lampen zijn uit, maar die kaarsen zijn er wel. Op de traptreden die leiden naar de eerste verdieping (tevens de verdieping met de meeste ruimte en hoogte), alwaar de keuken is, een toilet, een logeerkamer en de eetkamer, staan roze gekleurde waxine lichtjes. (Op de begane grond is een soort van opslag, verder een bijkeuken, en er staan wat fietsen. Henri heeft net zijn Gazellerijwiel neergezet en zijn oranje-grijze Gaastra-regenjack uitgedaan.) Hij kijkt omhoog en ziet dat ook op de trappen naar de woonkamer op de tweede verdieping en de slaapkamer op de derde verdieping roze waxinelichtjes staan. (Hoewel het er niet toe doet: ze staan alleen aan de linkerkant van de trap.)

Onder elk waxinelichtje ligt een zachtgeel briefje. Elk briefje telt één woord. Het zijn smalle en hoge trappen, met respectievelijk twaalf, vijftien en negen treden.

De eerste briefjes die hij vindt vormen samen de zin:

*Lieve Henri, Zoals Je Ziet Ben Ik Er Niet. Jij Wel Stuk…*

Henri, die zichzelf niet als een stuk ziet maar bij wie Fleur geen klagen heeft (hij is slank, niet echt kaal, en heeft behalve een decente bril geen hulpstukken nodig; ze hebben, na gedoucht te hebben, twee keer per week seks en knuffelen vaak) kan bijna niet wachten om de trap op te lopen. Misschien ligt Fleur naakt klaar met zo'n lekkere fles van Dr. Hauschka's amandelolie!

Helaas wordt de hoop om haar eens te nemen op een ander dan de gebruikelijke tijdstippen met het nemen van de tweede trap de bodem ingeslagen.

De verzamelde briefjes van Fleur leveren de volgende, geen enkele illusie overlatende, zin op:

*... Verdriet. Ik Ben Weg. Dat Is Pech. Het Werd Na Twaalf Jaar Mij Te Voorspelbaar.*

In tranen bestijgt Henri de laatste negen treden.

100   *Ik Wens Je Alle Goeds. Hier Is Wat Zoets.*

Op bed ligt een chocoladeletter.

Afgezien van het feit dat ik het charmant vind dat Fleur het Sinterklaas-conflict duidelijk in haar achterhoofd heeft gehad en daar creatief mee is omgegaan, gezien de gedichten en de chocoladeletter, is het een griezelig verhaal.

Fleur moet dit al hebben gepland voordat de chocoladeletters door de kerstkransjes worden verdrongen, ergens begin december.

Fleur was een hele tijd van plan om weg te gaan en Henri had helemaal niks, nakko, niente gemerkt.

Ze hadden op de zondag voor de dertiende hun gebruikelijke zondagse vrijpartij nog gehad.

Fleur bleek ervandoor met een bijlesleerling van twintig herfsten. Via een vriendin van mij begreep ik dat die bijlesleerling haar op zijn beurt bijspijkerde op het gebied van seks. Fleur had die vriendin toevertrouwd dat de jongen Fleur alle hoeken van de kamer door had geneukt. Helaas was de jongen na drie weken klaar met het komen in Fleur.

Fleur, die smoorverliefd was en van een verboden relatie dagdroomde, werd door de jongen zijn appartement uit gebonjourd met de woorden: 'Ik wilde een MILF doen.'

(MILF staat voor Mother I'd Like to Fuck. Dat Fleur geen moeder was bleek geen bezwaar. Het ging om de leeftijd. Een knaap van de leeftijd als die van haar bijlesleerling kan zich niet voorstellen dat een vrouw van zesendertig geen kinderen heeft.)

'Nu nog een Japanse en een Koreaanse en dan lig ik lekker op schema.'

Fleur heeft nooit durven vragen wat dat schema inhield en verliet, op de minuut af exact drie weken nadat Henri in hun voormalige liefdesnestje begon te huilen, jankend het studentenhuis van haar ex-minnaar.

Henri, die hier twee jaar compleet stuk door is geweest, heeft Fleur NOOIT meer gezien.

Dat richt pas fijn schade aan bij je ex.

Zij heeft NOOIT meer met hem willen praten.

Waarschijnlijk uit schaamte.

De enige verklaring die Henri via via ooit heeft gekregen is dat ze in de war was. Dat is ze waarschijnlijk nog steeds. Meer vrouwen zijn dat. Volgens mijn goede vriend Emmanuel zijn ze het zelfs allemaal.

Met Henri gaat het inmiddels goed, hij is getrouwd met een vrouw die een jaar jonger is. Om de kans op een kind dat op zijn dertiende alleen 'wawawawawa' kan zeggen zo klein mogelijk te houden hebben ze snel een kindje gemaakt. Het is er daarom ook bij één gebleven. Henri woont met nieuwe vrouw en kind nog steeds in het huis waar hij de late sinterklaassurprise kreeg.

Dat vind ik manmoedig.

Ik was verhuisd.

Ik ben een gevoelig typje.

Dat er stormen woeden in het hoofd, dat kan ik begrijpen. Dat je op koude winternachten in Holland, liggend in het doorgelegen bed dat je nog samen met hem hebt gekocht en waar je nu al twaalf jaar

in ligt, mijmert over warme, hete passie en dat je hand dan naar je
opening gaat maar dat je niks durft te doen omdat je bang bent dat
hij wakker wordt en verbaasd reageert, dat snap ik.

Ik kan er zelfs bij dat je het aanlegt met een ander. Ik ben voor mijzelf tegen vreemdgaan, maar weinig menselijks is me vreemd.

Maar dat je na twaalf jaar relatie iemand NOOIT meer wilt spreken…

Dat doe je niet.

Dan deug je niet.


Ondertussen is mijn verlatingsangst weg!

Met Femmetje ga ik trouwen en kinderen krijgen! Joepie!

Ik denk weleens dat ik het gevoelsleven van een vrouw heb.

Als ik vaak seks heb denk ik dat iedereen vaak seks heeft.

Als ik een gelukkig seksleven heb denk ik dat iedereen een gelukkig
seksleven heeft. Als ik een periode geen seks heb gehad denk ik dat
iedereen meteen geen seks meer heeft. Als ik een frigide vriendin
zou hebben, wat eenmaal is voorgekomen en waar ik haar vanaf heb
geholpen met heel veel geduld, liefde en een reusachtige dildo, dan
zou ik al snel denken dat iedere vrouw frigide is.

Ik heb me weleens afgevraagd of ik niet te empathisch en invoelend
ben.

Nu met Femmetje heb ik een uitermate gelukkig seksleven. Ik loop
rond met een niet van mijn gezicht af te krijgen glimlach.

Ik straal.

Ik ben nog nooit zo gelukkig geweest.

Bleeh. We zijn zo klef dat het me verbaast dat God niet misselijk
wordt en over ons hoofd braakt.

# .32.

Een paar gelukzalige weken later gaan Femmetje en ik op weg naar
een homohuwelijk in Den Haag. Ik heb niks tegen homo's maar
het ontgaat mij waarom ze het burgerlijke instituut huwelijk ook

aan hun palmares van rechten hebben willen toevoegen. Maar als ze dat graag willen moeten ze het vooral doen. Het is een historische gebeurtenis. Niet omdat twee nichten elkaar het jawoord hebben gegeven, maar omdat ik voor het eerst met Femmetje in de openbaarheid zal treden.

De weken daarvoor hebben zich allemaal voltrokken binnen de muren van mijn huis, dit om 'ontdekking' door Gijs te voorkomen.

Femmetje komt me om drie uur van mijn werk afhalen.
Ze belt me dat ze met haar auto voor het gebouw staat.
Ik moet nog wat promo's inspreken en vraag haar naar de tweede etage van het gebouw te komen waar ik werk.
Ze parkeert haar auto en komt naar de geluidsstudio's en inspreekcellen waar ik mijn werk als zenderstem doe. Diverse mannen en vrouwen herkennen haar. Ondanks het feit dat hier in het pand van de omroep wel vaker een BH (Bekende Hollander) binnenkomt loopt het beroemdsheidsgeil sommigen uit de mond.
Het 'kan ik je helpen' en 'wie zoek je' is niet van de lucht. Enkele dagen later word ik, door mannelijke collega's, overladen met het typisch mannelijke en onbegrijpelijke compliment dat ik het 'goed gedaan' heb.
We rijden naar Den Haag.
Ik zet de radio aan om naar het nieuws te luisteren. Femmetje wordt zelfs op de snelweg herkend. Een paar dikke meisjes beginnen te toeteren en te zwaaien. Ze rijden in een pistachegroene Suzuki Alto, een auto voor mensen die geen auto kunnen betalen maar er toch een kopen omdat ze het vertikken om met de trein te gaan, waar ze eigenlijk thuishoren.

Ergens in de buurt van het Paleis van Justitie in 's-Gravenhage zit een café, waar de nichten vieren dat ze die ochtend zijn getrouwd. Het is een holadijeecafé met een wit geverfde bakstenen muur vanbuiten en overal houten lambrisering vanbinnen. Aan het plafond hangen honderden kleurige slingers in het wit en in het roze.

Ik hoop maar dat ze geïmpregneerd zijn met een brandwerend middel.

Roze is ook de kledingcode voor de borrel. Ik heb een roze overhemd aan en een roze linnen broek. Femmetje draagt een roze jurkje en, zo heeft ze me schalks verteld, een roze string. Mijn katoenen boxershort is lichtgrijs, er zijn grenzen.

Ik ben dolgelukkig met Femmetje aan mijn zijde. Het stikt in café holadijee van de Bekende Hollanders die mij, als trouwe non-kijker van *Op Zoek naar de Verloren Tijd*, weinig zeggen. Omdat ik me nuchter nogal ongemakkelijk voel in grote gezelschappen onbekenden (zeker als ik eruitzie als een roze snoepje) begin ik in een gestaag tempo gin-tonics naar binnen te werken.

Een flesje tonic op een dubbele hoeveelheid gin, Beefeater. Het merk past wel op dit homofeestje.

Helaas maakt de barman de fout om, zoals de meerderheid der barmensen doet, de citroen boven op het ijs te doen. Niemand snapt blijkbaar dat je eerst de citroen in het glas doet en dan het vriendje van Bambi (het stampertje en niet zo'n belachelijk roerding waar je dus niet je citroen mee kunt platstampen opdat de etherische oliën vrijkomen die een extra smaaknuance aan de gin-tonic geven) en dan het ijs. Anders kan ik de citroen (die dus een zeer wezenlijk onderdeel vormt van de smaak van gin-tonic) niet stampen.

Na wat gehannes is de gin-tonic goed drinkbaar.

Omdat ik bij Femmetje graag overkom als een man van de wereld, wat ik me ook een beetje voel met zo'n ravissant mooie vrouw aan mijn zijde en vooral niet als de contactgestoorde, arrogante, niet in domme mensen geïnteresseerde, asociale kluizenaar die ik in essentie ben, ga ik gesprekken voeren met de aanwezigen. Dat had ik beter niet kunnen doen.

Ik raak in gesprek met een jongen van een jaar of twintig met hippig blond en rood geverfd haar dat in stekeltjespieken overeind staat. Hij draagt een camouflagebroek en hij heeft een ketting om met metalen bolletjes die mij het meest doet denken aan een uitvergrote versie van de ketting die aan de stop van mijn bad zit. Ik denk het ijs te breken door over iets te beginnen wat de gemoederen op de radio vandaag flink bezighield.

'Wat een toestand, hè, over dat kunstwerk dat Kekul von Stradonitz vanwege de herdenking van Hiroshima wil maken...'

'Waaat?'

Stekeltje kijkt me volstrekt niet-begrijpend aan.

Ik verkeer in de ijdele veronderstelling dat hij me niet verstaan heeft en begin nog een keer.

Dan komt de vraag die me compleet uit het veld slaat.

'Wat is Hiroshima?'

Ik roep wat steekwoorden: 'Japanse capitulatie? 6 augustus 1945? Hiroshima? Enola Gay?'

'Gay? Is de Hiroshima een nieuwe tent?'

Dit slaat alles.

Ik probeer het nog één keer.

'Op 6 augustus 1945 dropte de Enola Gay een kernbom op Hiroshima. Dat zorgde voor 140.000 doden. Japan capituleerde na het bombardement op Nagasaki.'

'Nagasake?'

De jongen kijkt me nog glaziger aan dan daarvoor.

Opeens breekt er een glimlach door. Hij meent iets te begrijpen.

'Ah! Nada sake. Er is geen sake meer?'

Ik geef het op.

Hij slaat zijn arm om mijn schouder heen.

'Ik volg je niet, gozer. Maar eh, dat geeft niet. Je bent vast een goede gast want je hebt dus het leukste wijf van de avond. Heb jij de rushes van de finale uitzending trouwens al gezien? Die zijn vies, hè?'

Ik knik vriendelijk en glimlach breed. Stekelhaar draait zich om en omhelst een andere soapie.

Ik maak me uit de voeten en besluit Hiroshima te gebruiken voor een steekproef. Ik ben er tot dan toe van uitgegaan dat de azijnzeikende pers altijd overdreef. Dat mensen niet zo dom en zo ongeïnteresseerd kunnen zijn.

Maar dat zijn ze wel.

Acteurs worden acteurs omdat ze in een andere wereld willen zijn dan die waar ze in leven. Ik wist dat Femmetje niks las en dat ze de actualiteit niet volgde (later begreep ik dat ze de werkelijkheid niet aankon) maar ik wist niet dat een gebrek aan algemene ontwikkeling een voorwaarde was om in een soap te spelen.

Ik spreek tien mensen. Een van hen, een Kazachstaanse exportbruid die doet alsof ze heel intelligent is, studeert aan de universiteit. De anderen hebben allemaal de middelbare school afgemaakt. Acht van de tien weten in het geheel niet wat Hiroshima is.

Het is dat ik onderhand acht gin-tonics naar binnen heb gewerkt en dat ik onder invloed van drank altijd in de veronderstelling verkeer dat iedereen het beste met elkaar voorheeft...

(iets waar ik nuchter een stuk minder van overtuigd ben)

... en dat iedereen lief en aardig is en ook van mij houdt...

(iets waar ik nuchter een stuk minder van overtuigd ben)

... maar anders was ik met mijn hoofd tegen de lambrisering gaan bonken vanwege zoveel desinteresse en domheid. Het allerergste is nog wel dat helemaal niemand zich ervoor schaamt! Het is in dit gezelschap geaccepteerd om niets te weten! Dat maakt niet uit! Als je maar de juiste sneakers aanhebt en als je haar maar goed zit. Dat is wat telt.


Vroeger wilde ik dom zijn.

Als kind wist ik me geen raad met mijn zucht naar kennis en vooral met mede daardoor anders dan anderen zijn.

Anders zijn is iets wat door kinderen wordt geroken en genadeloos bestraft door je aan een paal vast te binden (we spelen cowboy en indiaantje. Wij zijn de cowboys en jij bent het indiaantje) of door je elke dag in elkaar te slaan. Ik mocht van mijn moeder nooit terugvechten, want in het pacifistische jarenzeventighuishouden waarin ik ben opgegroeid werd geweld ten zeerste afgekeurd. Mijn moeder was zwaar geschokt toen ik voor mijn smurfen van lego (kun je alles maken) een kruisraket had gebouwd teneinde hun de Russen van het vege Smurfenlijf te houden.

Het is geen wonder dat ik in mijn studententijd ben gaan boksen en jaren een wapenvergunning heb gehad. (Voor de liefhebber: ik had een Glock 21, kaliber .45 ACP.)

Ik had blijkbaar wat in te halen

Ik ben tegenwoordig voor zinvol geweld.

Als ik in mijn lagereschooltijd niet terugsloeg vonden mijn moeder en haar vriend (de schaduw over mijn jeugd) dat ik had laten zien dat ik er mooi boven stond.

(Feitelijk vond mijn moeder dat want haar vriend – de schaduw over mijn jeugd – vond niks. Die was uitsluitend met zijn studie bezig en bemoeide zich alleen maar met mijn opvoeding als hem iets ergerde. Elk geluid dat ik maakte ergerde hem).

Als ik niet terugsloeg sloegen de kinderen op de lagere school mij wel.

Als ik wel terugsloeg werden mijn kleren vies.

Of nog erger: mijn bril beschadigde. Of raakte stuk.

Gedurende mijn leven heb ik een aantal misverstanden gekend. Zo dacht ik bijvoorbeeld altijd dat een bidet bedoeld was om je voeten in te wassen. (Dat is dus niet zo!)

Tot mijn negende jaar heb ik last gehad van een ander misverstand.

De wereld was op afstand niet zo scherp als dat ik de wereld van dichtbij waarnam en ik dacht dat het zo hoorde.

Het was mijn moeder al opgevallen dat ik met mijn ogen kneep en toen op de lagere school bleek dat ik het bord niet kon zien zonder mijn ogen tot spleetjes te knijpen, werd de gang naar de oogarts ingezet.

De conclusie was duidelijk: 'Uw zoon moet een bril.'

EEN BRIL?

Een ramp!

Begin jaren zeventig was een bril nog geen geïntegreerd onderdeel van je hippe kindergarderobe.

Een bril was alleen maar een hulpmiddel om beter te zien. Montuurkleuren? Daar had de opticien nog nooit van gehoord.

Een bril bestond uit dikke glazen en een deugdelijke metalen constructie. Een bril was voor een kind in die dagen een ramp.

Naast kind zijn kreeg je er namelijk opeens een andere dagtaak bij: het op je bril passen. Mijn eerste bril is vaker van mijn neus af geweest dan erop; ontelbare malen heb ik hem van andermans neus af moeten halen of op het schoolplein van een vroegtijdige en wisse dood moeten redden. De hele tijd doordrongen van de historische woorden die mijn moeder sprak tegen de opticien op het moment dat hij haar de rekening overhandigde: 'HOEVEEL?'

Ik had een voorwerp op mijn neus waarvan de waarde niet eens meer in zakgeld was uit te drukken en dat drukt zwaar op een kind.

Een bril kostte een voor mij onvoorstelbare hoeveelheid geld. Ik kreeg een kwartje zakgeld per week (zelfs voor die tijd absurd weinig) en mijn bril kostte het achthonderdvoudige; zodoende was ik ruim vijftien jaar verder voordat ik zelf een bril had kunnen kopen. Ik was negen jaar oud, dus dat was ver weg.

Mijn eerste bril is uiteindelijk roemloos ten onder gegaan. Tegenwoordig zijn er flitsende koorden waarmee je de bril vastzet als je gaat hanggliden, parasailen, diepzeeduiken of catamaranzeilen. In 1972 had je een dun bruin koordje met twee bruine klompjes die ervoor moesten zorgen dat de bril goed vastzat. Dat deden ze en ze zorgden voor huidirritatie, want de klompjes drukten hard tegen de huid.

Op een zomerse zondagmiddag was ik met een vriendje in een rubberbootje aan het dobberen op de Prinsengracht. Ik had mijn brillenkoord vanwege mijn geïrriteerde huid net van mijn bril gehaald, toen een wesp achter mijn brillenglas ging zoemen.

Ik was op die leeftijd bang voor wespen.

Heel bang.

Nog nooit heb ik zo met mijn hoofd geschud als op dat moment, mijn bril vloog van mijn hoofd, de wesp vloog weg van mijn hoofd en ik besefte in een splitsecond dat mijn moeder dit niet leuk zou vinden. Mijn bril zonk naar de bodem van de Prinsengracht, en de wereld was tot op drie meter redelijk helder; daarbuiten begon weer de mist…

Vroeger wilde ik dus dom zijn.

Lekker automonteur worden, een lekker flatje in West hebben, een lekkere auto en lekker met mijn lekkere wijf lekker naar de disco op zaterdag en dan lekker zuipen en lekker blowen en lekker neuken.

Lekker dus.

En lekker geen gezeik, weet je wel.

Niet van die ingewikkelde shit dus, man.

Tegenwoordig weet ik dat intelligent zijn en heel veel kennis hebben juist helpt tegen het leed.

Of je er gelukkig van wordt weet ik niet, Femmetje leek mij veel gelukkiger zonder de ballast van al die kennis.

Maar kennis brengt je in elk geval ietsje dichter bij het oplossen van het wereldraadsel. En dat leidt tot geluk.

## .33.

Femmetje redt me van het homohuwelijk in Den Haag.

'Zo, volgens mij moet jij een hapje eten.'

Daar heeft ze niet geheel ongelijk in. Hoewel het een holadijeecafé is, waar men dus ossenworst (alhoewel, buiten Amsterdam?) levensworst en kaas die net niet oud genoeg is met inferieure mosterd behoort te serveren, doet men dat niet. In plaats daarvan vliegen de crostini's, blini's zonder kaviaar en gefrituurde deegwrapjes ons om de oren. Te lichte hapjes in verhouding tot de gin-tonic.

'Liefje, laten we gaan.'

Ik volg haar gedwee.

Ik knik op weg naar de uitgang vriendelijk naar de roze massa.

Mensen kussen Femmetje, slaan mij op de schouder.

Als we de deur uit zijn voel ik me bevrijd.

Het is doodstil op straat.

Heerlijk.

We lopen naar de auto. Ik sla stevig een arm om Femmetje heen.

Ik ben dronken. Of in elk geval aangeschoten. Ik moet echt wat eten. Alsof ze mijn gedachten kan lezen zegt ze: 'Laten we even naar de Boulevard rijden en daar even wat gaan eten. Oké?'

'Sjeeveningen?' zeg ik, *Soldaat van Oranje* parafraserend.

Femmetje lacht.

'Ja, lieve Pep. Sjeeveningen.'

*Vroem. Vroem. Beep. Beep. Klik, klak, klik klak. Vroem. Vroem. Vroeoeoeoeoem.*

Heee, we zijn er al.

Alles gaat maar snel als je aangeschoten bent.

*Schok, schok, vroem. Ie ie ie. Handrem.*


Op de Boulevard is het stervensdruk.

Het is een uur of halfacht en het is nog best warm.

Zodra het warm wordt (dat is in het moederland een temperatuur boven de 17 graden Celsius) stormt bijna iedereen in Holland naar buiten.

Men gaat massaal tegelijkertijd op hetzelfde stukje recreëren. 'Met ze alle, met zuuh alluuhe.'

In Sjeeveningen doet men dat op de lelijke betonstrook die ze de megalomane naam Boulevard hebben gegeven.

We lopen nog geen driehonderd meter, als Femmetje wordt ontdekt.

'Hé, Epoxy!'

Femmetje, zo weet ik inmiddels, speelde in *Op Zoek naar de Verloren Tijd* de rol van Epoxy.

Een supersexy vrijgezelle klusjesvrouw die in de doorzonwoning-Vinex-wijk waar het geheel gesitueerd was telkens met heel grote elektrische apparaten in de weer was en heel korte, strakke kakikleurige broekjes en shirtjes droeg.

Ze ziet er nu een stuk decenter uit vanwege het huwelijk maar ze heeft niet de anonimiserende Gilbert O'Sullivan-pet op die ze in Amsterdam altijd buiten de deur opheeft teneinde niet herkend te worden.


Het reptielenbrein dat in ieder van ons zit oftewel het oerbrein kan niet zo heel goed verschil maken tussen fictie en werkelijkheid.

Vandaar dat soapacteurs gezien worden als publiek bezit.

Vandaar ook dat minder slimme mensen die naar soaps kijken (een pleonasme) vaak denken dat die aardige mensen op tv een beetje familie zijn en geloven dat de slechterik écht slecht is. Of dat de supersexy vrijgezelle klusjesvrouw in het echt ook supersexy is (dat is ze) en vrijgezel (dat is ze niet).

'O shit. Pep, hou me vast. Geef me een arm. Gewoon doorlopen en negeren.'

Ik doe wat er gevraagd wordt maar het wordt ons niet gemakkelijk gemaakt. Femmetje grijpt mijn linkerschouder vast en legt haar hoofd erop. Ze slaat haar arm om mijn middel.

Twintig mensen lopen nieuwsgierig met ons mee. Plotseling staan ze om ons heen. Het grootste deel bestaat uit jochies van een jaar of zestien, zeventien. Verder zijn er twee pubermeisjes met naveltruitjes en dito piercings en een paar oudere dames, die de hele tijd roepen: 'Ze is het echt hoor, heus wel. Ze is het echt. Wat is ze echt, hè. O, wat is ze echt!'

De meisjes lijken zichzelf niet te hebben bedacht.

Ze hebben exact hetzelfde haar als Femmetje in haar rol van Epoxy. Ze dragen ook korte, strakke kakikleurige broekjes. Het is moeilijk om jezelf te zijn.

De soap kent een stupide openingslied. Geen idee waarom men dit nodig acht maar iemand van het gezelschap zet het in, waarna ook de rest van de groep het lied gaat meezingen.

Waar zijn de mensen die je privacy willen beschermen als ze nodig zijn? In mijn hoofd zingt Rockwell: 'I always feel like somebody's watching me, And I have no privacy…

Helaas wordt het nummer verdrongen door de vreselijkste tekst aller tijden: 'Op Zoek naar, Op Zoek naar, Op Zoek naar de Verloren Tijd. Het is voorbij met al die zoete zotheid. Het afscheid dat ons splijt, zorgt voor veel spijt. We zijn op zoek naar, ja, Op Zoek naar, Op Zoek naar de Verloren Tijd.'

Onbegrijpelijk dat de gewezen omroepbaas die dit in zijn vrije tijd heeft geschreven, een man gruwelijk getergd door aambeien, hier ook nog royalty's voor opstrijkt, denk ik.

De groep komt langzaam dichterbij en galmt alsmaar harder over de betonstrook. Steeds meer mensen komen kijken wat er aan de hand is. Ik overweeg om te kijken of ik de groep het Horst Wessel-lied kan laten zingen. Vinden ze vast ook leuk. Als ze zich maar vermaken. Het is me gelukt om tijdens de voltrekking van het huwelijk op 02 02 02 van prins Pils en zijn pampaprinses vanaf een balkon aan de Dam in Amsterdam een grote groep mensen eerst 'Houzee, houzee' te laten roepen en daarna 'Leve de republiek.'

Ik hou niet van groepen.

Ik weet opeens weer waarom.

## .34.

Omdat ik voor zinvol geweld ben overweeg ik om de grootste van de groep die ons belaagt knock-out te slaan. Uit wat colleges groepspsychologie weet ik dat het neerslaan van de fysieke leider afschrikwekkend genoeg werkt op de mindere goden, maar ik besluit het niet te doen. Het zou kunnen leiden tot een escalatie. Nou weet ik wel dat ik er redelijk wat neerhaal, maar het zijn er gewoonweg te veel. Ik ben Obelix niet.

Ik heb drie jaar gebokst. Iets wat ik in bepaalde kringen graag mag melden omdat het een bepaald soort mensen choqueert, omdat zij dit niet van zo'n 'nette, welopgevoede jongen' als ik verwachten. Het zijn van die tight-assed mensen die gestikt zijn in hun eigen keurigheid. Die verbaasd zijn dat ze een geslachtsdeel hebben.

De reden waarom ik ben gaan boksen heb ik nooit iemand verteld. Op een Koninginnedag, vijftien jaar voordat ik Femmetje zou ontmoeten, had ik een andere vriendin, Molly. In tegenstelling tot wat haar naam doet vermoeden was ze zo slank als wat en aardig om te zien.

Een dronken type uit Wassenaar, ruim een kop groter dan ik, viel haar aan het eind van de Koninginnedag lastig.

Het was een uur of acht in de avond, we stonden in de Voetboogsteeg bij café De Oude Herbergh, een plek waar ik in mijn leven veel te veel tijd heb doorgebracht.

Om hem tot kalmte te manen zeg ik: 'Laat mijn vriendin met rust.'

Wassenaar gaat door.

'Doe je een of andere vechtsport dat je deze pretenties waar kan maken?'

The closest thing I have to a brother staat ernaast.

'Ik denk dat ik hem voor zijn bek ga timmeren,' zeg ik.

'Ik heb zelden iemand er zo om zien vragen,' zegt hij.

Ik tik Wassenaar met beide handen op de borst, ik prik met mijn vingers in zijn vlees. Als je wilt dat iemand als eerste naar jou uithaalt zodat je een excuus hebt om terug te slaan, dan moet je dat doen. Werkt gegarandeerd.

'Wat wil jij nou eigenlijk?'

Wassenaar reageert conform de verwachting en haalt uit met rechts. Hij is door zijn dronkenschap en postuur wat traag. Ik ontwijk hem gemakkelijk door een stap naar achteren te doen. Ik stap vervolgens naar hem toe en haal vol uit met links. Ik strek mijn arm volledig en raak hem zuiver op zijn kin. Zodanig hard dat de hersenen het bakje bloed waarin ze drijven verlaten om tegen de binnenkant van de hersenpan aan te stoten. Wassenaar zijgt (er is geen woord dat het beter weergeeft) in elkaar.

Heel langzaam gaat hij door zijn knieën en wordt een meter kleiner. Een vriend ontfermt zich over hem en zet hem tegen een muur.

Iets later neemt hij stilletjes de benen.

Naar Wassenaar, denk ik.

Op het moment dat hij knock-out gaat kom ik geestelijk klaar. Niet alleen in zijn hoofd vind er een explosie plaats – ook in het mijne. Het is van een onvoorstelbare schoonheid om iemand met één perfecte klap knock-out te slaan. Enkele maanden later ben ik daarom gaan boksen.

Er is niks spannender dan in de ring te staan met iemand die je niet kent.

Boksen is schaken met je lichaam.

Ik kan, behalve degenen die er getraind hebben, niemand uitleggen hoe de boksschool van Bep Kneppers aan de Lijnbaansgracht rook. Er hing een merkwaardige mix van decennia trainingszweet vermengd met de boenwas van de parketvloer.

De boksschool bestaat niet meer.

Alles gaat voorbij.

Ik besluit dat ik hier op de Scheveningse Boulevard niet ga boksen; voor je het weet sta je in de bladen op een manier die je niet wil. Ik denk dat ik mijn rugbytechnieken maar eens ga gebruiken om uit deze ongewenste zwermende scrum te komen.

Ik laat Femmetje los en plant met een korte zwaai mijn rechterschouder keihard in het uitdrukkingsloze gezicht van de lawaaiigste bosmongool van het stel. Een vlezige massa, groot geworden door de liters Fristi en Colalalala die hij in zijn jeugd naar binnen heeft geklokt. Daarna is hij overgegaan op het wegzetten van liters en liters breezers en bier en, tering Jantje, dat is te zien.

Hij heeft grote lichtbruine ogen die wezenloos de wereld in kijken. Hij is gekleed in een non-descript short met oranje, rood en felgroen. Zijn vette pens verhult hij met een voetbalshirt met luchtgaatjes. Een shirt dat nooit trainingszweet zal kennen. De luchtgaatjes zijn nutteloos. Even nutteloos als zijn bestaan. Waarom krijgt dit soort mensen stemrecht? Moet daar niet eens een examen voor ingevoerd worden? Je moet hier voor alles een examen doen! Mijn god, hij mag zich zelfs straffeloos voortplanten! Ik wil nog een gin-tonic!

Lombroso is achterhaald, maar als iemand eruitziet als een varken, ruikt als een varken en zich dito gedraagt, dan is het vaak een varken. Daarenboven staat hij in de weg.

En bosmongool zingt, of beter gezegd brult, het hardst.

En ook nog vlak bij mijn oor.

Dat moet je niet doen.

Ik word niet snel agressief (integendeel zelfs), maar het is alsof er zich een directe lijn bevindt tussen mijn oor en mijn agressiecentrum. In mijn oor schreeuwen wordt bestraft.

Tien jaar opgekropte agressie, opgewekt door onwellevende types zoals hij, ballen zich samen in mijn elleboog.

Ik zet mijn rechterelleboog in zijn keel en haak hem meteen pootje met mijn rechtervoet. Vervolgens loop ik de bosmongool omver. Hij is zo niet gewend dat iemand actie tegen hem onderneemt, dat hij geen enkele weerstand biedt. Hij valt achterover op de grond. Hard.

Ik hoop dat zijn schedel openbarst maar daar valt hij helaas niet hard genoeg voor. Als hij hersenen had gehad om te beschadigen, dan had hij er een hersenbeschadiging door kunnen krijgen, maar dat had voor de invulling zijn huidige leven – blowen, zuipen en voetbalsupporter zijn – toch niks uitgemaakt.

Ik ruk Femmetje weg uit de meute die zich ontfermt over de bosmongool en voor zover haar stilettohakken het toestaan maken we ons snel uit de voeten.

'Zodra ze bekend zijn van tv krijgen ze kaspones,' zegt een van de twee oudere dames.

'Kapsones,' zegt de ander.

'Jaah, dat zeg ik! Kaspones!'

We gaan zo snel mogelijk naar een strandtent, waar ze een ander bosmongoloïde testosteronbommetje hebben ingehuurd.

Ze hebben hem een pakje en een dasje van kunststof gegeven en hem gesierd met de titel 'beveiliger'. Het staat zelfs op zijn jasje.

Mocht hij het vergeten.

Zijn taak in dit leven: andere bosmongolen buiten houden.

We gaan aan tafel.

De tent serveert saté. En ze hebben gin-tonic. Holadijee!

Wat ik me achteraf, ik ben immers nog altijd aardig aangeschoten van de gin-tonics, en dat wou ik graag zo houden, nog herinner van het feest der halffabrikaten dat ze ons daar voorschotelden is dat ik maar niet begreep hoe je een simpele satésaus zo kan verpesten. Wat ik ook niet volgde is waarom men een kwart meloen op mijn bord had gekieperd. In de satésaus. Er is ook nog een sinaasappelpartje in mijn saus terechtgekomen, vergezeld van een aardbei.

Hallo, oberette, had ik een fruitsalade besteld of een saté? Geeft de Europese Unie subsidie op het zinloos gooien van doordraaifruit in mijn eten?

In mijn beschonken hoofd komen dichtregels op.

'Een volk dat voor koks met halffabrikaten zwicht

Zal meer dan smaak en genot verliezen

Dan eet men uit plicht…'

Femmetje vertelt tijdens het feest der halffabrikaten dat ze een soap-acteur kent die door zijn rol als de notoire slechterik Lupo Wolf zo door de kijkers wordt gehaat dat hij onder het uitgaan een paar keer klappen heeft gekregen.

Tijdens de terugreis – *vroem, vroem ie, ie* – neem ik me voor om altijd achter de schermen te blijven werken.

Mijn vierde vorm van bekendheid, die binnen het vak, lijkt me verre te prefereren boven de bekendheid die mijn Femmetje geniet (nou ja, geniet).

Ik heb geen idee dat ik daar vijf dagen later volstrekt anders over zal denken.

# .35.

Als ik een paar dagen later thuis voor het raam de krant aan het lezen ben stormt Femmetje binnen. In haar hand een uitnodiging op zwaar crèmekleurig papier met zwierige gouden letters.

'We worden uitgenodigd om naar het Amstel Hotel te komen. De uitnodiging was natuurlijk naar Gijs gestuurd en daarna door naar mijn ouders dus ik lees hem net en het is morgen al en ik moet zo meteen weer weg want ik moet een jurk ophalen bij Skippy, die alleen zo meteen tijd heeft want het gaat morgen namelijk om Skippy, het is zo te gek!!'

Skippy de Boer, een hautaine modeontwerpster met een winkel in Amsterdam-Zuid, beschouwt Femmetje als haar muze. Femmetje presenteert haar modeshows en loopt op het einde als bruid mee.

Dat laatste schijnt de hoogste eer te zijn die je als fashion model kunt behalen. Een fashion model is volgens Femmetje een vrouw die niet anorectisch genoeg is om fotomodel te worden. Van dat laatste beroep heeft Femmetje geen hoge dunk. Ze noemt ze consequent klerenhangertjes.

Skippy krijgt de volgende dag in het Amstel Hotel de lifetime achievement award. Het verbaast mij zeer; niet dat Skippy hem niet verdient, maar meer omdat ze volgens mij statistisch nog wel wat life voor zich heeft, waarin nog heel wat te achieven is.

Op het feestje loopt een curieus mannetje rond.

Het opzichtig geparfumeerde baasje komt mij volstrekt onbekend voor. Speelt hij wellicht ook in *Op Zoek naar de Verloren Tijd*? Eerst lijkt dat me het meest aannemelijk, omdat hij een poedertje op zijn veel te bruine en pafferige gezicht heeft, maar ik verwerp die gedachte, want hij is zelfs te lelijk om de slechterik te mogen spelen. Hij heeft ruime inhammen bij de haargrens op zijn schedel (op zijn Duits zo prachtig 'Geheimratsecken' genoemd) en schelvisachtige, weke ogen.

Het baasje heeft in het geheel een weke uitstraling. Eigenlijk heeft hij geen uitstraling.

Hij blijkt uitgever te zijn.

Althans, zo stelt hij zich onmiddellijk voor. Hij praat duidelijk met een aangeleerd nettemensenaccent. Het is niet de manier van praten die je nu eenmaal hebt omdat ze in je familie al eeuwen keurig praten (of althans wat daarvoor doorgaat) maar het soort kakkineus accent dat je jezelf aanleert om je afkomst te verbergen.

'Ik ben uitgever. Schlomo X. Schnickell, je kent me vast wel. Ik ben uitgever van het blad *Biljonair*, ik organiseer de Biljonairsbeurs.'

Dat blad kende ik, ik had het voor het eerst gezien bij iemand op de plee en dacht dat het een grap was. Helaas. Dat was het niet.

Ik vind het een merkwaardige uitwas van het kapitalisme. Het blad schetst een wereld waarin het uitgeven van zoveel mogelijk geld het belangrijkste is. Dat wil ik eigenlijk niet tegen de uitgever zeggen, want dat lijkt me geen enkel nut te hebben.

Gelukkig hoef ik ook niets te zeggen, want Schnickell blijkt zo vol van zichzelf dat hij, nadat ik me heb voorgesteld, maar door blijft ratelen. Ik heb een volle gin-tonic (citroen onder!) en een sigaret in mijn hand en Femmetje is Skippy aan het 'amuzeren', dus ik vermaak me wel.

Ondanks het geratel van Schnickell.

'Je begrijpt dat ik natuurlijk alleen dingen doe die ik zelf leuk vind en waar mijn interesses liggen, ik ben nog geen biljonair maar mijn bladen en mijn beurzen hebben me wel miljonair gemaakt. Ha, ha, ha.'

Zonder dat ik erom vraag laat Schnickell mij zijn polshorloge zien. 'Dat is een rosé gouden Breguet Tourbillon. Net gekocht. Toch een slordige 59.000 euro. Ik heb wel korting gekregen, ik ben wel goed maar niet gek, ha, ha. Enige nadeel van het kreng is dat je het moet opwinden met de hand. Het is geen automaat!

Vanochtend heb ik de nieuwe Maserati Quattroporte besteld. Niet de gewone hoor maar de sportuitvoering. Moet je raden wat daar de prijs van is.'

Om hem te stangen zeg ik driehonderdvijftigduizend euro. De teleurstelling is duidelijk van zijn gezicht te lezen als hij moet zeggen dat de auto anderhalve ton minder heeft gekost.

'Het is hier in Nederland soms helemaal niet fijn om miljonair te zijn, weet je. Je kunt het hier niet zo breed laten hangen. In Londen wel. En in Parijs. Oh la la, Paris! Maar hier kijken ze je aan als je een beetje geld hebt. O, het is niet te geloven. Wat we niet aan protesten hebben gehad tegen onze eerste biljonairsbeurs. Gingen ze auto's bespuiten. En acties tegen bont voeren. Bont is toch prachtig? En we hadden haaien in grote bakken en daar gingen er een paar van dood. Gedoe met de Dierenbescherming, je hebt geen idee. Normaal klaagt niemand als ze in de haaienvinnensoep gaan maar zodra ik een beurs organiseer... O. O. O. Maar jij bent dus de amant van Femmetje van Spui?'

Ik word wakker uit mijn overpeinzing.

Als het gesprek me geen reet interesseert dwalen mijn gedachten meestal naar plekken waar het leuker is dan waar ik op dat moment ben. Als het tegenzit ga ik zelfs neuriën. Aangezien Schnickell, die waarschijnlijk een overgecompenseerd minderwaardigheidscomplex heeft, alleen maar in zichzelf lijkt te zijn geïnteresseerd (of zichzelf graag hoort praten, iets waar sommige van mijn collega voice-overs ook last van hebben; in plaats van 'Ik denk dus ik ben', 'Ik praat dus ik ben') en ik dus maar half naar hem luister overvalt de vraag me. Ik weet dan ook niets beters uit te brengen dan 'ja'.

'En gaan jullie al lang met elkaar?'

'Al jaren,' lieg ik voor de gezelligheid, 'we gaan binnen afzienbare tijd trouwen.'

'Mooi, mooi. Wat ik me nou afvraag, hè, als mannen onder elkaar,' (God verhoede dat ik met deze man op de voet van 'mannen onder elkaar' kom, denk ik. Bovendien associeer ik 'mannen onder elkaar' met mannen die boven op elkaar liggen en God verhoede dat ik…) 'voel jij je niet geïntimideerd door zo'n mooie en talentvolle vrouw?'

119

De vraag verbaast me.

Ik kan volledig naar waarheid antwoorden dat ik me daar nou nog nooit mee bezig heb gehouden.

Schnickell komt wat dichter bij me staan en spreekt wat zachter.

'Ik bedoel, mijn vrouw ziet er ook best leuk uit hoor, zelfs na onze twee kinderen, alhoewel haar borsten… Maar ja, ze wil geen siliconen of een correctie, hè. Ik betaal het graag maar ja. Was toch al niet zoveel hoor. Ze had cupje B.

Mijn dochter krijgt siliconen voor haar achttiende, wat ik je brom. Zoals mijn vader al zei: je kunt beter grote borsten voor je dochter wensen dan grote hersenen.

Maar ik zou het niet kunnen met jouw vrouw. Ik bedoel, ik zou te veel geïmponeerd zijn. En ik ben ook blij dat mijn vrouw thuiszit in ons huis in Buitenveldert. Ze werkt wel een beetje mee in de zaak maar ik heb liever niet dat ze de hele dag op pad is, zoals zo'n actrice.'

Van deze hoeveelheid informatie moet ik even bijkomen.

Schnickell wacht niet op antwoord maar gaat onverdroten voort.

'Maar ben jij zelf nou eigenlijk iemand?'

Ik denk heel even dat ik de vraag niet goed versta, maar hij zegt het toch echt.

In zijn wereld ben je alleen iemand als je veel geld hebt of als je bekend bent. Liefst beide.

Net als sommige Amerikanen verdeelt hij de wereld in somebody's en nobody's.

Nu maak ook ik onderscheid maar dan in mensen die dom zijn en mensen die dat niet zijn.

Voor mij valt Schnickell in de eerste categorie. Als het in je leven om geld draait en geld datgene is wat maatgevend is voor succes, dan is er in je ontwikkeling duidelijk iets misgegaan. Ik wil Schnickell dan ook riposteren door hem tureluurs te gaan lullen over literatureluur. Ik vermoed dat Schnickell nooit een boek heeft gelezen omdat hij 'daar geen tijd voor' heeft en dat hij nog nooit een universiteit vanbinnen heeft gezien. Maar hij is me te snel af.

'Wel Martijn, het was me een genoegen. Mijn motto is "Always follow the incrowd" en dat ga ik nu weer doen. Ciao, ciao.'

Later hoor ik van Femmetje dat hij haar heeft uitgenodigd voor de Biljonairsbeurs en dat hij heeft gezegd dat ze maar wat mooie vriendinnen mee moet nemen. 'En neem je bodyguard ook mee.' Daarmee bedoelt Schnickell mij. Blijkbaar is hij niet alleen geïmponeerd door Femmetje maar ook door mij. Tenminste, door mijn postuur. Niet door mijn woorden, maar dat is logisch. Ik heb namelijk bijna geen woord met hem gewisseld. Maar dat is zijn fout.

## ·36·

Mijn kans om na al die jaren eindelijk 'iemand' te worden komt twee dagen daarna. Ik heb net op het werk mijn computer opgestart als Marc, mijn baas van DBS7, binnenkomt.

Bazen hebben in de omroepwereld wel een achternaam maar die gebruiken ze zeer zelden. Dat geeft een schijn van vriendschappelijkheid, het creëert een informele sfeer en het geeft het idee dat er geen sprake is van hiërarchie. Niets is minder waar.

'Zo Pepijn, alles goed? Meer dan goed neem ik aan, ik hoor dat je gelukkig bent in de liefde.'

Ik vraag me al jaren af of mensen niet beter hun eigen leven kunnen gaan leiden in plaats van dat van anderen te bespreken, maar het lijkt me niet handig om Marc deelgenoot te maken van mijn gedachte.

Als antwoord glimlach ik slechts vriendelijk.

'Maar goed, daar gaat het niet om. Zoals je weet werkt Oscar-Pieter van Wagnerfeldt zowel voor ons als voor ZenderAcht.' (De zendergroep waar ik deel van uitmaak heeft drie tv-zenders, ZenderAcht is daar een van.)

'Bij ons doet hij *Docu* en bij Acht maakt en presenteert hij dat programma waarin schipbreukelingen moeten overleven, je weet wel, *De tocht van Crusoë*. Ik heb nog voorgesteld om Oscar-Pieter dit seizoen te voorzien van een lekkere negerin met grote tieten, een soort vrouwelijke Vrijdag, maar dat zag de programmaleiding van Acht niet zitten.

Enfin, Oscar-Pieter doet nu nog *Docu* maar – en dit is verder geheim – daar gaat hij mee stoppen. Want dat wil ik. Hij wordt een van dé bepalende gezichten van ZenderAcht en daar wil ik hem dan exclusief op hebben. Kortom, we zijn op zoek naar een nieuwe presentator voor *Docu*. Omdat die ook alle voice-overs moet doen dacht mijn rechterhand aan jou. Nu hebben we onderling gewed of je mee wil doen aan de casting. En?'

Ik loop al jaren te roepen dat ik het beter kan dan Oscar-Pieter en twijfel dus geen seconde.

'Ik ga ervoor! Te gek dat jullie aan mij hebben gedacht.'

'Shit!' De reactie van Marc is niet zoals verwacht. 'Weddenschap verloren. Ik dacht dat je nee zou zeggen. Ik denk, die Pepijn, die blijft liever achter de schermen. Maar doe je best. Je bent een van de zes die auditie doet.'

Hij geeft me een hand en loopt weg. Ik bel meteen het interne nummer van het meisje dat de screentest regelt en maak een afspraak. De auditie is al de komende zondagmiddag.

Thuisgekomen kan ik niet wachten om Femmetje het goede nieuws te vertellen. Om zeven uur stormt ze binnen, ze gooit de weekendtas die ze de hele tijd van haar ouders naar mij meezeult neer en roept: 'IK HEB ZULK GOED NIEUWS!'
'Ik ook! Jij eerst!'
'Ik heb over twee dagen auditie voor een van de grotere rollen in de musical *Dogs*!'
'*Dogs*? Die is toch jaren geleden al eens uitgevoerd?'
'Ja schat,' zegt Femmetje licht cynisch, '*King Lear* ook.'

Ik kan me die uitvoering van *Dogs* nog herinneren. Tenminste, ik kan me herinneren dat ik naar de voorstelling in Carré ben gegaan met mijn toenmalige vriendin. Van de voorstelling zelf kan ik me hoegenaamd niks herinneren, ik ben namelijk na de eerste act in slaap gevallen. Ik val altijd in slaap bij kunstvormen waar ik niks mee heb. Ik ben in het Muziektheater (met boventiteling) in slaap gevallen.

Ik hou niet van ballet, ik heb niks met opera en helemaal niks met operette. En ik hou niet van musicals.
Ik vind het merkwaardig dat het publiek niet in een smadelijk lachen uitbarst als mensen opeens midden in een fatsoenlijk gesprek beginnen met zingen.

Uit: *Sherlock Holmes, the musical.*

*Man ligt in smoking op toneel met mes in zijn hart. Zijn grote liefde buigt zich over hem heen. Ze heeft hem net gevonden.*
*Man: 'O schat, ik ga dood.'*
*Vrouw: 'Neehh!!!'*
*Sherlock Holmes komt binnen.*
*Sherlock: 'Hij gaat dood.'*
*Vrouw begint te zingen: 'Ooooo hij gaat dood.'*
*Man zingt: 'Ja, ik ga dood.*
*Sherlock zingt: 'Jaaaah hij gaat dood.'*
*Vrouw: 'Hij mag niet dood.'*
*Scherlock: 'Maar dat gaat hij wel. Dat gaat hij wel. Dat gaat hij wel.'*

*Groep dansers en danseressen komt binnen. De dansers hebben Scotland Yard-inspecteurpakken aan, de danseressen zijn gekleed als Sherlock, compleet met hoofddeksel dat ze guitig heen en weer zwaaien. Ze dansen gearmd met de inspecteurs en draaien rond op het toneel, ondertussen de benen hoog in de lucht gooiend.*
*Koor: 'Ja, hij gaat dood, dood gaat hij, oooooh, hij gaat dood.'*
*Man: 'Jaaahhh, ik ga dood, ik ga dood.'*

Als het koor nu gezongen had: *'duurt wel een beetje lang, hè'*, dan was het grappig geweest, maar het is opmerkelijk hoe een ridicule kunstvorm als de musical zichzelf angstwekkend serieus neemt.
Ik hou ook niet van verfilmde musicals.
Geef mij maar toneel, muziek, films en boeken. Dat zijn kunstvormen die ik tenminste snap.

Femmetje ratelt door. Ze is duidelijk ontzettend blij: '... *Dogs* gaat opnieuw opgevoerd worden en ik mag auditie doen!'
Ik feliciteer haar en vertel mijn goede nieuws.
'Dat is fantastisch! Dat moeten we vieren!'
Ik haal een fles champagne van Taittinger uit de ijskast. Hoewel Femmetje niet te veel wil drinken met het oog op de auditie zijn we een uur later al bezig met de tweede fles.
Buiten regent het keihard.
De klinkers op de gracht glimmen, de bomen lijken groener dan ik ze ooit heb gezien.
De stad schijnt verlaten. Er is niemand op straat.
Er rijden geen auto's. Geen brommers. Er is rust.
Omdat het behoorlijk warm is heb ik het schuifram zo ver mogelijk open. Van buiten valt wat grijsgroen licht naar binnen. Ondanks dat het nog niet schemert zijn de straatlantaarns al aan. Binnen branden alle veertien kaarsen die ik heb. Stan Getz en João Gilberto zorgen voor de muzikale omlijsting.
Onze tongen dansen de bossanova.
Een avond kan niet mooier zijn.
Het leven houdt van ons.

# .37.

En Femmetje van mij, zo blijkt even later als ze terugkomt uit de badkamer. Ze heeft een rood Schots geruit plooirokje aan en een witte trui van angorawol.

'Kijk nou toch eens wat ik vond op het Waterlooplein,' zegt ze plagerig, 'speciaal gekocht voor jou. Hmm, en zo te zien bevalt je dat wel.'

Ik begrijp waaruit ze dat afleidt. Ik begin namelijk een enorme erectie te krijgen.

Ze gaat heel uitdagend op mijn bankje bij het raam zitten, waarbij ze niet verhult dat ze geen slipje aanheeft. Vervolgens steekt ze een sigaret op. De rook blaast ze naar binnen.

'Oeps, ik kan natuurlijk veel beter de rook naar buiten blazen.'

Ze staat op van het bankje en gaat voorovergebogen op haar knieën zitten. Ze hangt half uit het raam. Ze blaast de rook uit en lacht vriendelijk tegen een voorbijgangster op de fiets.

Ik kan me niet inhouden en klap het rokje omhoog. Ze glanst van het vocht. Ik doe het gordijn dicht en leg dat over haar onderrug heen zodat men mij buiten niet kan zien en neem haar ter plekke. Dol van lust beuk ik als een waanzinnige in haar. Het is fijn om een afwijking te hebben.

De voorbijgangster komt teruggefietst.

'Hé, jij bent toch van die soap?'

Femmetje kan niet veel anders uitbrengen dan een ja met iets te veel aaa's.

'Jij bent toch Epoxy?'

Ditmaal volgt op een iets hogere toon een jaah.

'Ik ben een enorme fan van je.'

Ik sla mijn linkerarm om Femmetje haar middel en begin haar met mijn rechterhand klaar te vingeren terwijl ik onverminderd doorstoot in haar steeds natter wordende kut. (Wie zegt dat mannen geen twee dingen tegelijk kunnen?)

'Oooo jaaaahh?' antwoordt Femmetje.

'Je zit nu in het buitenland. Kom je nog terug in de soap?'

Ik vinger haar, blijft stoten en duw ondertussen een vinger in haar kut om mijn staalharde erectie te vergezellen.

'Neeeeeeeeeeeeeeeeeeeeeeeeeeeeeeeeeh.'

'O jammer. Weet je het zeker?'

'Ik kooooooooooooooooooooom!' Femmetje komt klaar. Volgens het cliché zou ze dat kreunend moeten doen, maar ja, dat kan nu even niet. Ze hervat zich in een fractie van een seconde en maakt vlekkeloos haar zin af.

'Ik kom zeker niet terug. Hoewel, het is een soap. Je weet nooit of je er weer in komt.'

Ik spuit haar vol. Femmetje schokt heel lichtjes.

'Ik ga weer naar binnen. Ik voel nattigheid.'

De fan lacht. 'Dank je, leuk dat je even de tijd nam om met me te praten. Dikke doei hè!' Ze fietst weg.

Femmetje schuift het gordijn een stukje weg en kijkt om naar mij. Ik haal mijn erectie uit haar en barst in lachen uit. Femmetje begint eveneens te proesten van het lachen. 'O lieve Pep, je bent de allerstoutste en allerspannendste man die ik ooit heb ontmoet.'

De volgende ochtend zie ik Femmetje na het opstaan zitten op het bankje bij het raam. Ze zit de *Pinda* te lezen, een glamourblad over ons verloren Indië en over mensen met Indische wortels, hoe dun ook. Ze staat met zes andere vrouwen op de voorplaat.

Ik vind het geestig en een bewijs van een groot gevoel voor humor en zelfrelativering dat ze het blad de *Pinda* hebben genoemd. *Pinda* was vroeger een scheldwoord voor mensen uit Indonesië. Als meer mensen een dergelijk gevoel voor relativering hadden, dan was de wereld een stuk aardiger om in te leven. Vooral in Holland stikt het van mensen die de hele dag niks anders te doen hebben dan zich beledigd voelen.

Ik ben zelf voor volstrekte en radicale vrijheid van meningsuiting. Als een imam wil zeggen dat alle homo's van flatgebouwen moeten worden gegooid dan mag hij dat doen. Als vervolgens alle homo's roepen dat alle imams door de vader van Maxima uit een vliegtuig moeten worden gegooid dan mag dat ook. Als iemand over Beatrix wil zeggen dat ze haar huidige kapitaal voornamelijk te danken heeft aan de slavenhandel van haar voorouders dan mag dat van mij.

De vraag is uiteindelijk wat je ermee wilt bereiken. Die vraag zouden meer mensen zich moeten stellen voor ze hun mond opentrekken. Maar je beledigd voelen is een keuze. Vraag dat maar aan een pinda.

'Leuk, sta je erin?'

'Ja, eh, het blad is gisteren uitgekomen. Ze hadden een exemplaar naar mijn ouders gestuurd. Het is verder niet zo belangrijk hoor. Gewoon een standaard interviewtje. Je hoeft het niet te lezen.'

Ze klinkt een beetje vreemd, maar dat wijt ik aan de zenuwen voor de auditie.

'Ik ga zo naar de sportschool om te trainen en daarna ga ik naar mijn ouders om de tekst te leren. Ik sluit me op in mijn zolderkamer daar want een tekst leren moet ik volkomen alleen doen. Ik kan dan niemand om me heen hebben. Dus ik zie je pas na de auditie.'

Ik zie in haar ogen een soort hardheid die ik niet eerder heb gezien.

Ook dit wijt ik aan de zenuwen voor de auditie.

Ik besef op dat moment nog niet dat haar ambitie om op het toneel te staan, om te acteren, groter is dan wat dan ook op deze wereld. Na het acteren komt er in haar leven een hele tijd niks, dan komen haar wat ik toch maar noem 'pleegouders' en haar andere familieleden, en dan kom ik.

Zelf stel ik mijn geliefde altijd op de gedeelde eerste plaats, gezellig, naast mijzelf.

Ik ga ook naar de sportschool, om te zorgen dat ik er een beetje fris en fruitig uitzie voor de screentest van zondag.

Na achtentwintig uur complete radiostilte hoor ik weer wat van Femmetje, ze belt me. Ik blijf het wonderlijk vinden dat ze na een zeer intensief contact, wat we de donderdagavond daarvoor wel mogen noemen, niks van zich laat horen, maar ik begin er met pijn en moeite aan te wennen.

Ze verexcuseert zich voor het niet reageren op mijn sms-jes, waarin ik haar onder meer sterkte wenste met de auditie. Ze weet niet hoe ze het er bij de auditie van afgebracht heeft. Iedereen was bijzonder aardig en ze kende haar tekst goed en ze danste mooi en het zingen lukte ook aardig maar er is, volgens Femmetje, altijd een concurrente die jonger, beter, bekender en strakker is. Dus uiteindelijk weet je het maar nooit.

We spreken af om elkaar die zaterdagmiddag om vijf uur te zien.

## .38.

Zaterdagmiddag.

Zoals ik langzaam gewend ben valt Femmetje maar meteen met de deur in huis. Net zoals ze niet goed is in afscheid nemen is ze niet goed in het op een juist moment beginnen over iets. Ze is dit keer nog geen twee minuten binnen.

'Mijn moeder heeft een mail gestuurd naar mijn moeder…'

'I beg your pardon?'

Femmetje lacht.

'Mijn biomoeder…' Ze zegt met een Drents accent: 'Biologisch, eigenlijk heel logisch.'

Ze neemt een slok water en vervolgt met haar normale stem: 'Mijn biologische moeder, die dus op Kythera zit, heeft een mail gestuurd met het aanbod annex verzoek of iemand van de familie in de zomer op haar huis wil passen. Het is een drie eeuwen oud huis met een waterput en oleanders. Er zit alleen een addertje of eigenlijk een keffertje onder het gras: namelijk dat wie op het huis past ook de drie honden en zeven aanloopkatten moet voeren. Ik heb er even over nagedacht en gezien het feit dat er voor mij misschien een periode van repetities aankomt voor *Dogs* en daarna een hele reeks voorstellingen – oh my God, ik heb er zo'n zin in! – en jij misschien *Docu* gaat presenteren, lijkt het mij geen slecht plan om in elk geval een week op vakantie te gaan met zijn tweeën. Want als *Dogs* doorgaat ben ik voordat ik weer op vakantie kan zo anderhalf jaar verder.'

*Met* vakantie, denk ik. Je gaat *op* reis en je gaat *met* vakantie. Liefde maakt blind maar blijkbaar niet woordblind. Maar ik zeg het niet; in plaats daarvan pak ik een atlas.

'We kunnen dus een week in het huis van mijn bioma. Bioma… Klinkt als een hele slechte saus… We kunnen leuk met de cabrio daarnaartoe gaan. Ik heb op internet al gezien dat we dan naar Gytheio kunnen rijden, dat is een heel pittoresk plaatsje, en dan verder met de ferry naar Kythera. Het lijkt me zo romantisch op zo'n boot.'

'Dat klinkt allemaal heel leuk maar wil je dat doen in één week?'

Ik heb inmiddels op de kaart gezien waar het Griekse eiland precies ligt.

'Je hebt alleen al bijna drie dagen nodig om erheen te rijden. Bovendien ligt Griekenland niet handig. Je moet door dolle landen als Slovenië, Bosnië, Servië, Albanië en/of Macedonië of je moet gaan omrijden via Hongarije, Roemenië en Bulgarije. Misschien 128 kun je ergens via Italië met een ferry…'

Femmetje kijkt beteuterd.

'Lieverdje, ik ben vorig jaar met de cabrio naar het plaatsje Cadaqués in Noord-Spanje gereden, die kortere afstand alleen al kostte twee dagen. Als we kiezen voor een vakantie in Griekenland, dan lijkt het me gezien de bereikbaarheid van het eiland veel beter om te gaan vliegen. Bovendien denk ik dat het prettig is om wat langer te gaan. Op mijn werk huren ze ook liever twee mensen voor een wat langere periode in.'

'Twee?'

'Ik combineer twee vakken. Ik ben tekstschrijver en voice-over. Ze huren altijd twee vervangers in.'

'Straks hebben ze er drie nodig. Ben je ook nog presentator!'

Ze kijkt moeilijk. 'Als *Dogs* doorgaat, en dat hoop ik zo…' Ze stopt midden in haar zin en huppelt op het parket. 'Oh God, please, please, please.'

Ik pak haar vast en knuffel haar.

'Als, dus, dan… kan ik drie weken weg. Maximaal. Maar dan wel naar Bioma want dan kost het niet zoveel, alleen een ticket. Dat is mijn voornaamste argument om daarheen te gaan want sinds de afloop van *Op Zoek naar de Verloren Tijd* verdien ik geen cent. Ik loop nu, zoals je weet, bij het UWV, als het zo heet.'

'Ik vraag me wel wat af, Femmetje, je bent om het eufemistisch uit te drukken niet zulke dikke maatjes met je moeder. Vind je het niet vervelend om dan in haar huis te zitten?'

'Poen, poen, poen, poen,' zingt ze Sonneveld na. Ze lacht. 'Ik heb weinig geld, het onderdak is gratis en mijn moeder zien we toch niet. Die vertrekt een dag voor wij komen. Dat ik in haar huis zit... Nou ja, dat is dan maar zo.'

Ze kijkt geërgerd. Soms is het alsof er een donkergrijs donderwolkje boven haar hoofd hangt waaruit bliksemflitsen komen.

Opeens, alsof er een sluier van haar gezicht wordt getrokken, kijkt ze weer zo blij als een kind.

Ik kan uren naar haar continu veranderende gezicht kijken.

'Is de reis financieel trouwens een beetje te doen, lieve Pep?'

'Ik denk dat vliegen de enige optie is.'

'Is dat niet veel duurder?'

Soms is Femmetje wereldvreemd. Ik leg haar uit dat rijden en met de ferry gaan uiteindelijk waarschijnlijk duurder is dan vliegen.

'Jammer. Bootje had me zo leuk geleken.'

Ik antwoord dat ik er zin in heb en dat ik vliegtickets probeer te regelen. Omdat ik eerst wil weten of ik de screentest goed heb gedaan besluit ik tot het moment van die uitslag te wachten met het regelen van onze vakantie. Gesteld dat ze willen dat ik Oscar-Pieter van Wagnerfeldt zo snel mogelijk opvolg, dan moet de planning aangepast worden.

Even later gaat de telefoon van Femmetje.

Ze heeft de rol in *Dogs*!

Nadat ze opgehangen heeft begint ze spontaan te blaffen, te huilen en daarna te zingen.

Ik neem haar vervolgens op zijn hondjes.

# ·39·

Femmetje gaat die zaterdagavond naar haar ouders toe. Ze zal de hele zondag bezig zijn met het verhuizen van haar spullen van het huis dat ze deelde met Gijs naar het huis van haar ouders in Duinrusthe. Ze wil mij daar duidelijk niet bij hebben. Eigenlijk komt me dat prima uit; nu kan ik me lekker rustig voorbereiden op de screentest. Bovendien heb ik niet de minste behoefte om Gijs te zien.

Ik krijg die zondagochtend per mail de teksten voor de screentest van die middag. De allereerste *Docu* van het nieuwe seizoen, dat eind augustus begint, blijkt te gaan over een stripper die in Texas wel of niet is verkracht tijdens een feest van studenten.

Het is altijd prettig om je presentatiecarrière te beginnen met een luchtig onderwerp.

*Docu* is een apart programma. Het brengt documentaires van voornamelijk Amerikaanse makelij. Ze zijn volgens het persbericht dat ik krijg allemaal opmerkelijk, spraakmakend en aangrijpend, drie woorden die door elke commerciële omroep in het afgelopen decennium volstrekt zijn uitgewoond. Ik keek bijna nooit naar *Docu*, bedenk ik opeens.

In de planning is te lezen dat ik (als ik het word) de komende maanden de volgende onderwerpen mag presenteren: Plastic surgery ruined my life, gevolgd door Plastic surgery ruined my wife because her tits became too big, Lollige Lijkschouwingen 1 tot en met 34, Een veertiger gaat op zijn leeftijd nog aan de xtc en sleept zijn kinderen daarin mee, Partnergeruil onder plastisch chirurgen, Als de chirurg iets vergeet in je lichaam (niet nadat hij gepartnerruild heeft maar tijdens een operatie), Bekende hoerenlopers, De Sperminator, over een arts die vrouwen in zijn vruchtbaarheidskliniek insemineerde met zijn eigen zaad, en nog veel meer fijne onderwerpen. Voor actuele gegevens: raadpleeg uw programmablad.

Ik heb me tot dan toe helemaal niet beziggehouden met de vraag of ik dit programma eigenlijk wel wil presenteren.

Mijn moeder, oud-omroepster, adviseerde me meteen om het te doen. Al is het maar als opstapje. Bovendien besef ik dat een nieuwe mogelijkheid om met mijn hoofd op tv te komen zich niet zo snel zal voordoen.

Mijn vader, die altijd roept dat hij liever had gezien dat ik loodgieter was geworden, vindt dat ik me in het geheel niet zou moeten lenen om de 'rotzooi' te promoten die de zender uitzendt, laat staan dat ik mijn gezicht eraan moet verbinden. Ik kan zijn advies niet al te serieus nemen, want mijn vader vindt alles 'rotzooi'. Hij heeft zijn hele leven de arbeider willen verheffen, onder meer door goede, cultureel zeer verantwoorde reisgidsen te schrijven, maar hij is er langzamerhand, tot zijn teleurstelling, achter gekomen dat de arbeider helemaal niet verheven wil worden maar enkel naar troep wil kijken.

Ikzelf hoop langzamerhand steeds vuriger dat ik *Docu* mag gaan presenteren. Heb ik toch nog iets bereikt in dit leven.

Ik leer, ook al lees ik mijn tekst straks van de autocue, mijn tekst door deze een keer of tien hardop voor te lezen.


Het is een grijze zondagmiddag.

Nou zijn in mijn beleving alle zondagen grijs, maar deze is wel buitengewoon grijs.

Het is warm.

Broeierig is het betere woord.

Het regent niet maar het is desondanks klam. Ik rij met de kap dicht naar de studio's. Ik heb geen zin om met verward cabriohaar aan te komen bij de screentest.

Ik parkeer, neem de trap naar boven en loop de heilige gang achter de portiersbalie door. Daar bevinden zich de studio's. Daar kom je normaal niet, behalve als je er daadwerkelijk wat te zoeken hebt.

Een meisje vangt me op.

'Jij komt zeker voor de screentest. Pepijn, toch? Je mag als tweede. Direct na Wert IJfman.'

Ik word naar de visagie gebracht.

Ik trek mijn jasje uit (ik heb een pak aan. Zonder das, want dat is duidelijk gezegd: 'Bij *Docu* is de presentator wel strak in het pak maar zonder das) en wordt bepoederd. Ik reik naar een stapel tijdschriften en zie de nieuwe *Pinda* liggen. Ik sla hem open en zoek het interview met Femmetje. Ze heeft drie hele pagina's tekst en nog vier pagina's met foto's. Als afsluiting van het interview, waarin ze voornamelijk jokt dat ze het heel druk heeft, wordt haar gevraagd naar de stand van de liefde in haar leven. Ik lees haar antwoord.

*'Ik vind het op dit moment helemaal niet vervelend om het zo druk te hebben maar ook ik wil ooit graag trouwen en kinderen krijgen. Je kunt zoiets jammer genoeg niet dwingen. Het is namelijk toch even iets heel anders dan een nieuwe fiets aanschaffen. Maar als ik in de toekomst iemand tegen het goedgebouwde lijf loop van wie ik denk: met jou wil ik oud worden, en hij met mij, dan kan alles opeens in een stroomversnelling raken. Maar ach, ik heb geen haast...'*

De zinnen dreunen na in mijn hoofd.
Ik voel tranen in mijn ogen opwellen.
Er komt in mij een Bijbeltekst op.
Heeft het Hervormd Lyceum toch nog nut gehad.

*En Petrus herinnerde zich het woord dat Jezus tot hem had gesproken: 'Voorwaar, ik zeg u: Nog heden, ja, deze nacht, voordat een haan tweemaal kraait, zult **juist gij** mij driemaal verloochenen...' En hij barstte in tranen uit.* (Markus 14:30, 66-72)

Ik barst nog net niet in tranen uit maar ze druppelen wel uit mijn ogen. Op dat moment is de visagiste net bezig is rondom mijn ogen, zij denkt dat ik huil omdat zij is uitgeschoten. Ze put zich uit in excuses en regelt dat ik pas als vijfde de screentest moet doen.

Ik voel me verloochend door Femmetje.
Hoe kan ze zeggen '*Maar **als** ik in de toekomst iemand tegen het goedgebouwde lijf loop van wie ik denk: met jou wil ik oud worden...*?

Dat ben ik toch?

Ze is mij toch tegen 'het goedgebouwde lijf' gelopen?

Waarom word ik publiekelijk verloochend?

Stelt deze relatie voor haar niks voor?

Hou ik voor haar echt op te bestaan als ze de deur van de Keizersgracht dichtdoet?

Waarom wordt ONS ontkend?

Femmetje heeft mijn zieltje in bruikleen gekregen en is er met een stilettohak op gaan staan.

Ik ben blij dat ik, om nervositeit te voorkomen, zo slim ben geweest om geen enkele espresso te drinken.

Anders zou nu mijn hart op hol slaan.

Ik zeg dat ik even naar buiten ga.

Ik heb frisse lucht nodig. Maar die is er niet.

Het is klam. Ik begin te zweten. Daar moet ik ontzettend mee uit- kijken, want als ik eenmaal begin te transpireren, dan gaat dat soms oncontroleerbaar door.

Opeens heb ik mezelf weer in de hand.

Ik ben hier voor een screentest, denk ik.

Nu is nu.

Er bestaat niets anders op dit moment in mijn leven dan deze screentest.

Ik weet mijn opkomende woede om te buigen.

Ik haal drie keer zo diep adem dat mijn plexus pijn doet.

Ik bevries vanbinnen.

Het wordt me letterlijk koud om het hart.

Ik loop naar binnen.

Ik ben dood- en doodkalm.

Ook de visagiste merkt het.

'Goh, wat voel jij lekker koud aan. Heeft je goedgedaan, dat even buiten zijn.'

Met een volstrekt flegmatisch gemoed ga ik de screentest in. Ik voel me alsof ik drie uur heb gemediteerd.

Ik heb veel gemediteerd. Na een cursus bij het Zentrum in Utrecht (deze naam verzin ik niet!) heb ik jarenlang tweemaal per dag een halfuur op mijn meditatiekussen gezeten. Ik noemde het 'de dagelijkse interne douche voor het geestelijk welbevinden'. Voor een veel mensen is er niks moeilijker dan om in lotushouding of in mijn geval in een halve kleermakerszit (want een man van 1 meter 94 met mijn postuur krijgt zichzelf niet zo gauw in de lotuspositie – laat staan eruit) met een gestrekte rug een halfuur te gaan zitten en alle gedachten die in je opkomen te laten gaan.

Dat is namelijk, naast bewust ademhalen, de essentie van het mediteren: je maakt je gedachten niet af.

Je laat ze varen op de woelige baren van het grote niets. Je laat ze rollen als golven op de zee van je eigen onwetenheid.

Of zoiets.

Ondertussen volg je alleen je eigen ademhaling. Verder doe je niks en neem je, als je het goed doet, ook zo min mogelijk waar. Er zijn verschillende leerscholen wat betreft de ogen: dicht, halfopen, open. Open en in de vlam van een kaars kijken.

Ik probeerde ze altijd halfopen te houden en naar de vloer te kijken zonder waar te nemen. Ik was buitengewoon goed in mediteren. Nou heb ik toch het geestelijk leven van een plant, dus het niet afmaken van mijn gedachten was vrij gemakkelijk.

Sterker nog, ik was er té goed in.

Boeddha zegt dat het leven lijden is vanwege onder meer de gehechtheid aan dingen. De enige weg naar verlossing is volledige onthechting. Nou, daar was ik razendsnel naar op weg!

Ik raakte iets te onthecht. Nadat ik op een gegeven moment vond dat het geen echte ramp zou zijn als mijn huis nu zou instorten, omdat ik dan gewoonweg met een bedelnap door de straat zou gaan en met wat rijst tevreden zou zijn, ben ik wijselijk gestopt met mediteren.

Om in de westerse maatschappij enigszins fatsoenlijk te functioneren is het handig om iets van hechting en ambitie te hebben.

Als ik de studio in loop waar de screentest wordt gehouden valt me vooral op dat ik door het felle licht heel weinig zie. De mensen achter de camera zijn door de felheid van de lampen verworden tot een soort schimmen.

De opnameleider, een vriendelijke jongen, komt achter de camera vandaan en geeft me een hand. Hij legt uit wat de bedoeling is. Ongemakkelijk gezeten op het krukje waar normaal Oscar-Pieter van Wagnerfeldt op zit, moet ik recht in de camera kijken, en daarbij moet ik mijn uiterste best doen om er zo ontspannen mogelijk uit te zien, ondanks het feit dat ik het idee heb dat ik elk moment van die kruk af kan lazeren.

De opnameleider loopt naar een punt naast de camera en zegt: 'Band loopt, ik tel af, vijf, vier, drie...'

De laatste twee seconden telt hij niet hardop.

Ik begin zoals ook Van Wagnerfeldt altijd begint.

*'Dit is Docu, de opmerkelijke afsluiting van uw zondagavond. Van-*
*avond: verkrachting of vrijwillige seks? Stripper Amber Johansson wist*
*niet wat haar boven het blonde hoofd hing die 26e februari. Een groep*
*studenten van dispuut Delta Kappa Gamma Omega Pi in Texas or-*
*ganiseerde een feest. Er zijn drank en drugs, en een beetje Amerikaans*
*studentenfeest is niet compleet zonder stripper. Amber doet haar act en*
*verlaat het feest. Maar later die nacht komt ze vrijwillig terug. Vanaf*
*dat moment lopen de versies uiteen. Zeker is dat zij met enkele studenten*
*seks heeft gehad. Vaststaat ook dat Johansson de volgende ochtend het*
*huis verlaat en vervolgens aangifte doet wegens verkrachting tegen stu-*
*dent Robert T. DeWilde. Volgens de studenten gebeurde alles met haar*
*instemming en heeft ze geen enkele tegenstand geboden. Amber zegt dat*
*de studenten haar drugs hebben gegeven waardoor ze niet zichzelf was.*
*Wat deze verkrachtingszaak zo bijzonder maakt is het bewijsmateriaal.*
*De studenten hebben de vermeende verkrachting gefilmd. De Docu van*
*vanavond laat beide partijen aan het woord. U ziet ook gedeeltes van*
*de video-opnames. Was het verkrachting of was het vrijwillige seks? Kijk*
*en oordeel.'*

Het enige wat ik feitelijk doe is me intuïtief inleven in het gevoel dat ik wil dat de tekst bij de kijker zal oproepen en de tekst goed lezen. Daarbij helpt mijn jarenlange ervaring met het inspreken van teksten. Ik maak tijdens de opname geen enkele fout. Ik lees, vind ik zelf, hoogstens iets te snel. De zenuwen.

Na mijn screentest is het drie seconden compleet stil op de set. Ik denk eerst, heel menselijk, dat ik het dus helemaal fout heb gedaan. Maar tot mijn stomme verbazing krijg ik een kort applaus!

De opnameleider geeft me een hand en bedankt me. Een meisje met lang donker haar loopt met me mee naar de visagie. Ze heeft prachtige billen, gestoken in een net iets te strakke en te laag uitgesneden spijkerbroek, waardoor eerst haar navelpiercing zichtbaar is en als ze zich omdraait en vlak voor me loopt een flink stuk van haar rug. Ze heeft kuiltjes onder aan haar rug.

'Zo, dat ging dus echt goed, man!'

Ik vraag haar om wat meer uitleg, ze vertelt me dat de drie anderen die voor mij auditie deden een stuk nerveuzer waren. De vierde, Wert IJfman, is een ervaren presentator, maar men vond zijn uitstraling voor *Docu* niet serieus genoeg.

Later zal hij het programma *Wie weet wie Wilhelm Weever Wipt?* presenteren. Hierin verliezen meisjes hun maagdelijkheid aan hun idool. Dit dieptepunt in de geschiedenis van de commerciële televisie wordt alleen overtroffen door *Cake en tranen*, waarin Bekende Hollanders de begrafenis van Onbekende Hollanders verstoren en proberen de rouwenden aan het lachen te krijgen. Maar dan woon ik al op het eiland.

Op de roes van mijn succesvolle screentest zweef ik de make-upruimte binnen. De visagiste complimenteert me met de goede screentest.

Ik zit nog na te genieten terwijl ze me afschminkt, maar wanneer mijn oog valt op de *Pinda* land ik met een harde klap weer op aarde. De visagiste heeft blijkbaar mijn blik gevolgd en begint nietsvermoedend over Femmetje.

'Zo'n leuke meid. Heb haar weleens in de stoel gehad, moest de make-up doen voordat ze een tv-interview had. Oprecht aardig en heel bescheiden. Helemaal te gek. Waren ze maar allemaal zo.'

Ik besluit het imago van die vuile verloochenaar in stand te houden en reageer niet.

Nadat ze klaar is met afschminken neem ik het blad mee naar het kopieerapparaat op de etage waar ik normaal werk. In het bezit van de gewraakte passage verlaat ik het pand.

Thuis lees ik de zinsnede opnieuw.

*Maar als ik in de toekomst iemand tegen het goedgebouwde lijf loop van wie ik denk: met jou wil ik oud worden...*

Om mijn hart vormt zich opnieuw een ijslaag.

Ik besluit Femmetje niet te bellen.

Ik wacht wel.

Omdat ik moe ben van de screentest en de doorstane emoties ga ik op bed liggen. Voor ik er erg in heb val ik in een droomloze slaap, wat uitzonderlijk is, want ik droom 364 dagen per jaar, meestal complete avonturenfilms in kleur.

Anderhalf uur later word ik verkwikt wakker.

Ik zie dat Femmetje nog niet heeft gebeld.

Met de kat op schoot ga ik liggend op de bank tv-kijken. Ik wacht af.

Naar het schijnt verdoe je een kwart van je leven met wachten. Daar merk je meestal niet veel van.

Maar soms wordt het zo inzichtelijk.

# .40.

Ik ben blijkbaar wederom in slaap gevallen, want ik word wakker op de bank doordat Femmetje een paar keer achter elkaar op de bel drukt. Ik heb haar al vrij snel de huissleutels aangeboden maar die weigert ze steeds.

'Liefje. Ik maakte me al ongerust. Je nam niet op. Kijk, ik heb wat te eten meegenomen.'

Ze heeft gehaald bij de Koreaan.

De Koreaan kan me gestolen worden.

'Hoe ging de screentest?'
Ook de screentest kan me gestolen worden.
'Weet jij wat ze in de visagie hadden liggen?'
Femmetje kijkt me verbaasd aan.
'Daar lag de *Pinda*.' Ik zwijg.
Femmetje slaat haar ogen neer.
'En weet je met wie in de *Pinda* een interview stond?'
'Je bent boos.'
'Boos? Ik ben niet boos. Ik ben op mijn ziel getrapt! Je doet in dat interview alsof je vrijgezel bent en volgens mij ben je dat niet!'
'Ik heb dat interview met de *Pinda* gegeven toen wij net wat hadden. Ik heb "ons" een beetje voor mezelf gehouden. Leek me wel zo netjes ten opzichte van Gijs. Anders lijkt het wel alsof ik de een voor de ander inruil.'
'Dat heb je ook gedaan,' zeg ik ijziger dan ik wil.

138   Ze kijkt boos.
Ik krijg zin om verbaal te hakken met de botte bijl.
'Bovendien maakt het geen fuck uit wanneer je dat interview hebt gehad, je had ook vorige week of zo de journaliste kunnen bellen en kunnen zeggen dat je de liefde van je leven hebt gevonden.'
Ze kijkt kinderlijk verrast. Ze wil me omhelzen maar ik weer haar af. Mijn ijzig hart ontdooit niet.
'Maar ik ben blijkbaar niet de liefde van jouw leven!'
Ze kijkt alsof ik haar sla. Nu wordt zij ijzig.
Het is hier maar een koude boel.
'Oh, get over it. Ik kon er niks aan doen en het is nou eenmaal gebeurd en ik kan er nu niks meer aan doen. Dus get over it. En betaal je hypotheek op tijd.'
Mijn linkerwenkbrauw daalt, mijn rechter gaat een stuk omhoog.
'I beg your pardon?'
'Kut. Kut. Dat had ik niet moeten zeggen, dat floepte eruit. Forget it. Sorry.'
Ik herhaal, een stuk langzamer: 'I beg your pardon?'
'Gijs werkt bij de bank die jouw hypotheek heeft verstrekt. Hij heeft je nagekeken en hij zei vanmiddag tegen mij dat je jouw hypotheek

niet op tijd betaalt, dat je twee maanden achterloopt, dus dat ze je uit je huis gaan zetten en dat je voortdurend rood staat.'

Ik word ongelofelijk kwaad. Maar ik blijf heel kalm. Beangstigend kalm.

'Gijs liegt. Het is net zo'n leugenaar als jij, dus jullie passen perfect bij elkaar. Ik betaal automatisch, niet dat je dat ook maar een reet aangaat, maar ik betaal daarom altijd op tijd. De dagen van Gijs bij die bank zijn geteld, want via een zakenclub waarvan ik al sinds mijn afstuderen lid ben ken ik een man, neen, ben ik bevriend met een man die daar in de raad van bestuur zit.'

(Ik overdrijf. Ik ben dan ook heel erg kwaad. De zakenclub bestaat en ik ben al lange tijd lid, maar de man in kwestie is ternauwernood filiaalchef.)

'Zodoende begrijp je dat de dagen van jouw lieve Gijsje daar nu geteld zijn. Sterker nog, als ik met hem klaar ben, dan werkt hij nooit meer in het bankwezen. De klootzak mag blij zijn als ze hem ooit nog in de buurt van een telraam laten! Wat zeg ik, als ik zo meteen met mijn goede vriend Adislair van Schooten tot Kappelstein heb gebeld, dan mag Gijsmans blij zijn als hij ooit nog in dit land een bankrekening kan openen!'

Ik pak de telefoon en doe net alsof ik ga bellen. Dat ben ik helemaal niet van plan maar ik wil bloed onder nagels vandaan zien komen...

'Jij laat Gijs met rust!'

'Ik laat hem uit zijn functie zetten! Hoe durft die ladelichter mijn privégegevens in te zien!' Ladelichter? Het is een dossierlichter! Ik laat die vuile klootzak voorkomen wegens een ambtsmisdrijf.'

Ik ben mij bewust van het feit dat ik uit mijn nek lul maar ik wil vaten met olie op het vuur gooien. Ik ben namelijk gekwetst en dat zal mevrouw weten ook.

'Doe het niet. Gijs is overspannen geweest door mij. Door mijn gedrag van dan weer "wel trouwen" en dan weer "niet trouwen" kon hij een tijd niet werken. Hij heeft al een waarschuwing gehad. Als je belt, dan raakt hij werkloos!'

'Dat zal mij aan mijn uitermate welgevormde reet roesten! Des te beter!'

Ik pak opnieuw de telefoon en begin een nummer in te toetsen. Met een katachtige sprong, waarvan de snelheid me verbaast, komt Femmetje naar me toe. In één vloeiende beweging rukt ze de telefoon uit mijn handen.

'Jij gaat niet bellen. Jij maakt Gijs niet kapot!'

'Wat kan jou dat toch schelen! Jij hebt hem aan alle kanten bedrogen, jij loopse teef!'

Alhoewel ik deze verwijzing naar de musical *Dogs* op dit moment geniaal vind ziet Femmetje dat anders.

Ze slaat me met de vlakke hand vol in mijn gezicht.

Ik ben verrast. Ik vind het een terechte actie en moet er bijna om lachen.

Maar ik blijf me boos houden.

'Vuile teef! Nu ga je d'r uit!'

Ik loop naar beneden, naar de badkamer, en gooi de make-upspulletjes die ze na veel twijfelen eindelijk heeft durven neerzetten in mijn badkamerkastje theatraal richting de gang. Ik pak haar kleding, waarmee de badkamervloer is bezaaid omdat ze hier een wasje wilde doen, en smijt die erachteraan.

'Rot jij maar lekker op naar Gijs!'

Ze slaat me nog een keer. Ik grijp haar handen, er ontstaat een worsteling, waarbij we struikelen over haar kleding. Ik lig midden in de gang boven op haar op een stapel kleren.

Is het de worsteling?

Haar kracht?

Haar zweetgeur?

Oud-mannelijke onderwerpingdrang?

Zucht naar troost?

Ik weet het niet, maar één ding weet ik wel: ik wil haar.

Nu!

Hier ter plekke!

Ik heb een enorme drang tot haar fysiek in bezit nemen. Ze heeft een rok aan. Ik trek haar string naar beneden. Ik zet mijn rechterelleboog in haar linkerbinnenbeen en dwing Femmetje haar benen te spreiden. Ik steek zonder enige tederheid mijn erectie in haar.

Ze is kletsnat. Ook zij is blijkbaar opgewonden geraakt van onze vechtpartij!

Iets te laat denk ik aan het verhaal van Lex en besef ik dat dit wellicht niet zo'n handige actie is van mij.

Maar dan liggen we al flink te neuken in de gang.

Als we klaar zijn wellen er tranen in haar op.

Ook ik hou het niet geheel droog.

Ik omklem haar met alle kracht. Haar zwarte wollen truitje is vochtig van het zweet.

'Sorry Pep, ik had dat van de *Pinda* zo niet moeten doen. Ik had dat van Gijs niet moeten zeggen, ik bedoel, dat had hij niet moeten doen. En de *Pinda*, dat kon niet anders, maar misschien had ik je moeten zeggen dat ik...'

Ik zoen haar vol op haar mond. Soms de enige manier om haar rustig te krijgen.

'Ik hou van je.'

'Ik hou ook van jou.'

Liefde is een raar ding.

# .41.

De volgende middag zit ik achter mijn bureau. Het is maandag en ik moet thuis aan inspreekteksten werken. Dat lukt niet erg want de mist in mijn hoofd wil maar niet optrekken. Die mist wordt veroorzaakt door de alcohol die we gisteravond in iets te grote hoeveelheden naar binnen hebben gegoten na alle emoties.

Mijn telefoon gaat.

Mijn huistelefoon. De vaste aansluiting. De landlijn.

Opgegroeid in een tijd dat de pieper al een revolutionaire vinding was, heb ik nog steeds twee telefoons. Een vaste voor in huis met een 020-nummer en mijn mobiele telefoon voor buiten het huis. Als ik met een vriend uit eten ga, wat ik de laatste tijd veel te weinig doe omdat ik de hele tijd met, bij en in Femmetje wil zijn, dan neem ik doorgaans mijn mobiel niet mee, of als ik dat wel doe dan zet ik het toestel uit. Zodat we ongestoord met elkaar kunnen praten.

Dat is geen normale handelwijze meer, zo merk ik aan het gedrag van anderen. Om een voorbeeld te geven: ik ben uit eten en vijf meisjes zitten met elkaar in een restaurant aan tafel te eten.

Ze zijn alle vijf mobiel aan het bellen met anderen.

Als we bij elkaar zijn bellen we tegenwoordig met anderen om te zeggen hoe leuk we het hebben als we bij anderen zijn en elkaar bellen. Ik niet. Ik wil niet vierentwintig uur per dag bereikbaar zijn. Ik bekijk mijn mobiele telefoon een paar keer per dag om te zien wie er gebeld heeft en dan bel ik terug. Hier op het eiland heeft de mobiel helaas zijn intrede gedaan, maar gelukkig heb je nog niet overal bereik.

Wel zo rustig.

Ik neem de huistelefoon op.

'Spreek ik met de nieuwe presentator van *Docu*?'

Normaal ben ik goed van de tongriem gesneden maar nu krijg ik er niet veel meer uit dan wat keelklanken.

Het is Marc van DBS7.

'Van harte gefeliciteerd! Je bent het geworden. Zal je kort uitleggen hoe zoiets gaat. Na de screentest bleven er drie namen over. Wij als zender en de productiemaatschappij hadden allebei een say in wie het werd. Wij hadden twee namen, en de productiemaatschappij ook. Eén naam kwam twee keer voor, zowel bij ons als bij productie, en dat was… jij! Je bent unaniem gekozen als nieuwe presentator! Ik hang op, dan kan jij snel de eindredacteur van *Docu* bellen voor nadere afspraken. Nogmaals gefeliciteerd en succes.'

Ik huppel door de kamer.

Ik bel mijn moeder, die zeer trots en blij is. Mijn vader feliciteert me lauwtjes en vraagt meteen daarna of ik interesse heb om eigenaar te worden van zijn oude Rolex omdat hij een beetje krap zit door een onverwachte naheffing van de belastingen. Ik kan het horloge kopen voor het bedrag in euro's dat hij er ooit in guldens voor heeft betaald. Het is een redelijke deal en ik koop het klokje, hoewel ik het ding liever had geërfd als hij ooit op zijn negentigste zou overlijden.

Mijn vader wordt in november vijfenzeventig.

Een leeftijd die hij niet verwacht had te halen.

Hij rookt en drinkt vanaf zijn vijftiende en stevig ook.

Zijn wereldwijd verspreid wonende maten waren allemaal pure kroeg-tijgers. Het zijn kunstenaars, fotografen, journalisten en schrijvers. De meesten van hen zijn dood. Meestal lever of longen, soms het hart. Alleen zijn oude kameraad Zeijk de Werper leeft nog. Ze spre-ken elkaar alleen nooit meer omdat ze ruzie hebben. Ze weten ab-soluut niet meer waarover maar dat doet er niet toe. Het ging vast over een vrouw.

Ik hoop dat mijn vader de negentig haalt.

Ons contact wordt steeds beter en nu hij de vierenzeventig heeft gehaald en dik op weg is naar de vijfenzeventig, acht ik de kans groot dat hij de negentig bereikt. Tachtig is hem en mij in elk geval wel gegeven, lijkt me. Hij is dan inmiddels de pensioengerechtigde leeftijd ver voorbij, hij werkt volop en gedraagt zich alsof hij nog steeds dertig is. Hij is net een paar maanden uit het ziekenhuis. Een groep medelanders had vanuit een brakke BMW cabriolet naar hem geroepen toen hij met zijn strakke spijkerbroek, Spaanse (Ibicenco, van Ibiza) laarzen en cognackleurig lederen jasje over de gracht liep: 'Ben je homo?'

Mijn vader liep naar ze toe, leunde op de rand van de auto en zei: 'Hoezo? Uitgekeken op jullie geiten?' Hij barstte in lachen uit, stak een sigaret op en liep verder.

Het duurde een momentje voor het kwartje viel in het Rifgebergte van hun brein, maar daarna zetten de natuurlijk meteen zwaar bele-digde medelanders de achtervolging in.

Ze reden hem klem.

'Zeg, rot op met dat koekblik.'

Vier medelanders, minstens vijftig jaar jonger, vielen hem aan. Mijn vader, redelijk getraind in cafégevechten, schakelde een van hen meteen uit door zijn sigaret in de wang van de jongen te duwen.

De ander kreeg onder het uitroepen van de strijdkreet 'vooruit met de geit' een Spaanse laars zo hard in zijn kloten dat iedere kerel die het zag de pijn tot diep in zijn mannelijkheid voelde.

Nummer drie kreeg een keiharde uppercut en ging knock-out, maar helaas was nummer vier te snel. Deze sloeg mijn vader zo hard in zijn ribben dat er een paar zwaar gekneusd werden. Gelukkig werd mijn vader tijdig door drie potige vuilnismannen ontzet.

'De achting voor de ouderen in onze huidige samenleving is ook geheel verdwenen,' kon hij niet nalaten om nog op te merken voor hij per ambulance werd afgevoerd naar het Abcoude Medisch Centrum.

Ik bel met Rachelle, de eindredacteur van *Docu*, die me vertelt dat de komende week alvast twee *Docu*'s van gesproken commentaar voorzien moeten worden. Als mijn mogelijke vakantie ter sprake komt blijkt die gelukkig geen enkel probleem te vormen. We hebben de opnamen voor de presentatie op televisie op donderdag 9 augustus. Het nieuwe seizoen van *Docu* begint op zondag 26 augustus, dan ben ik voor het eerst in beeld als presentator!

Volgens mij is de in Nederlandse kroegen meest gestelde vraag: 'Wat doe je?'

Zelfs als men een persoonlijke vraag stelt zoals 'Wie ben jij?', wellicht de andere meest gestelde vraag, geeft bijna iedereen antwoord alsof je hebt gevraagd 'Wat doe je?'

'Ik ben manager fast moving consumergoods in de potato snackfood retailbusiness-sector en belast met het verticaal opwaarderen van een stukje marktaandeelgebeuren.'

'O, jij besteedt je leven aan het vergroten van het marktaandeel van een zak chips!'

Voorwaar een droeve levensinvulling.

Als ik vroeger in de kroeg een rustige avond wilde hebben antwoordde ik altijd op de 'Wat doe jij?'-vraag dat ik lijkschouwer was. Gegarandeerd had ik de rest van de avond geen last meer van verdere vragen. Alhoewel ik dus duidelijk niet het type man ben dat zijn werk gebruikt als kapstokje voor zijn persoonlijkheid, zoals velen dat wel doen, voel ik me toch een ietsepietsie groeien nu ik de presentator van *Docu* word.

Het Bekende Hollanderschap gloort!
Straks met Femmetje op de rode loper!
We worden the hardest working couple in showbusiness!!

Ik bel meteen met de secretaresse van Marc, die mijn vakantie inplant. We zijn er snel uit, het is geen enkel probleem dat ik drie weken wegga.
Niets staat de reis naar Kythera nog in de weg.
Femmetje en ik gaan naar het eiland waar volgens de overlevering de godin van de liefde, Aphrodite, is geboren!

# .42.

Na als vee opeengepakt te hebben gezeten in een chartervliegtuig landen we op Kythera.

Vervolgens worden we door de lokale touroperator met een bus afgezet in Plátia Ámmos, meer een nederzetting dan een dorp.
Een angstwekkend hooggelegen, kronkelende tweebaansweg leidt naar een tiental huizen die rondom een baai zijn gebouwd. Er is een kleine pier waar twee boten van vissers zijn aangemeerd. Het dorp heeft drie restaurantjes, waarvan een, direct aan de haven, bestierd wordt door een besnorde oud-visser.
Daar zullen we de eerste avond eten. Het beste eet je, ontdekken we later, bij een echtpaar dat vlak bij het huis een restaurant runt op een klif. Gelukkig hebben we een auto gehuurd bij een Engelsman die al tien jaar een autoverhuurbedrijfje op het eiland runt, want er is in Plátia Ámmos geen bakker (door Femmetje hardnekkig bakkertje genoemd), laat staan een supermarkt.
Voor de dagelijkse boodschappen moeten we naar Agia Pelagia, door ons hardnekkig aangeduid als Agia Pel-lag-iejaah, wat klinkt als een carnavalskraker.
Kythera leeft maar twee maanden per jaar. Het eiland kampt al decennia met een leegloop waar zelfs wetenschappers zich over buigen.

Het heeft diverse emigratiegolven gehad. We zien regelmatig auto's met de bekende gele sticker 'kangaroos crossing', wat niet zo gek is, want in Australië wonen meer mensen van Kythera dan op het eiland zelf.

In juli en augustus wordt het eilandje overspoeld door een vloedgolf van voornamelijk Griekse toeristen.

Normaal heeft het eiland drieduizend bewoners; in augustus keren zoveel mensen terug dat het eiland dan opeens 20.000 inwoners of meer kent.

Nu is het relatief rustig.

Het huis van de biologische moeder van Femmetje ligt net buiten het dorp en is prachtig. Het ligt op een heuvel die binnen de beperkingen van het gebied zo groen mogelijk is. Rond het huis heeft bioma bougainvilles, yuca's, oleanders, druiven, tomaten en perziken geplant. Het huis, Porphyrousa genaamd en door Femmetje Porkypiehouse genoemd, waarvan het grootste deel meer dan driehonderdvijftig jaar oud is, is opgetrokken uit steen. Het heeft muren die meer dan een meter dik zijn, afgewerkt met gebluste kalk, zoals al eeuwenlang gebruikelijk op het eiland. Het huis heeft twee slaapkamers en een bijzonder grote woonkamer met een prettige, grote bank met een stalen frame. Er staat een boekenkastje met wat boeken. Wat Femmetje meteen opvalt, is dat er nergens foto's staan, ook niet van haar of van haar zus.

De badkamer is voorzien van een zonneboiler die op het dak zit. Er kan worden gekookt op flessengas. Ik ben nooit zo blij met deze op raketten lijkende flessen, maar het schijnt bij een eiland te horen om op die manier te koken. De rioleringsinstallatie is aangesloten op een eigen septic tank. Het gebruikte toiletpapier moeten we dan ook niet in de plee gooien maar in een plastic emmertje met een deksel. Helaas trekt het blauwe emmertje, dat niet zo goed sluit, hordes vliegen.

De drie honden en zeven aanloopkatten zijn aandoenlijk en ze zijn allemaal inspirerend lui. Hun voornaamste bezigheid is de hele dag liggen. Er is een klein zwembad, een 'afkoelpoeltje', zoals Femmetje het noemt. Om het huis heen is een haag. We kunnen er net overheen kijken zodat we de zee zien, maar als we gaan liggen hebben we volledige privacy, we kunnen naakt zonnen.

Daar maakt Femmetje graag en veel gebruik van. En ik maak daardoor graag en veel gebruik van Femmetje.

We hebben een idyllische vakantie.

Onze liefde groeit, bloeit en boeit.

We verklaren elkaar tot vervelens toe de liefde.

Nu is het vaak zo dat het op vakantie tussen twee mensen goed gaat, maar wij overdrijven.

In het reguliere leven beheersen we al de kunst van het hebben van een relatie, namelijk het delen van elkaars dagelijkse saaiheid, maar nu er geen druk is of verplichtingen zijn gaat het fantastisch.

Tot Paliochora.

# .43.

Boven op een klif ligt het klassieke Byzantijnse hoofdstadje van het eiland, Ágios Dimítrios, tegenwoordig bekend als Paliochora.

De eilanders, die leefden van de piraterij, dachten dat ze hier veilig waren als Kythera werd aangevallen.

In 1537 verstoorde een zeeroversvloot onder mandaat van de Ottomaanse admiraal en kaper Khair ad Din Pasha, beter bekend onder zijn bijnaam Barbarossa, deze illusie.

Het stadje werd veroverd.

Honderden inwoners zouden zich in volstrekte wanhoop in het ravijn hebben gestort om maar niet levend in handen van de bloeddorstige piraten te vallen.

Ondanks het feit dat het stadje naderhand eeuwen aan zijn lot werd overgelaten is een groot deel intact. Zowel ik als Femmetje zijn slachtoffers van een cultureel verantwoorde opvoeding, dus moeten we er na twee weken naartoe, vinden we. We kunnen niet thuiskomen met alleen maar verhalen over leuke etentjes, prachtige vergezichten en dampende seks.

Een eilandbewoner waarschuwt ons om uit te kijken.
Volgens hem spookt het in Paliochora.

Na een mooie autorit komen we bij het stadje, we parkeren bij een drooggevallen sloot. We zijn de enigen die het stadje bezoeken. We dwalen rond, bekijken fresco's in kapelletjes en verbazen ons over de schoonheid van het al.

We kijken samen over de rand van het klif naar beneden. Loodrecht onder ons zien we de bedding van het riviertje de Lagadi, tientallen meters lager. Hier moeten de inwoners zich als lemmingen naar beneden hebben gestort.

Ik deins meteen terug. Ik vind op de eerste etage wonen in Amsterdam al hoog genoeg.

Femmetje blijft staan en staart naar beneden.

'Wat zou iemand denken als hij is gesprongen?'

Ofschoon ik de vraag begrijp, ik heb het me ook weleens afgevraagd, bekruipt me een ongemakkelijk gevoel.

'Gesteld dat je spijt krijgt. Je springt en je denkt: shit, was ik nu maar niet gesprongen. Dat lijkt me vreselijk.'

Het is stil.

Tenminste, ik zeg niks.

De krekels en andere beestjes maken exceptioneel veel herrie.

'Zou mijn overgrootvader spijt hebben gehad? Dat hij wist dat hij naar beneden ging storten en dacht: dat had ik niet moeten doen? Dan maar geen geslaagde Icarus?'

Ik kan de vraag niet beantwoorden en ik wil het ook niet.

Ik ben een overemphatisch mens en ik voel de pijn die de man gehad moet hebben op het moment dat hij besefte dat hij te pletter ging storten.

Femmetje gaat door met praten.

Ze blijft bij het klif staan.

'Als ik er een eind aan zou maken, dan zou ik niet springen. Het geeft vreselijke rotzooi voor de nabestaanden. Wat je in series ziet als iemand is gesprongen, een klein plasje bloed, dat is niet waar. Je hoofd spat uit elkaar als een meloen. Ook als je jezelf door het hoofd schiet, door de mond, dan vliegt de achterkant van je schedel eruit. Als het tegenzit vinden ze weken later nog stukjes hersenen tussen de kieren van de vloer. Nee, als ik ooit zelfmoord pleeg, dan met pillen. Aangenamer voor de nabestaanden.'

Ze kijkt me aan na deze prettige gespreksstof (alhoewel van een gesprek niet echt sprake is, het is meer een inwendige monoloog).

Haar ogen zijn nat.

Ze zijn diep- en diepbruin, bruiner dan ik ze ooit heb gezien.

Ze kijkt uitdrukkingsloos naar me, alsof ze hier niet is.

Het lijkt of ze geen pupillen meer heeft.

Het is alsof ze me wel ziet maar niet waarneemt.

'Na Lex heb ik dood gewild. Ik denk wekelijks aan de dood. Je hebt geen idee hoe zwaar ik het leven kan vinden. Soms verlang ik zo naar de rust die alleen de dood kan geven.'

Ik sta perplex.

Het is dat de zon fel schijnt, het klaarlichte dag is en ik niet bijgelovig ben, maar anders zou ik denken dat de dolende geesten van Paliochora bezit van haar hebben genomen.

Femmetje loopt langzaam naar de rand van het klif.

'Ik zou eigenlijk mijn moeder moeten straffen door op haar eiland zelfmoord te plegen.'

Femmetje is gestopt met lopen.

Ze staat op de rand van het klif.

Eén stap en ze verdwijnt in het ravijn.

'Femm…' is ongeveer het enige wat ik uit weet te piepen. Mijn stem, mijn trouwe instrument, laat me in de steek.

Ik ben radeloos.

Moet ik haar overmeesteren?

Dan storten we mogelijk samen naar beneden.

Dat wil ik *mijn* moeder niet aandoen.

Maar als ze springt en ik haar niet tegen heb gehouden is ze dood (en ik heb het telefoonnummer van haar ouders niet eens, flitst me door het hoofd – een mens denkt de raarste dingen) en dan zou ik overmand worden door schuldgevoel en verdriet, en dat wil ik mij allemaal niet aandoen.

Femmetje heeft nog steeds dezelfde afwezige blik.

Opeens klaar haart gezicht op.

'Ik zou mijn moeder moeten straffen door in haar huis zelfmoord te plegen.'

Mijn opluchting over het feit dat ze op dit moment niet hier naar beneden springt wordt enigszins overschaduwd door het gegeven dat ze zich nu in het huis van haar moeder van het leven wil beroven.

Zonder verder na te denken reageer ik.

'Lijkt me een goed plan. Als we nu naar huis rijden, kun je om half-vier zelfmoord plegen. Als we daarvoor een videocamera kopen, bij voorkeur met jouw creditcard want jij gaat toch dood, dan kan ik het geheel vastleggen op video en het voor veel geld internationaal verkopen. Heb ik toch nog wat gehad aan deze relatie.'

Mijn botheid helpt.

Femmetje komt terug op deze planeet. Het is alsof ze uit een droom ontwaakt. Ze ziet een grote vlinder – volgens sommige mensen zijn vlinders de zielen van de overledenen – en huppelt erachteraan, weg van het ravijn.

Ik ben blij dat die vlinder van het ravijn weg vliegt, want ik acht haar op dat moment in staat om achter de vlinder aan te gaan en het ravijn in te huppelen.

Ze kijkt blij zoals alleen een kind van vier kan kijken als het een leuk beestje heeft ontwaard.

'O Pep, wat is dat een mooie vlinder!'

Ze is 180 graden gedraaid.

Het is alsof de zelfmoordconversatie van zo-even nooit heeft plaatsgevonden.

Bang om haar door middel van een gesprek over het gebeurde terug te voeren in de somberheid zwijg ik.

We rijden richting het huis en doen boodschappen.

Ik zal extra lekker voor haar gaan koken.

Misschien helpt dat, denk ik lief maar naïef. Misschien als ze lekker eet dat ze dan wel wil leven.

Ik weet niks beters.

Ik ben bang.

Femmetje, mijn Femmetje, mijn lieve, lieve Femmetje met wie ik oud wil worden. Met wie ik eeuwig wil zijn, die Femmetje, die wil dood. Mijn Femmetje heeft een doodsverlangen.

Zonder het te weten voedt ze daarmee een van mijn merkwaardigste angsten. Ik ben al vanaf het moment dat ik heb samengewoond met Molly bang dat mijn vriendin jong zal sterven.

In mijn sombere momenten zie ik mezelf aan de rand van het vers gedolven graf staan met aan mijn hand mijn bloedjes van kinderen.

Het perspectief van dit beeld is raar genoeg vanuit het graf.

Je ruikt de omgewoelde aarde. De lucht is donkergrijs, bijna zwart, het regent keihard en het dondert en bliksemt...

Tijdens Molly had ik deze angst elke dag als ze te laat thuiskwam. Bellen vanuit de auto dat ze wat later zou komen kon niet, want de mobiele telefoon was nog lang geen gemeengoed. Onder het motto 'als man moet je eens in je leven een vrouw een auto cadeau gedaan hebben' had ik haar een eend, een deux-cheveaux, cadeau gedaan met een strik eromheen. Voor leuke tochtjes samen. Ik verwachtte niet dat ze elke dag in die gammele eend op en neer zou gaan rijden naar haar werk in Rotterdam.

Ik stond doodsangsten uit.

Nu op Kythera ook.

In het huis van de moeder van Femmetje duik ik de badkamer in om het medicijnkastje om te ploegen. Ik vind een pijnstiller waarvan ik weet dat een overdosis in combinatie met alcohol leidt tot onherstelbaar leverfalen. Het vergt een redelijk hardnekkige doodswens want je moet acht uur wachten tot je de pijp uit gaat (of de grond in als je begraven wil worden in plaats van gecremeerd) maar ik acht Femmetje tot alles in staat. Ik verstop de pijnstillers in een ruimte tussen de muren en het dak. Ze liggen er waarschijnlijk nu nog.

We eten heerlijk. Ik heb een parelhoen weten te scoren; hoewel het niet het weer is voor dergelijke winterse kost maak ik er ook een aardappel gratin bij.

Comfortfood.

In combinatie met een lokale rode wijn en daarna wat glazen van de Kytheraanse variant op grappa, tsipouro, heb ik genoeg dronkenmansmoed (Dutch courage) om haar te vragen naar vanmiddag.

'Je wilt toch niet echt dood?'

Femmetje, eveneens niet geheel nuchter meer, kijkt me intens lief aan.

De manier waarop ze me aankijkt maakt wat ze zegt een stuk vreselijker.

'Soms wel.'

Ze zwijgt en tuurt in de haard, al brandt die niet.

'Ik heb stormen in mijn hoofd en ruzie met mezelf. Ik ben onderhevig aan zwaar wisselende stemmingen. Dat ik nog leef ligt aan het feit dat ik mezelf kan uitwissen door te acteren. De musicals vergen fysiek een heleboel. Daardoor moet ik daar volledig mee bezig zijn. Zodra ik niets doe word ik tot waanzin gedreven. Ik vertrouw aardigheid van mensen niet. Ik vertrouw jou een klein beetje. Ik heb nu heerlijk gegeten maar eigenlijk kan dat niet. Ik kan het niet leuk hebben, dat mag niet...'

'Van wie niet?'

'Van mezelf niet! Ik ben niet geboren om het leuk te hebben. Mijn vader is dood. Ik ben weggegeven door mijn gestoorde moeder, in wier huis we nu zitten. Ik ben ongewenst. Ik heb het recht niet om er te zijn. Dus als mij iets goeds overkomt, dan moet dat direct worden gevolgd door iets slechts. Als ik nu lekker heb gegeten dan moet er om de weegschaal weer in balans te brengen iets naars gebeuren. Als dat niet plaatsvindt, dan eet ik morgen stiekem helemaal niets tot ik hoofdpijn heb van de honger of tot ik bijna flauwval. Dan heb ik mijn straf gehad en is er evenwicht. De hele dag verricht ik bepaalde handelingen drie keer om onheil te voorkomen. Als ik water drink vul ik het glas eerst twee keer en gooi ik het twee keer leeg. Pas de derde keer drink ik het op. Dan zeg ik tijdens het spoelen "in nomine Patri, et Filius, et Spiritus sancti". Als ik met mijn zuster in Amsterdam hand in hand over straat loop dan probeer ik te voorkomen dat zij aan de ene kant van de paaltjes op straat loopt en ik aan de andere kant. Als de Amsterdammertjes ons hand in hand lopen doorsnijden dan gaat ons contact verloren of dan overkomt haar iets vreselijks. En dat is dan mijn schuld omdat ik niet goed heb opgelet bij het lopen. Het is mijn straf. Ik ben nog niet zo ver heen als mensen met een dwangneurose die zeventig keer de sleutel moeten omdraaien voor ze de deur uit gaan, maar ik zit er niet ver vanaf. Het ergste is dat ik me er honderd procent van bewust ben dat ik merkwaardig gedrag vertoon en dat ik makkelijk onder woorden kan brengen waarom het volledige nonsens is, maar ik doe het toch. Ik besef dat ik iets dwangmatig doe maar ondanks dat besef doe ik het wel. Het enige wat mij rust geeft, wat me redt uit het labyrint van mijn gedachten, is dat ik af en toe afdaal in mijn onderaardse bibliotheek. Daar zijn allemaal leuke boekjes en beestjes. Daar ben ik vier jaar oud en alles is goed en alle beestjes zijn heel lief. Er zijn geen boze mensen. Als ik in mijn bibliotheek zit wil ik er nooit meer uit.'

'Mag ik je daar komen opzoeken?'

'Dat weet ik niet. Misschien een keertje, als je niet te lang blijft.'

'Misschien wil je buiten komen spelen? Ik bied je een veilig eilandje met liefde. Daar zit ik in een strandstoel.'

'Zo een met van die leuke gekleurde strepen?'

'Exact zo eentje, ik lurk aan mijn blauwgekleurde cocktail en ik wacht je op met een grote, dikke handdoek. De zee is lichtblauw, het zand wit…'

'Voor jou wel. Als ik naar je toe wil zwem ik in een ruwe grauwe zee vol met haaien, megagrote kwallen en hoge golven. Het dondert en bliksemt, het hoost van de regen. Ik kan nauwelijks mijn hoofd boven water houden.'

'Zwem dan naar mijn eiland toe.'

'Ik wil wel maar ik kan niet. Ik zwem als een dolle maar het lukt me niet om de kant te bereiken.'

We zwijgen.

'Lieve Pep, rationeel weet ik dat je van me houdt. Maar diep van-binnen denk ik dat je gek bent omdat je van me houdt. Ik ben elke dag dankbaar dat je me nog wilt. Ik ben bang dat je op een ochtend uit je bedwelmde staat ontwaakt, me heel vies aankijkt en me als een broodkruimeltje uit je bed veegt.'

Ik pak haar vast en knuffel haar met alle liefde die ik in me heb. Ik probeer haar uit te leggen hoeveel ik van haar hou, dat ik haar nooit zal verlaten en dat ik met haar door wil en dat ik kinderen met haar wil en de hele mikmak.

Ze barst in huilen uit.

'Rationeel weet ik dit allemaal, maar iets in mij vertrouwt het niet en maakt het mooie gevoel dat heel even in mij zweeft meteen kapot! Wat je ook zegt, het helpt niet. De innerlijke stem zegt dat het niet zo mag zijn.'

Ze lacht als ze mijn rechterwenkbrauw omhoog ziet schieten.

'Geen innerlijke stem in de letterlijke zin. Ik hoor geen stemmen in mijn hoofd.'

Ze staat op en spreekt met verdraaide stem: 'Maak nu koffie.'

Dan met een andere stem: 'Nee, maak thee.'

Met de eerste stem: 'Jij zult koffie maken.'

Ze gaat nog even zo door en loopt dan als een soort robot met schokkerige passen naar de keuken.

Ik loop achter haar aan, pak haar vast en kus haar.

'Wees gerust, lieve Pep, ik wil je niet kwijt. Ik doe mijn uiterste best om dit goed te laten gaan. Ik heb nog nooit iemand zoveel over mezelf verteld. Je weet alles. Als je soms een dag niks van me hoort, dan komt dat omdat ik het niet kan, bij je zijn. Ik heb dan,' ze lacht, 'te veel aan mijn hoofd. Letterlijk! Ik ben een complex Femmetje.'

Ze lacht hard en zegt vrolijk: 'Ik ben Femplex.'

De rest van de avond liggen we ineengestrengeld op de bank. Als we later die nacht naar de slaapkamer lopen houden we elkaar stevig vast. Ook als we in bed gaan liggen laten we elkaar geen moment los. Die nacht droom ik dat Femmetje en ik kunnen vliegen. Met ganzenveren vleugeltjes.

De periode erna wordt de idylle vervolgd met een heleboel liefde, humor en warmte. Het is uiteindelijk een vakantie die een mens zich nog steeds herinnert in de nucleaire winter van de eenzaamheid der ouderdom.

Het zijn deze herinneringen die het hart warmen als de wereld koud en ledig is. Amen.

# .44.

De idylle wordt, meteen na de landing in Holland, vakkundig de nek omgedraaid. In het vliegtuig zijn we nog de kleffe liefdeseenheid die we ongeveer de hele vakantie hebben gevormd. Zodra we door de douane heen zijn wordt mijn liefdesroes wreed aan flarden geschoten.

'Zo. Nou. Dat was fijn. Ik neem de trein en ga naar mijn ouders om morgen een aanvang te maken met de voorbereidingen van *Dogs*.'

'I beg your pardon?'

'De repetities van *Dogs* beginnen over een paar weken al! Dus ik ga vanavond aan de slag met mijn tekst, en morgen is het op naar de sportschool.'

Ik ben volkomen uit het veld geslagen.

Ik had me verheugd op samen thuiskomen, de post doornemen, koffiedrinken, knuffelen, vrijen, boodschappen doen, samen koken en suf op de bank een film kijken.

Ik kan hier niet tegen. Ik ben volwassen en ik zal dan wel moeten doen alsof het me allemaal niks kan schelen en dat ik het maar allemaal normaal en vanzelfsprekend vind maar dat vind ik het niet. Ik vind het volkomen kut!

Ik weet nu al, hier, in deze onpersoonlijke vertrekhal, dat ik haar niet kan overtuigen.

Als Femmetje iets heeft besloten dan gebeurt het.

Ik omhels haar met de kracht der wanhoop. De moed heb ik al opgegeven.

'Wanneer zie ik je weer?'

'We bellen morgen even. Ik heb *Dogs* en ik moet voor Skippy de Boer over twee weken een modeshow aan elkaar praten en de bruidsjurk lopen. Druk, druk, druk!'

Ze kust me en ze loopt, alsof ik opgelost ben in de vervuilde kerosinelucht van Schiphol, zonder om te kijken in de richting van het perron.

Ik neem een taxi. Ik heb het niet zo op de trein.

Ik hoor twee dagen helemaal niets. Het lijkt wel of de intiemere band die tijdens het verblijf op Kythera is ontstaan totaal is verdwenen. Het lijkt alsof de intieme momenten die we hebben gedeeld niets, maar dan ook helemaal niets hebben voorgesteld.

Gelukkig heb ik op mijn werk 563 mailtjes die mijn aandacht vragen met onder meer de uitnodiging voor een feest voor de presentatoren van de tv-zenders.

Verder is er veel inspreekwerk aan de winkel.

Iedereen blij dat ik terug ben.

Dat krijg ik na elke vakantie te horen.

Het is mijn jaarlijks terugkerende en enige compliment.

In het tv-vak geldt de filosofie dat je überhaupt blij mag zijn dat je bij de televisie werkt en dat je het werk goed doet zolang er niemand klaagt.

Het publiciteitscircus rondom 'de nieuwe presentator van *Docu*' begint op gang te komen. Er worden publiciteitsfoto's gemaakt en ik heb een paar interviews, waaronder een met *Het Parool*. Daarin heb ik een halve pagina tekst en een halve pagina foto. Bij de Albert Heijn Elandsgracht word ik er door de franchisehoudster op aangesproken. Mijn BH-schap is begonnen!

Ik zie Femmetje pas een week na ons afscheid op Schiphol. Femmetje en ik bespringen elkaar zo'n beetje en racen naar de slaapkamer. Daar hebben we twee keer achter elkaar intense seks. Door het harde trainen voor de musical is haar lichaam gespierder geworden. Het voelt sterk en zacht aan. Helaas zijn haar borsten een beetje geslonken. Ik besluit om daar geen opmerking over te maken. We liggen lief tegen elkaar aan in bed en dan doe je zoiets niet.

'Ik heb een cadeautje voor je. Ik heb een toegangskaart voor de modeshow van Skippy, volgende week zaterdag. Kun je dan?'

'Lijkt me fantastisch! Ik heb voor jou ook een uitnodiging: Een groot gala van DBS7 op Sociëteit De Oude Roode op de Dam. Het duurt even voor het zover is, maar ik wil daar graag met jou naartoe gaan. Leuk in smoking en lang. Ik wil met je naar het bal! Misschien kun je een jurk lenen van Skippy?'

'O Pep, wat gaaf! Lekker schitteren in een prinsessenjurk!'

We kleden ons aan en Femmetje loopt naar haar tas.

'Shoot. Ik kan de toegangskaart niet vinden, zeker bij mijn ouders laten liggen. Ik stuur hem wel op of neem hem mee. Opsturen is handiger want ik heb het tot en met volgende week zaterdag belachelijk druk. Misschien kan ik dinsdagavond komen. Is dat oké?'

'Graag. Ik zie je het liefst elke dag!'

'Ik weet het, ik jou ook, maar het kan nu even niet. En sorry, maar ik moet zo ook weer weg. Ik heb een bespreking met het management-bureau over *Dogs* en dan moet ik terug naar mijn ouders, want die hebben een groot diner vanavond van de bridgeclub waarbij ik hun vrienden bedien en mama help met koken.'

We zoenen en ze gaat.


Op dinsdag krijg ik een sms. 'Lukt vanavond niet. Luv you!'

Ik ben teleurgesteld maar hoop haar zaterdag te zien schitteren.

De uitnodiging heb ik nog steeds niet.

Ik bel aan bij de buren of ze soms post hebben ontvangen die voor mij is bestemd, maar de uitnodiging is in geen velden of wegen te bekennen.

Ik ga naar het postkantoor op het Singel om te vragen of daar iets is bezorgd.

Neen.

Tot de zaterdag van de modeshow hoor ik niks.

Op de zaterdag zelf hoor ik ook helemaal niks.

Ik bel Femmetje. Voicemail. Ik spreek niet in.

Ik bel Femmetje. Voicemail. Ik spreek niet in.
Ik bel Femmetje. Voicemail. Ik spreek niet in.
Ik bel Femmetje. Voicemail. Ik spreek niet in.
Ik bel Femmetje nadat ik mijn nummer heb afgeschermd. Ze neemt op.
'Met Femmetje van Spui, met wie spreek ik?'
Ik wil haar door de telefoon trekken. Ik heb pijn.
'Met wie denk je?'
Ze hangt op.
Ik ben woedend en bel meteen opnieuw met afgeschermd nummer.
'Pep?'
Ik antwoord bevestigend.
'Ik zit hier op een modeshow. Ik moet werken, wat is er?'
'Waarom hang jij op?'
'Per ongeluk. Ik drukte de verkeerde knop in. Ik heb een nieuw tele-foontje gekregen op een evenement van de *Pinda*. Iedereen kreeg een telefoontje, leuk hè. Maar ik kan er nog niet zo goed mee omgaan.'
Fijn. Ze was ergens en het is niet eens in haar opgekomen om me mee te vragen!
Ze had de *Pinda* niet moeten noemen.
Al mijn verdriet komt terug.
'Waarom ik bel? WAAROM IK BEL?'
'Je hoeft niet te schreeuwen.'
'Ik bel omdat jij daar bent en ik niet. Je had me uitgenodigd om daar te zijn. Die uitnodiging heb ik niet gekregen. Ik zit dus nu hier en jij dus daar.'
'Kennelijk is er met de verzending iets misgegaan. En nu zit het eve-nement vol. Zie ik je vanavond dan? Kom ik dadelijk na de borrel hier naar je toe. Oké?'
Ik weet dat ze uit haar mooie nek lult.
Een dergelijk evenement zit niet vol. Hoogstens zijn alle stoelen be-zet; nou, desnoods sta ik dan wel!
Maar ik besef dat het geen zin heeft om ruzie te maken. Zeker nu niet.
'Oké. Heel veel succes hoor.'

Ik hang meteen op zonder haar antwoord af te wachten en zet de telefoon uit.

Het succes wens ik haar expres.

Ik weet dat ze, zoals zoveel toneelmensen, extreem bijgelovig is. Iemand succes wensen is juist niet goed volgens het algemeen geldende bijgeloof. Je wenst iemand het tegenovergestelde van wat je meent, dus je zegt: break a leg, of toi toi toi.

Op internet kom ik erachter dat het society-evenement van Skippy de Boer in een tent bij de Noordwijkse Golfclub wordt gehouden. Ik heb vreselijke zin om daarnaartoe te rijden en een scène te maken. Maar ik ben het slachtoffer van een goede opvoeding.

Ik blijf thuis.

Ik zet mijn telefoon weer aan en ben teleurgesteld dat ze geen sms heeft gestuurd en dat ik geen voicemailbericht heb.

Ik steek een sigaret op.

Ik word langzaam aan razend en tik een sms:

'Voorwaar, ik zeg u: voordat een haan tweemaal kraait, zult juist gij mij driemaal verloochenen...'

Ik verzend de sms niet.

Ik wis het bericht en gooi de telefoon machteloos van woede in een hoek. Hij blijft heel.

Om halfnegen staat ze voor mijn deur. Ze ruikt naar make-uppoedertjes, naar sigarettenrook die in een tent is blijven hangen en naar de zee.

Ik wil haar zoenen en ik wil haar slaan.

Geen van beide krijgt de overhand, dus ik sta daar maar een beetje te staan in de gang.

Ze barst los.

'Ik durfde je niet te laten komen bij Skippy. Ik ben bang dat ik af zou gaan voor je. Jij bent zo'n professional en dan sta ik daar te hakkelen en die bruidsjurk stond me niet, ik was er veel te dik in, ik leek wel zwanger, en ik wilde niet dat je me zo zag en ik was bang dat ik af zou gaan voor je. Daarom.'

En ik had dat gewoon moeten zeggen maar dat durfde ik niet. Sorry. Ik schaam me. Het spijt me. Sorry, sorry, sorry.'

Ik zeg niks.

Ik weet niet wat er in mij is gevaren maar ik duw haar de trap op naar de woonkamer en dwing haar naar de slaapkamer. Ik steek de veel te dure geurkaars aan van Skins in de Runstraat, welke op de ladekast staat die dienstdoet als nachtkastje. Ik kleed haar uit en leg haar op haar buik. Ik pak uit de ladekast de met pluche gevoerde handboeien met pantermotief die ik ooit als studentikoze grap op mijn vierentwintigste verjaardag cadeau heb gekregen. Ik doe ze haar om. Ze biedt geen verzet. Ik pak de blinddoek, die geen blinddoek is maar een soort slaapmasker dat ik ooit bij de *HP/De Tijd* heb gekregen (bedoeld voor zomerse middagdutjes in lichte kamers op het Italiaanse platteland na een rijkelijk met wijn overgoten brunch) en doe haar die voor. Ik dirigeer haar op mijn schoot en begin hard op haar billen te slaan. Ze geeft geen kik. Ik pak de geurkaars en laat al het kaarsvet op haar billen druipen. Ze geeft geen kik. Pas als ik haar klaarvinger geeft ze een kik. Daarna neem ik haar. Nadat ik de handboeien en de blinddoek afdoe kruipt ze in mijn armen en begint te huilen. Daarna valt ze in slaap terwijl ze me vasthoudt alsof ze me nooit meer wil loslaten.

Er is weer evenwicht in haar universum.

De volgende ochtend komt ze er kort op terug.

'Pep, wil je dat nooit meer doen. Ik heb het gisteren toegelaten maar ik wil er geen gewoonte van maken.'

'Dat was ik ook niet van plan. Het kwam opeens in me op.'

We zwijgen. Dan vraag ik waarom ik haar zo absurd weinig zie.

'Heel eenvoudig, ik heb het gewoon heel erg druk. Daarnaast moet ik eerlijk zeggen dat ik wat afstand van je moest nemen na onze vakantie. We zijn wel bijzonder intiem geworden. Ik heb je meer verteld dan wie dan ook in deze wereld en ik ben eigenlijk voor mijn doen veel te close met iemand. Ik ben bang dat ik te afhankelijk van je word.'

Voor mij bestaat er niet zoiets als 'te' close.

Je kunt de ander toch nooit volledig leren kennen, dus zo close mogelijk komen is in elk geval een begin.

Nadat ze weg is zie ik Femmetje gemiddeld één keer per week.

De tijd raast voorbij.

## .45.

In mijn huishouden – een gezin kon je ons niet noemen – was mijn moeder erg van de agenda. Geen verjaardag werd vergeten, geen sterfgeval niet herdacht. Ik heb dat overgenomen. Ik kijk in mijn agenda en weet dus dat het vandaag exact een halfjaar is na het overlijden van mijn grootmoeder van moeders kant.

Femmetje heeft haar nooit gekend want ze is overleden voordat ik Femmetje ontmoette.

Ik ben verdrietig over de laatste jaren van mijn oma. (Een woord dat ik van haar niet mocht zeggen: het was grootmoeder of bomma!)

Ze is overleden na een mensonterend verblijf in Dante's Inferno maar dan zonder de humor, gevestigd in het verpleeghuis Slotervaart.

Deze trotse, deels adellijke vrouw, opgegroeid in de jaren dertig van de vorige eeuw op landgoederen met bediendes, die gewoond heeft in Indonesië, Amerika en Engeland, eindigt, door de oorlog een 'nouveau pauvre' dus zonder het geld voor persoonlijke verpleging, als een fragiele schim van wat ze eens was in een bakstenen bunker in Amsterdam-West.

Licht dementerend, volgens mijn moeder veroorzaakt door de sherry waarnaar ze stelselmatig aan het einde van de middag greep 'om de dag toch nog een gouden gloed te geven'.

Onverschillig behandeld door verpleegkundigen die een zeer professionele houding hebben ten aanzien van hun 'patiënten'. Een houding die door een buitenstaander zomaar aangezien zou kunnen worden voor kil en ongeïnteresseerd.

Haar dood zelf deed me weinig.

Het leek me voor haar een verlossing.

Haar leven was de laatste jaren niet benijdenswaardig.

Met zijn vieren op een kamer met uitzicht op de betonnen blokkendozen die Slotervaart vormen.

In de avond het nare gele licht van natriumlampen en overal de Hollandse kilte van armoedig gras, scheefliggende tegels en tientallen gebodsborden.

Het allerergste is niet de debiliserende toon die het zogenaamd verzorgend personeel meent te moeten aanslaan tegen mensen die overal ter wereld hebben geleefd, kinderen hebben gebaard en verzorgd, geliefden hebben verloren en hervonden, maar die bovenal doorgezet hebben en nu boven de tachtig zijn; het allerallerergste is dat je weer terug bent op de lagere school.

Met mensen die je niet hebt uitgekozen.

Met een dagregime dat anderen voor jou hebben bepaald.

Maar de lagere school gaat uit.

162 Deze wakend waargenomen nachtmerrie gaat door, 24/7. Hier op het eiland zorg je voor je ouders, hier neem je ze in huis en pas als het moet gaan ze naar een verzorgingstehuis.

Maar hier heb je de ruimte om dat te doen. De ruimte in je hart, de ruimte in je leven en bovenal de fysieke ruimte in je huis. In Holland heb je die ruimte niet.

Mijn grootmoeder is drieënnegentig geworden, met haar eigen tanden. Een detail dat u wellicht niet wil weten en dat ik als het niet zo is helemaal nooit van anderen wil weten maar dat ik bijzonder genoeg vind om te melden.

Het verbaasde zelfs de niet zo gerontofiele gerontoloog. Mijn grootmoeder had als enige geen kunstgebit dat 's nachts in een glas water naast haar bed stond te staren naar de vitrage.

Ze is op Zorgvlied begraven.

In de drassige Hollandse poldergrond.

De begrafenis was, binnen de beperkingen van het genre, mooi te noemen. Er waren weinig mensen, wat enerzijds kwam doordat ze voor ze in het inferno terechtkwam paradijselijk woonde op de Boulevard in Vlissingen en anderzijds natuurlijk door de leeftijd. Naast Guinessa, die mijn grootmoeder alleen uit het verpleeghuis kende en die haar een leuke vrouw vond, en enkele vrienden en kennissen, waren natuurlijk mijn moeder en haar vriend (de schaduw over mijn jeugd) aanwezig. Ze hebben een voor mij onbegrijpelijke relatie.

Ik heb mijn moeder ooit gevraagd wat ze toch in hem zag ondanks alles wat hij haar flikte, onder meer op het gebied van andere vrouwen. Haar verbijsterende antwoord was: 'Hij is zo lief voor de kat.'

Ik bemoei me er niet meer mee. Ze zoeken het maar uit.

Je wilt als kind het beste voor je ouders, maar er komt een moment dat je ze moet loslaten.

Omdat er weinig mensen op de begrafenis waren had mijn moeder de aula op Zorgvlied maar een halfuur geboekt.

Ik mocht de spits afbijten.

Ik had een grafrede geschreven in de hij-vorm.

'Het is koud en een beetje "damp", zoals de Engelsen dat zeggen, als hij die ochtend over de Boulevard Evertsen in Vlissingen loopt. De Boulevard is vertrouwd en toch vreemd.

Vertrouwd omdat hij er talloze malen is geweest als kind. Hij heeft er zelfs regelmatig twee maanden doorgebracht omdat zijn moeder en haar vriend…

(de schaduw over mijn jeugd, denk ik)

… dan met zijn tweeën met vakantie gingen en hem aan de goede zorgen van zijn grootmoeder overlieten.

Vreemd omdat het huis waar hij al die keren is geweest nu wordt bewoond door een onbekende en omdat die ooit mooie en verstilde Boulevard nu compleet is verpest door hoogbouw. "Weer wat nieuws," zou zijn grootmoeder gezegd hebben.

(Het was toen nog een mooie boulevard, terwijl die nu totaal is verramponeerd. Daar moeten heel wat wethouders en beleidsambtenaren voor naar de hoeren zijn geweest, denk ik.)

Even mijmert hij over vroeger. Spinazie met soldaatjes, 'eerst de teer van je voeten spoelen beneden in de kelder, anders zit het hele huis onder', het Nollenbos. Hij denkt terug aan het zwaaien als ze met de Fiat 500 arriveerden na een lange tocht uit Amsterdam.

Aan het, koud enkele minuten na binnenkomst, vragen wanneer en hoe laat ze weer weggingen.

Zou dat geweest zijn omdat ze zich die dagen optimaal wilde inspannen?

Zou zijn grootmoeder altijd voor anderen hebben geleefd? Wat wilde ze zelf van het leven?

Onbeantwoorde en nu voor altijd onbeantwoordbare vragen.

Het leek of zijn grootmoeder altijd in de toekomst leefde. Ze had het ook nooit over het verleden met hem gehad. Plots besefte hij dat hij dingen miste die er nooit waren geweest: praten over Indië, Amerika en het Middelburg van haar jeugd, haar mee uit eten nemen. Helaas, zoals de Boulevard waaraan zij woonde nu vreemd en vertrouwd was, zo raakte ook zij vanaf het eind van zijn studententijd geleidelijk vreemd en vertrouwd.

Een beminde onbekende.

Vertrouwd natuurlijk altijd, maar ook vreemd als in een ander, een vreemdeling die in haar huisde.

Een meeuw krijst zo hard dat hij uit zijn overpeinzing opschrikt. Hij kijkt omhoog, zijn oog valt op de hoge ramen van haar huis aan de Boulevard. Even meent hij haar te zien zwaaien...

Morgen is haar begrafenis. Hij heeft geen idee wat hij gaat zeggen.'


Mijn moeder sprak ook, ze had een toespraak die het leven van mijn grootmoeder voornamelijk in chronologische volgorde behandelde. Vervolgens sprak een oude vriend, daarna brachten we de kist weg. Tot slot was er klamme cake en slappe koffie. Het was een mooie plechtigheid. Ik voelde me acht. Ik wilde dat ik op het strand van Vlissingen kon gaan spelen met mijn schepje en mijn emmertje en daarna binnen met mijn autootjes razen over het zeil.

Als kind hoopte ik altijd dat ik geadopteerd was.

Dat schijnt ieder kind te hopen.

Als mijn moeder en de schaduw over mijn jeugd met vakantie gingen en mij in de steek lieten – ik werd zoals gezegd in de grafrede voor twee maanden gedropt bij mijn grootmoeder in Vlissingen

– dan wenste ik de hele vakantie dat ze omkwamen bij een gruwelijk vliegtuigongeluk en dat ik dan geadopteerd zou worden door een leuk en liefdevol, warm gezin met veel broertjes en zusjes en hondjes en katjes.

Dat schijnt niet ieder kind te hopen.

Na de teraardebestelling van grootmama zegt mijn moeder, die een morbide afwijking heeft: 'Het graf heeft drie plaatsen. Dus nu ligt je grootmoedertje daar en straks kan ik erin en je vader als hij wil. De schaduw over je jeugd (zo noemt ze hem natuurlijk niet) gaat in het graf van zijn moeder, dus als je vader niet wil dan is er nog plek voor jou.'

Mijn moeder weet echt hoe ze iemand moet opbeuren.

Mijn vader ontbrak op de begrafenis van mijn grootmoeder. Hij kan er niet tegen. Om te beginnen al niet tegen mijn moeder en al helemaal niet tegen haar vriend (de schaduw over mijn jeugd), maar ook gewoonweg niet tegen begrafenissen. Bovendien zit hij vanwege zijn werk als reisboekenschrijver zo vaak in het buitenland dat hij meestal ook niet bij begrafenissen kan zijn.

Hij heeft er in de loop van de decennia een gewoonte van gemaakt om niet naar begrafenissen te gaan, zodat iedereen weet dat hij niet komt.

Zelfs voor de begrafenis van een van zijn beste makkers heeft hij geen uitzondering gemaakt.

Ik vraag me cynisch af of hij wel zal komen opdagen voor zijn eigen begrafenis.

Guinessa en ik gaan na de begrafenis van mijn grootmoeder naar Hoppe. Ik zuip zoveel dat ik me vanaf een uur of zeven in de avond niks meer kan herinneren.

Sommige mensen beginnen heel onsamenhangend te lullen als ze bezopen zijn. Ik heb dat niet. Ik schijn coherent te lullen, zelfs als ik straalbezopen ben. Het vervelende is wel dat ik meestal totaal niet meer weet waar ik het over heb gehad. Als Guinessa me de volgende

middag vertelt dat ik en passant een man of negen zwaar heb beledigd, dan kan ik me daar niets van herinneren.

De aantekening in mijn agenda voert mij weg in een eindeloze
stroom van gedachten, die worden onderbroken als Femmetje bin-
nenkomt.
Ik ben door de herinneringen al niet in een heel vrolijke stemming.
Wat zij te zeggen heeft maakt me niet veel vrolijker.
'Pep, ik heb een ONGELOFELIJK aanbod!!'
'Je gaat in *Dogs* spelen?'
'Nee gekkie, dat aanbod had ik al. Ik sprak vandaag met mijn ma-
nagementbureau en ik kan een rol spelen in een musical op WEST-
END!'
Ik ben niet zo thuis in die wereld maar ik weet waar West-End is. In
Londen. Dat is ver met de tram.
'Gezellig.'
Femmetjes gezicht betrekt.
'Dat is nou ook weer zo iets typisch voor jou, hè. Weet je wel wat
voor kans dat is?'
'Het is inderdaad dé uitgelezen kans om deze relatie volledig om
zeep te helpen.'
'Ik kan in een musical spelen in Londen. Weet je wel wat voor eer
dat is? En bovendien, Londen is niet zo ver weg.'
'En je speelt daar één keer per week?'
'Natuurlijk niet. Ik speel van dinsdag tot en met zaterdag en op
zondag een matinee.'
'Gezellig, zoals ik al zei. In het beste geval kan ik vrijdag in de
middag direct van mijn werk vertrekken naar Londen en moet ik
maandagochtend heel vroeg terugvliegen, dan moet ik van Schiphol
wel meteen direct door naar mijn werk. Dan zie ik je vrijdag in de
nacht, want je hebt vrijdagavond voorstelling, zaterdag overdag, zaterdagavond heb je voorstelling, ik zie je zaterdag in de nacht, zondagochtend, zondagmiddag heb je voorstelling en zondagavond.
Behalve dan dat ene weekend per maand dat ik *Docu* op zondag
opneem en dus helemaal niet kan komen. We zien elkaar als West-

166

End doorgaat vaker niet dan wel. Ik geloof niet dat onze relatie dan standhoudt.'

Femmetje inhaleert diep.

'Nou, ik wel. Ik hou van je en onze liefde overwint Londen. Als jij voor een programma drie maanden weg zou moeten, zoals die Oscar-Pieter van Wagnerfeldt voor *De tocht van Crusoë*, dan zou ik daar ook achter staan en van je blijven houden. Ik vind het vrij egoïstisch van je dat je zo denkt. Zo. Lekker puh. Neuken?' Ze lacht.

'Mijn grootmoeder is exact vandaag een halfjaar geleden overleden. Ik ben niet in een fijne stemming. Misschien kan ik daarom het Londen-verhaal ook niet zo goed hebben.'

Ik meen hier geen zak van.

Ik zeg het alleen om de lieve vrede te bewaren.

Straks loopt ze boos weg, en dat kan ik momenteel niet aan. Dat kan ik überhaupt niet aan.

Ik besef dat haar ambitie om op het toneel te staan, om te acteren, groter is dan wat dan ook, groter dan onze liefde.

Uiteindelijk gaat Londen niet door omdat ze te weinig betalen om daar normaal te kunnen leven en haar ouders zijn niet bereid om bij te springen, wat Femmetje het liefste wel had gewild.

Voorlopig concentreert ze zich op *Dogs*.

# .46.

Het is de vrijdagmiddag voor het Galala. Ik haal mijn smoking op van de stomerij. Ik heb een klassieke double-breasted smoking. Er wordt door zogenaamd keurige Hollanders weleens met dedain gepraat over double-breasted smokings maar zoals ik dan graag mag roepen: 'Wat op smokinggebied goed genoeg is voor het Britse koningshuis is goed genoeg voor mij.' Voor hen die geen republikein zijn is het Britse worstenhuis nog een stap hoger dan die Hollandse poppenkast. Dat sommige inteeltkoppen zich menen te moeten laten voorstaan op de keuze voor een eenknoops smokingjasje dat ternauwernood hun leptosome leprozenlichamen verhult...

Ik draag lakschoenen met veters, zwarte zijden kniekousen (niks Hollandser dan een harig stuk wit been onder een prachtpak), een klassiek wit piqué hemd met losse zwarte knopen en (zeer belangrijk) een normale kraag (dus geen opstaande vadermoordenaar). Het geheel maken we af met een (allerbelangrijkste punt) puur zijden zelfstrikker. Kunststof voorgebonden strikjes kunnen niet, zelfs niet als ze zwart zijn. Beertjes en gekke beestjes op de polyester strik plaatsen de drager in de categorie 'bierbuikige mannen met lollige boxershorts die nooit verder komen dan filiaalchef'.

Om halfzes komt Femmetje binnen.

Ze heeft er werk van gemaakt!

Ik zie dat ze naar de visagiste en de kapper is geweest.

'Wat zit je haar prachtig! Je ziet er mooier uit dan ooit!'

Ik jok een beetje, eigenlijk vind ik haar het allermooiste zonder make-up.

Omdat ik weleens van gewicht verander heb ik twee smokingbroeken. Tot mijn grote tevredenheid kan ik zo te zien de maat 52 aan, de 56 is in elk geval te wijd. Omdat ik snel ga zweten trek ik de broek boven in de slaapkamer aan, daar is het lekker koel.

(Ik loop als ik begin met zweten soms letterlijk leeg, ik heb superzweetklieren geërfd heb van zowel mijn vader als mijn moeder. Ooit stapte ik met mijn vader in zijn klassieke donkergrijze Alfa Romeo 1300 GT Junior met de brievenbus-motorkap. Het was buiten meer dan 30 graden, in de auto was het tegen de 40. Binnen twee minuten kwam er een fontein van zweetstralen van zijn gezicht. Het leken wel stalactieten.)

De maat 52 smokingbroek valt tegen.

Of beter gezegd, ik val mezelf tegen, want de broek gaat niet zo soepel aan als ik had gehoopt.

Ik ga op bed liggen en worstel mij half in de broek.

Totaal onverwacht krijg ik voor het eerst in mijn leven hartkloppingen.

Het is alsof mijn hart uit mijn lichaam wil bonzen en in zijn eentje door de kamer wil gaan huppelen, mij dood achterlatend.

Ik heb dusdanig last dat ik niet eens de energie heb om Femmetje te roepen.

Sloerie, de kat, kijkt me niet-begrijpend aan terwijl ik denk: zo ga je dus dood. Halfnaakt met een smokingbroek op je billen, starend naar de kat, terwijl de liefde van je leven zich beneden in haar galalajurk hijst.

Even onverwacht als ze zijn gekomen verdwijnen de hartkloppingen. Alleen het klamme zweet dat mij is uitgebroken is een tastbaar bewijs van wat er is gebeurd.

Ik hou het erop dat ik me te veel heb gehaast en dat zeven espresso op een dag wellicht wat te veel van het goede is.

Nadat de worsteling met mijn broek in mijn voordeel is beslecht doe ik een T-shirt aan dat naast het bed over een stoel hangt.

Ik ben bang dat, als ik nu mijn smokinghemd aantrek, het hemd doorweekt raakt van het zweet. In de woonkamer neem ik een gin-tonic en ik rook, zeer verstandig na mijn mini-attaque, een sigaret.

Ik besluit Femmetje niet op te zadelen met mijn hartzeer, we gaan per slot van rekening naar een feest!

Ik kleed me verder aan en ga naar beneden. Femmetje is ook klaar. De jurk die Femmetje van Skippy heeft kunnen lenen is fabelachtig!

Omdat het naar de voor één keer niet opgebroken Dam slechts tien minuten lopen is en Femmetje prima op hoge hakken loopt, besluiten we te gaan wandelen. Op straat worden we door mensen nagestaard. Enkele toeristen nemen zelfs de moeite om ons te fotograferen.

Ook voor de ingang van Sociëteit De Oude Roode worden we gefotografeerd, ditmaal door de aanwezig showbizzfotografen. De kijkcijfers van *Docu* zijn verdrievoudigd sinds ik het programma presenteer en een van de fotografen blijkt een trouwe kijker en weet zelfs mijn voornaam.

Ik denk even aan mijn moeder, die trots is dat ik in haar voetsporen ben getreden. Mijn vader vindt *Docu* 'geen moer aan'. Voor hem is het een 'rariteitenkabinet' gevuld met 'griezels' waaraan je eigenlijk geen aandacht zou moeten besteden. Hij had liever gezien dat ik bij de kunstzender ARTE had gewerkt. Of dat ik loodgieter was geworden.

'Femmetje, is dat je nieuwe vriend?' roept een van de fotografen. Ze antwoordt niet. In de verte hoor ik een haan eens lekker zijn keel schrapen om luisterrijk tweemaal te gaan kraaien, maar ze legt me later uit dat het niet veel uitmaakt wat ze zegt, omdat de bladen toch schrijven wat ze willen.

Behalve een fotograaf die vraagt of ze vrijgezel is zoals hij heeft gelezen in de *Pinda* en die Femmetje per se alleen op de foto wil hebben, wil iedereen het 'van de liefde glunderende nieuwe showbizzpaar' samen op de foto.

170    Sociëteit De Oude Roode is prachtig versierd. In de statige clubzaal, met schitterend parket en indrukwekkende schilderijen van industriële erflaters, brandt de haard. Er zijn diverse zalen. In een ervan zit een restaurant, in een ander roulette en in de volgende staat een band op te treden. We halen aan de bar voor Femmetje een cocktail en voor mij een dubbele gin-enkele tonic en gaan aan tafel naast een collega van mij zitten.

Het is een overjarige zanger met een toupet. Hij presenteert *Sterrenzwemmen*, waarin Bekende Hollanders schoonsprongen.

Het is een competitie waarbij elke week iemand afvalt.

Heel Nederland kijkt. Tenminste, tweeënhalf miljoen mensen, en dat is in het huidige tijdsgewricht heel veel. De programmaleiding van DBS7 hoopt dat *Sterrenzwemmen* de onverbiddelijke kijkcijferhit van de KRO, *Ex-hoer zoekt man*, kan verslaan, maar of dat zal gebeuren…

'O kind, wat enig, Femmetje en…'

Femmetje stelt me voor.

'O kind, jaah, zeg nou niets, zeg nou niets. Zeg nou iets, je doet… dat, met die eh… ja, kind, eh met die mensen, die die dingen doen…'

Femmetje verlost hem uit zijn lijden.

'Pepijn Bierenbroodspot presenteert *Docu* bij DBS7.'

'Ooo jaa, je doet *Docu*, nou kind, wat een programma, met die mensen, wat een toestanden, ik kijk elke week!'

Dat bleek duidelijk uit je woorden daarvoor, denk ik.

Maar ik hou wijselijk mijn mond. 'This is TV, man.' We zijn allemaal elkaars beste vriendjes. For now. En ik ben het slachtoffer van een goede opvoeding. Toupet trouwens niet. Toupet heeft geen mes en dat zal heel het bedienend personeel weten ook.

'Halloooh!! Moet ik mezelf dekken of dekken jullie me? Ik moet zo'n lekker lang hard ding hebben anders krijg ik het niet in me mond.'

Hij lacht hysterisch. Zijn toupet schiet bijna los.

'Halloooh?? Wie moet ik hier pijpen om mijn bestek te krijgen? Ooh kind, wat enig, ik lach me gek hier!'

Een jonge geblondeerde vrouw, die door haar anorectische trekken al lelijk oud begint te worden, begint tegen me aan te kwekken. Ze mocht ooit voorwerpen tonen in een flauwe spelshow en doet nu een programma waarin minvermogende mensen een nieuwe tuin krijgen. Ze vertelt over hoe blij ze is met DBS7 en de kansen die ze heeft gekregen. Een week later stapt ze over naar de grootste concurrent, waar ze uiteindelijk na diverse kijkcijfermislukkingen in de vergetelheid zal raken.

Wat ze tijdens het diner te zeggen heeft interesseert me geen rattenaars. Ik vind mijn eerste gang, een kreeftensoep, zo mogelijk een boeiender gesprekspartner.

Ik knik af en toe vriendelijk, ondertussen rustig mijn soepje etend.

Ik vang flarden van gesprekken op. Een blonde presentatrice, een talentloos lekker ding dat omhoog is gevallen door totaal gebrek aan gewicht en door het feit dat ze de geliefde is van een zeer bekende volkszanger, zegt tegen haar tafelgenote: 'Ik was vijfentwintig toen ik mijn eerste botox kreeg. Hier in mijn voorhoofd. Hij wil dat ik mijn borsten laat liften maar als ik toch onder het mes ga, doe mij dan maar meteen siliconen. Alles is inmiddels nep, mijn wimpers, mijn nagels, mijn haar. Nou, mijn tieten dan ook maar.'

Een persvoorlichter die constant zit te bellen bespreekt het diner met zijn levenspartner.

'Daar word ik niet olijk van. Dat eten hier. Geef mij maar een slavinkie zoals jij ze maakt hoor. Dit is me te ingewikkeld. Welk deel van het bestek gebruik je hiervoor? Ik heb wel zes vorken liggen. Ik heb een ding met iets van wild voor me liggen. Geen idee hoe ik dat eet.'

Toupet gaat ondertussen ook gestaag door.

'Ik heb graag een lid van het bedienend personeel. Lid, snap je hem. Woehaaarghh.'

Hij slaat lachend keihard op de tafel, waardoor er wijn uit mensen hun glazen komt.

'Er gulpt wat uit je glas, kind.'

Zijn eigen opmerking zorgt ervoor dat hij van zijn stoel valt van het lachen.

'Ooh, ik hou het niet meer. Gulpt! Gelukkig is mijn sluitspier goed getraind, anders zou ik het laten lopen.'

Marc, die het geheel heeft gevolgd, fluistert in mijn oor:

'Als toupet ook maar enige neiging heeft tot incontinentie dan zou hij zich nu besmeuren in plaats van bescheuren.'

Hij geeft me een knipoog en loopt naar toupet, die hij hartelijk omhelst.

'Zo, hoe is het met ons kijkcijferkanon?'

Femmetje en ik laten toupet achter nadat hij aan een van de obers vraagt of hij weleens 'door een ster in je ster bent genomen'.

Hier helpt zelfs geen gin-tonic meer tegen.

Als dit het privéniveau is van sommige van onze tv-sterren, dan is het geen wonder dat Nederland in hoog tempo debiliseert.


We hebben verder een heerlijke avond.

We dwalen door alle zalen en we stralen.

We zijn blij met het leven en met elkaar.

Ik drink gestaag door.

Gin-tonic.

Wat anders?

Ik raak in staat van volledige euforie en vraag of Femmetje over een tijdje met me wil trouwen.

'Alleen als je op je knieën gaat.'

Ik bedenk me geen moment, hoop alleen dat mijn broek niet uitscheurt, en herhaal al knielend de vraag.

'Ja, ik wil. Ik wil twee kindertjes met van die leuke blonde krulletjes!'

'Dat kan niet, rooie!'

'Pep, ik ben eigenlijk blond.'

'Verrek, daz waar ook.'

We ontdekken de ouderwetse paternosterlift, waarin we hevig gaan zoenen. Ik pak haar onder haar jurk bij haar billen en ontdek dat ze geen slipje aanheeft. Volgens Femmetje omdat je daarvan in deze jurk anders de contouren ziet.

We gaan naar de zesde etage.

Daar zijn wat kantoren, zo blijkt, en er is een trap. We nemen de trap en komen in een koepeltje dat uitzicht biedt over de Dam. Er kan een raam open en Femmetje steekt haar hoofd naar buiten.

'Hallo Amsterdam!! Wij gaan trouwen!! En we krijgen blonde kindertjes met krullen!'

'Laten we ze nu gaan maken!' Ik voeg meteen de daad bij het woord. Ik til de jurk van Femmetje op en frummel mijn half harde erectie erin. Binnen de kortste keren is 'ie staalhard. Ik kom voor mijn doen snel klaar. Als we beneden weer in het feestgedruis zijn zie ik een klein straaltje doorzichtig vocht langs haar enkel lopen.

Van de rest van de avond herinner ik me niet veel meer.

De volgende dag vertelt Femmetje me dat ik een bedelaar die geld vroeg ter hoogte van de hoek Kalverstraat-Paleisstraat tien euro heb gegeven en hem heb uitgenodigd voor ons huwelijksfeest.

Het was een prachtige avond, die een mens zich nog steeds herinnert in de nucleaire winter van de eenzaamheid der ouderdom.

Het zijn deze herinneringen die het hart warmen als de wereld koud en ledig is. Amen.

# .47.

We hebben een heerlijk weekend samen. De maandag komt veel te snel. Tot mijn ergernis blijkt, als ik naar mijn werk wil, de tram vierentwintig uur te staken. Ik ben van mening dat ambtenaren helemaal niet mogen staken maar daar heeft niemand zich iets van aangetrokken.

Ik loop naar DBS7. Het is vanaf mijn huis aan de Keizersgracht ongeveer drie kwartier lopen en het is uiteindelijk een prettige wandeling; ondanks het feit dat het eind september is hebben we lenteweer.

Het zonnetje schijnt en het is een graad of vijftien, een temperatuur die in de middag, als ik naar huis loop, is opgelopen tot een graad of achttien.

Ik loop bewust, voor de afwisseling, een andere route naar huis. In de ochtend ben ik via de Leidsestraat, het Max Euweplein, de P.C. Hooft, de Van Baerlestraat en de Beethovenstraat gelopen naar het kantoor van DBS7.

Nu ga ik, ter afwisseling, anders.

Ik loop het Beatrixpark in, en ga via de Godfried Bomanslaan naar de Hobbemakade. Ter hoogte van het Rijksmuseum gaat mijn telefoon.

Het is, zo zie ik aan de nummerherkenning, de vaste telefoonlijn mijn vader.

Ik neem aan en roep: 'Ha die pa! Weer in het land?' (Ik weet dat hij een hekel aan dat 'ha die pa' heeft. Om hem te plagen neem ik de telefoon altijd op die manier aan.)

'Meneer Pepijn?'

Het is een volstrekt andere stem dan die van mijn vader.

'U spreekt met Willemse van politiebureau Raampoort.'

Raampoort, denk ik. O nee, er is ingebroken bij mijn vader, hij is natuurlijk op reis voor een nieuw reisboek.

'Ik sta hier op de Vrouwemarkt, in het huis van uw vader.'

Aan zijn plechtstatige toon hoor ik dat er iets goed mis is.

Opeens flitst het ergste van het ergste door mij heen.

'U gaat mij toch niet vertellen…?'
Ik durf mijn zin niet af te maken.
'Op mij rust de droeve plicht om u te vertellen dat uw vader is overleden.'

Elk cliché is waar.
De wereld staat letterlijk stil.
Midden op de kruising bij het Rijksmuseum en de Stadhouderskade staat de wereld stil.
Tenminste, ik sta stil. De rest van de wereld raast door.

'De buurman hoorde al een paar dagen niks van uw vader terwijl hij wist dat uw vader er was. Hij heeft ons gebeld, wij hoorden wel geluid, de tv bleek aan te staan, maar we kregen geen antwoord en hebben uiteindelijk de deur opengebroken. Wij troffen uw vader aan in ontslapen toestand.'

De bijzonder formeel formulerende ambtenaar zwijgt even.
'Wees gerust hoor, er zit een nieuw slot op. U krijgt de nieuwe sleutels als u zich vervoegt bij ons bureau. Vergeet niet een paspoort of rijbewijs mee te nemen. Nadat wij uw vader zo aantroffen is de huisarts van uw vader gekomen.
Hij heeft de dood geconstateerd.
Het lichaam is overgebracht naar het gemeentelijk mortuarium. U kunt hun (sic!) bellen om te zeggen waar het lichaam heen moet. U krijgt het nummer als u zich vervoegt op het bureau. En u kunt de huisarts bellen als u meer wilt weten. Gecondoleerd. Goedemiddag.'
Hij hangt op.
Ik sta en kijk naar de kade.
Ik bel Femmetje.
Voicemail.
Ze moet na ons vrije weekend deze hele week elke dag repeteren.
In een waas loop ik over de grachten naar huis.
Omdat het zulk mooi weer is zitten mensen buiten witte wijn te drinken.

De hele wereld lijkt blij.

Hun luidruchtige vrolijkheid schalt over de grachten.

Ik ben alleen maar doffe pijn.

Thuisgekomen stel ik mijn moeder op de hoogte.

'Mijn hemel. Dat komt me nu helemaal niet uit. Ik heb morgen tentamen en ik moet overmorgen beginnen aan mijn werkstuk... Wat een toestanden.'

Mijn moeder studeert sinds haar pensioen typografie van de Oost-Indische letters.

Ze neemt haar studie naar mijn mening iets te serieus.

Ze biedt aan om naar me toe te komen maar dat sla ik af.

Ik bel de huisarts.

Volgens hem is mijn vader vrijdag in de avond al overleden.

Femmetje belt.

Ze is dolblij omdat de repetities goed gaan en begint meteen honderduit te vertellen. Ik kom er aanvankelijk niet tussen. Als ik vertel dat mijn vader dood is, zegt ze dat ze er meteen aan komt.

Een halfuur later huil ik haar oksel vol.

We halen samen de sleutels op bij de politie.

Pas twee dagen later durf ik het huis van mijn vader binnen.

Ik zie op tegen de begrafenis.

Ik zie op tegen het leeghalen van het huis.

Ik zie op tegen alles wat moet worden geregeld.

Ik kan mijn emoties met niemand delen. Ik ben het kind van twee enig kinderen en een van die enig kinderen is dood.

Na telefonisch overleg met mijn moeder en met zijn vierde ex-vrouw besluiten we hem te begraven.

Mijn vader rookte als een ketter, maar we zien hem liever niet in rook opgaan nu hij de pijp uit is. De hele begrafenis wordt één grote improvisatie, omdat hij nooit iets over zijn dood heeft gezegd. Ik probeer me zo goed mogelijk voor te stellen wat hij zou willen. Mijn moeder, zijn vierde ex-vrouw en ik spreken af om met zijn drieën in zijn huis te overleggen, samen met een dame van de uitvaartfirma. Femmetje moet repeteren.

Ze kan er wel zijn op de dag van de uitvaart maar de dagen daarvoor wordt het moeilijk. Ik aanvaard het gelaten. Ik kan hoog of laag springen, er verandert toch niks.

In het appartement van mijn vader hangt een rustige en serene sfeer. Zijn vierde ex-vrouw kijkt hebberig rond en mijn moeder sist me toe dat ik alles van waarde straks meteen moet meenemen, want misschien heeft de ex wel een sleutel! Een nalatenschap haalt het beste in een mens naar boven.

De uitvaartmevrouw leidt ons door alle keuzes.

Ik ben bijna blij dat ik een halfjaar geleden bij de dood van mijn grootmoeder deze absurde reeks al eens heb ervaren.

'Wilt u de takken meebuigend?'

(Niet meebuigend, kan de kist er lekker op blijven hangen, om vervolgens met een donderend geraas neer te storten in het vers gedolven graf!)

'Moet de kist zakken?'

(Nee joh, laat lekker staan.)

'Wilt u zelf de kist laten zakken?'

(Lijkt mij werk voor een professional. Of kan ik even oefenen bij een andere begrafenis?)

'Wilt u dertig paaldansende brunettes die de kist dragen?'

(Alleen als ze paarse pakjes aanhebben tijdens het dragen.)


De meest zinnige vraag komt aan het einde.

'Wilt u de aula voor een halfuur of langer?' (Het maakt ons niet uit hoelang, als u maar na de door u gereserveerde tijd oprot want de volgende begrafenis moet erdoorheen gejast worden, we heten niets voor niets de begrafenisindustrie!)

Ik kies voor een begrafenisdienst van anderhalf uur aan het eind van de middag, zodat er niemand meer na ons komt...

Het is woensdag en ik wil hem vrijdag begraven maar dat kan niet. Vanwege de geplande duur en het gewenste tijdstip kan hij pas volgende week dinsdag ter aarde worden besteld. Het lijk moet zolang op ijs blijven liggen. Arme pappie, denk ik, je hield nooit van de kou.

Het lijkt uiteindelijk, voor zover dat kan binnen de beperkingen van het genre, een prachtige begrafenis te worden.

Ik boek als persoonlijke overwinning de keuze voor De Zwarte Kist.

Tegenwoordig moet een begrafenis voor veel mensen een hippe, vrolijke happening zijn.

Met tot mijn gruwel het burgerlijkste van het burgerlijkste: de witte kist.

Het leven is heel simpel: je trouwt in het wit en je wordt begraven in het zwart.

Een begrafenis is niet leuk.

Er is iemand dood.

Degene die dood is belt nooit meer terug.

Dat is niet leuk of feestelijk.

178 Vooral als er homo's semivroegtijdig worden begraven, dan mag er niet gehuild worden maar dan moeten we vooral vrolijk zijn en met witte linten en roze bloemen aankomen en we moeten ook al is het f*@$^*ing midwinter onze zomerse linnen witte broek aandoen en ons meest vrolijke overhemd of een lekker strak nichten-T-shirt met camouflageprint (eerst ga je voor afkeuring van de dienstplicht via S5 – 'ik kan beter als homo niet in het leger' – en daarna ga je in legerkleding lopen?) dat de contouren van het gesportschoolde en met anaalbolen volgestouwde lichaam toont, want dat had Jean-Pierre zo graag gewild.

Arme Jean-Pierre is gestorven aan een longontsteking, althans, dat denken zijn ouders.

Dat mannen van eind dertig zeer zelden een longontsteking krijgen, laat staan dat ze eraan doodgaan, ontgaat de begrijpende braverds.

Moeders is nog lid geworden van de COC-contactgroep ouders van homo's.

Dat Jean-Pierre is gestorven omdat hij zich zo geil als de neten door de metamfetamine gekregen van vriendje Fons (onder de internettende liefhebbers van de Golden Shower site beter bekend als Plonsje) heeft laten barebacken door tien (dus condoomloze) onbekenden in sauna 'O, Moeder, Wat Is Het Heet', dient op de begrafenis vooral onvermeld te blijven.

Op het moment dat de witte kist de oven in gaat fluister ik: 'O, moeder, wat is het heet.'

Wat niemand op de begrafenis weet is dat ik wat met Jean-Pierre heb gehad voordat ik überhaupt ooit met een meisje had gezoend. De eerste met wie ik zoende was een kerel. Door deze ervaring kan ik wel zeggen dat ik honderd procent hetero ben.

Dat klinkt tegenstrijdig maar ik heb geen enkele twijfel over mijn voorliefde voor vrouwen. Ik heb het helemaal niet zo op mannen in het algemeen, of ze moeten over een bepaalde intelligente gevoeligheid beschikken en die ook nog verbaal kunnen uiten.

Ik ben allergisch voor kerels die alleen over auto's, voetbal en hoeren kunnen of willen praten.

Met Jean-Pierre is het gelopen zoals het gelopen is. We waren zestien. Op die leeftijd ben je continu geil. Je hebt de hele dag spontaan optredende erecties.

Ik moest altijd mee met mijn moeder als ze kleren ging kopen bij Pauw of Leeser. Er hoefde maar een verkoopster te bukken, vriendelijk naar mij te glimlachen, er hoefde maar een verkoopster überhaupt te bewegen, wat zeg ik: er hoefde maar een verkoopster te bestaan, of *hop!* daar stond mijn goddelijk geslacht weer ferm overeind.

Dat staat 'ie trouwens al sinds mijn vijfde. Ik ben vaak met mijn blote billetjes op het koude steen van de trap naar de tuin gaan zitten met mijn erectie. Ik wist niet wat ik er verder mee aan moest, maar het voelde wel lekker. Op mijn achtste las ik bij de hippieburen op een middag een voorlichtingsboek in stripvorm, *Ans en Hans grijpen de kans*, waarin werd uitgelegd hoe je moest neuken. Eindelijk wist ik wat ik met mijn pijnlijk gezwollen lid aan moest! 's Avonds ben ik boven op mijn grote speelgoedkikker gaan liggen en bewoog mijn erectie heen en weer. Ik kwam niet klaar, want dat kun je op die leeftijd nu eenmaal niet.

'Zo kikker, nu hebben we geneukt.'
Ik heb nog weken op kleine kikkertjes gehoopt, maar die kwamen er niet. Jammer.

Als je als enig kind opgroeit met je moeder en haar vriend (de schaduw over mijn jeugd), dan gaat het niet goed met de voorlichting. Wist ik op mijn achtste wat neuken was, verder wist ik niks. En internet bestond nog niet.

Op mijn dertiende kreeg ik van mijn moeder het boekje *Vies is lekker*, van Ivan Wolffers. Daarin stond hoe je moest masturberen!
De openbaring!
Omdat ik alleen wist hoe je moest neuken en inmiddels wel kon klaarkomen, wreef ik als ik zin had (en dat had ik toen ik dertien was dus echt de hele dag) met mijn lid over de opstaande rand van een houten spiegel die ik voor dat doel op de grond had gelegd.
Vindingrijk en pijnlijk, zeg dat wel.
Het boekje van Wolffers verrijkte mijn bestaan. Ik heb mij al trekkend een weg door mijn pubertijd gebaand. Tot ik zestien was, toen trok er eens iemand anders.
Jean-Pierre, met wie ik mijn eerste en laatste 'man-manervaring' had, logeerde bij me. Als enig kind had ik wel een stapelbed (mijn memoires zal ik noemen: *Enig kind met stapelbed*), dus kwamen er regelmatig vrienden logeren. Ook Jean-Pierre mocht een keer komen logeren.
Ik had enorm de behoefte om mijn lid te beroeren maar ja, als slachtoffer van een goede opvoeding doe je dat niet als je iemand te logeren hebt.
Nou was Jean-Pierre een wat platvloerser type dan ik (of voorlijker, zo u wilt), want hij begon er zelf over!
Hij vroeg of ik 'vieze boekjes' had. Eerst begreep ik hem niet, tot hij wat duidelijker werd: seksboekjes.
Die had ik: enkele maanden daarvoor had ik de onvoorstelbare moed bij elkaar geraapt om bij de AKO in de Beethovenstraat een pornoblad te kopen.

Ik kocht de *Hustler*.

Ik haalde het blad tevoorschijn, vol blonde dames met megatieten.

Het wond ons behoorlijk op.

Hij stelde voor om gezamenlijk te masturberen.

Dat deden we. Eerst apart, toen bij elkaar, onder het motto 'mag ik voelen hoe het bij jou voelt'.

Uiteindelijk trokken we elkaar af. De spanning ervoor en het klaarkomen zelf waren erg prettig maar een split second na mijn orgasme voelde ik me erg leeg en heel, heel erg vervuild. Dat heb ik bij de negenenzestig verschillende vrouwen in of bij wie ik daarna nog ben klaargekomen nooit meer gehad, met uitzondering van die transseksueel die maar bleef vragen of de verbouwing goed was uitgevallen. Ondanks het vreselijke gevoel dat mij bekroop na het orgasme bleef ik zwichten voor de spanning. Op dinsdagavond studeerde mijn moeder pedagogiek, iets wat ze beter had kunnen gaan doen voor ze aan mijn opvoeding begon. Elke dinsdag kwam Jean-Pierre tv-kijken. We wilden allebei hetzelfde. We wilden dat geen van beiden toegeven. (Want dan was je homo!) Dus speelden we Zeeslag. Wie won mocht de ander een opdracht geven. Dat was heel spannend. We wilden zo graag niet degene zijn die begon (want dan was je homo!) dat het gebeurde dat als jij de opdracht mocht geven de opdracht was dat de ander jou een opdracht moest geven. Meestal kwam het er dan wel van. We speelden ook vaak rollenspellen. Ik heb hem een keer in mijn mond gehad maar dat vond ik echt vreselijk smerig. En we hebben een keer vijf seconden gezoend maar dat vond ik zo mogelijk nog smeriger.

Als een vriendin zegt: 'Ik heb last van je baard,' dan begrijp ik dat dus als geen ander. Of we het anaal deden? Nee dat is niet eens in ons opgekomen. We waren zestien, pervert!

Na zes maanden ben ik ermee gestopt. Mijn walging won uiteindelijk. Opmerkelijk is dat ook toen seksuele jaloezie al een rol speelde. Jean-Pierre vroeg regelmatig of ik dit ook met mijn beste vrienden deed. Het idee alleen al! Ik ben toch geen homo! En al zeker geen polygame!

Eigenlijk was het heel onschuldig.

Later ben ik Jean-Pierre uit het oog verloren, in het hart had hij überhaupt nooit gezeten. Gaandeweg in het leven verlies je mensen, contacten verwateren, vrienden willen je nooit meer zien omdat je er met hun minnares vandoor bent gegaan. Soms is dat erg en soms niet.

Ik ging naar de begrafenis vanwege zijn ouders, die me een rouwkaart hadden gestuurd.

De dode steun je er niet echt meer mee, heb ik zo het idee.

In mijn latere leven heb ik nooit meer iets met een jongen gedaan, of dit zelfs gewild. Een dergelijke man-manervaring heeft overigens meer dan vijftig procent van de mannen. Een oudere Française met wie ik ooit een stomend weekend in Parijs heb doorgebracht zei dat iedere man dit meegemaakt moest hebben.

'Iedere man die dit heeft ondervonden begrijpt een vrouw beter.'

De begrafenis van Jean-Pierre eindigt in een nichtenkit in de Reguliersdwarsstraat. Ik weet een hippige donkerblonde juffrouw van 1 meter 88 te versieren.

Indachtig Jean-Pierre doe ik het die nacht dapper zonder condoom. Terwijl ik als een dolle lig te rampetampen zie ik ter linkerzijde van mijn bed een driekoppige jury verschijnen.

Ze halen de bordjes tevoorschijn:

*Technische uitvoering: 9.8, 9.7 en 9.9*

*Emotionele betrokkenheid 0.1, 0.1 en 0.1*

Ik wil na het neuken weg maar besef dat ik in mijn eigen huis ben en dat weggaan moeilijk wordt. Ik kan zeggen dat ik sigaretten ga halen en of ze meegaat naar de winkel, maar daar ben ik te dronken voor. Het liefst had ik de lange juffrouw het huis uit gekeild maar ik ben het slachtoffer van een goede opvoeding. De volgende morgen, na de verplichte ochtendwip, gaat ze weg zonder te douchen. Goddank. Dat ze weggaat, dat douchen is mijn probleem niet. Ik heb geen idee meer hoe ze heette.

Ik vraag me af of ik het die avond heb geweten.

# .48.

Er moet na het overlijden van mijn vader van alles. Rouwkaarten, dus eerst naar de drukker, dus eerst ontwerpen, dus eerst tekst; advertentie in de krant, dus eerst tekst; enveloppen beschrijven, dus eerst allerlei adressen achterhalen; welke muziek; wie zegt wat wanneer. Het waarom is duidelijk.

De dagen daarna ben ik continu dingen aan het regelen. The closest thing I have to a brother komt over uit het buitenland en logeert bij me. Hij is een welkome steun, want Femmetje is van 's ochtends tot 's avonds aan het repeteren.

De dinsdag van de begrafenis komt snel.

Die ochtend wil ik zelf dood.

Ik overweeg om me maar in het ligbad te verdrinken.

Ik doe het niet.

Dat wil ik mijn moeder niet aandoen, bovendien loop je dan kans dat ik in dat familiegraf terechtkom en dat wil ik koste wat het kost voorkomen.

In plaats daarvan droog ik me af, ik trek een spierwit hemd aan, voorzie de boord van baleinen, voorzie het hemd van zwarte manchetknopen, hijs me in mijn zwarte pak en knoop een zwarte zijden das om.

Mijn 'broer' trekt per ongeluk mijn zwarte schoenen aan en merkt het niet. Wij verkeren op goede voet maar dit is overdreven.

Mijn 'broer', Femmetje en ik lopen naar het huis van mijn vader op de Vrouwenmarkt, waar de volgwagen mijn moeder, de vierde ex-vrouw en ons drieën zal oppikken.

We rijden met een verlengde zwarte Mercedes (Germaans! Goed!) naar het uitvaartcentrum in Amsterdam-Oost waar de kist staat.

Goddank is de kist dicht. Ik haat open kisten.

Ik wil mij de dode graag in beweging herinneren en niet als een levenloos stoffelijk overschot dat er in mijn ogen per definitie uitziet als een vreemde.

Ik heb altijd een hekel gehad aan het cliché: 'Je leeft alleen. Je wordt alleen geboren en je gaat alleen dood.'

Het is praktisch gezien ook onzin.

Je kruipt uit de kut van je moeder, die is er in elk geval bij. Mocht het in je leven meezitten dan is je vader er ook bij (alhoewel die voor het behoud van zijn seksleven beter in de kroeg kan gaan zitten).

Mocht het in je leven erg tegenzitten, dan heeft je vader een camera bij zich en worden je eerste onsmakelijke momenten vastgelegd.

Als het heel, heel erg tegenzit in je nog jonge leven tonen ze die beelden aan de buren.

'Kijk, hier scheurde Heleen haar kut helemaal uit!'

Mijn vader heeft geweigerd om mijn geboorte te fotograferen of te filmen.

Te intiem.

Dat siert hem.

Ik heb dan ook bewust voorkomen dat er foto's van zijn begrafenis worden genomen.

Vond ik wel in de lijn liggen.

Op instigatie van mijn moeder heeft mijn vader vrijdag helaas opgebaard gelegen.

Ik ben daar niet heen gegaan.

Mijn moeder heeft toen mijn vader gefotografeerd.

Daar haat ik haar om.

Hoe haal je het in je hoofd!

Dood is dood en de doden moet je met rust laten.

Je tast iemand in zijn waardigheid aan door hem ongevraagd te fotograferen. En mensen die dood zijn hebben meestal niet zo vreselijk veel terug te zeggen.

Helaas heb ik mijn moeder er niet van kunnen weerhouden om zijn opgebaarde lijk te fotograferen.

Het tegenkomen van die foto is een prettig vooruitzicht als ik ooit haar huis moet opruimen als zij (hopelijk pas over enkele decennia) het tijdelijke met het eeuwige…

Ik haat open kisten, kekke ruitjes in het deksel of het drie dagen opbaren van lijken.

Ik hoop dat ze mij na mijn dood een gesloten kist gunnen.

Ik wil hier op het eiland op een vrijdagmiddag om een uur of vijf katholiek worden begraven, hoewel ik niet katholiek ben, bij de kerk van Sint Willibrordus in een bovengronds graf, zoals hier gebruikelijk. Met een deurtje, kunnen we nog een keer een kopje thee drinken of schaken.

Mijn diepzwarte hoogglans glimmende kist moet in een open zwarte koets met zwarte paarden vervoerd worden met een lopende rouwstoet daarachter. De mannen in jacquet, de vrouwen in het lang en de vrouwen die dat kunnen hebben in zwarte badkleding met een zwarte omslagdoek.

Tijdens de plechtigheden moet er stevig worden gezopen. Champagne, whisky, wodka, gin-tonic.

Ruk een cocktailbar aan!

Maak er een staande receptie van!

Eerst zuipen begeleid door muziek: The Beach Boys met 'California Dreaming', Frank Sinatra sings McKuen: 'Love's Been Good to Me' en het slotkoor uit de Negende van Beethoven, Schillers Ode an die Freude (volledig!) en dan het gebruikelijke gelul. Daarna, als iedereen klapwiekend van de drank rondwaggelt, wil ik bijgezet worden in mijn eeuwige weekendhuisje. Ik wil dat de kist naar het graf gedragen wordt door goede vrienden, als ze dat dan, trillend van de artrose, nog kunnen.

Anders mogen hun rondborstige kleindochters dat doen.

Ik wil geen bloemen.

Ik heb daar dan toch geen reet aan.

Koop in plaats van bloemen sigaren en rook die op tijdens de begrafenis.

Ik wil dat na mijn bijzetting iedereen fatsoenlijk doorgaat naar de kroeg. Als er dan nog kroegen zijn.

Maar dat zal wel.

Anders zijn tien koelboxen met ijs en whisky en bier en natuurlijk gin-tonic ook afdoende.

God verhoede dat ik in Nederland word begraven!
God verhoede dat ik op Zorgvlied terechtkom!
Ik wil niet in die drassige poldergrond worden gestopt.

Te midden van goedkope tegels, gedimde halogeenspotjes en pro-jecttapijt staat, omringd door kaarsen, op een verhoging de zwarte kist waarin mijn vader ligt.
Ik neem in stilte afscheid.
Het praten tegen lijken in kisten acht ik een zinloze gewoonte. Als er leven is na de dood kunnen de doden vast ook mijn gedachten lezen.

186    We rijden vervolgens van het uitvaartcentrum met de kist in een Mercedes lijkwagen (Germaans! Goed!) voor ons naar Zorgvlied.
Er staat een haag van mensen.
Vrienden, kennissen, ex-vrouwen en minnaressen van mijn vader en heel veel vrienden van mij.
De vriend van mijn moeder (de schaduw over mijn jeugd) ont-breekt, wat ik begrijp.

Het liefst blijf ik nu in de auto zitten maar dat kan niet, ik moet met een paar vrienden van mijn vader en van mij namelijk nog oefenen hoe we de kist op de schouders nemen. Dat gaat droog, dus zonder kist. Er is ook al geen oefenlijk voorhanden.

Nadat de aula is volgestroomd open ik de teraardebestelling.
Ik richt het woord tot de diepglanzende zwarte kist.
Je moet toch ergens tegen praten.

'Vorige week zondag vond ik in de *Vrij Nederland* eindelijk de naam van de literaire pr-agent die je zocht voor de promotie van je meest recente reisboek. Ik wilde je bellen, maar in de jachtigheid van het egocentrisme kwam het er niet van. Vervolgens besloot ik die zondag dat ik je de komende dinsdagochtend zou bellen, want dan kon ik meteen in de middag langskomen. Helaas werd ik maandag gebeld met het bericht dat je was overleden. Ik denk dat jij nog het meest overvallen bent door je eigen dood. De ijskast was vol en je was, aan je computer te zien, als altijd volop aan de slag.

Voor degene die overlijdt, is jouw manier van gaan wat men noemt "een mooie dood".

Voor de nabestaanden is het vreselijk.

Afgelopen vrijdag ben je opgebaard. Ik ben daar niet heen geweest omdat ik je graag levend in mijn herinnering wil houden, maar ik hoorde dat negen vrouwen je kist hebben staan dichtschroeven. Ik heb daarom moeten lachen, je was immers een groot vrouwenliefhebber.

Ik heb voor vandaag speciaal om een vrouwelijke uitvaartleider gevraagd.

Schoonheid zit hem in de details.

Je bent vier keer getrouwd geweest en hebt veel, heel veel korte relaties gehad. Speciaal voor al die vrouwen heb ik een nummer uitgezocht. Je was voor hen een man om soms te haten maar vooral om hardnekkig en veel van te houden.'

Uit de cd-speler schalt Shirley Bassey met het nummer 'Never, Never, Never' van de cd *I Am What I Am*.

Alle aanwezige ex-geliefden van mijn vader barsten in huilen uit. Sommigen ontdekken dan pas dat 'ook die' iets met hem heeft gehad. Ik hoop dat ze elkaar niet in de haren vliegen. Na toespraken en muziek van mijn moeder, zijn vierde ex-vrouw en Zeijk de Werper, die toch is gekomen en spontaan uit zijn hoofd speecht en 'aan die ouwe lul' vraagt 'om aan de stamtafel daarboven een plekje vrij te houden en alvast een pilsje te bestellen en een blokkie oude kaas', is het tijd voor mijn verhaal.

'Mijn toespraak bij de begrafenis van mijn grootmoeder, nu ruim een halfjaar geleden, had ik in een prozavorm gegoten, jij vond dat mooi. In het verhaal stond de zin: "Plots besefte hij dat hij dingen miste die er nooit waren geweest." Jij vond dat een prachtige zin en je begreep hem ten volle.

Ook in ons geval mis ik dingen die er nooit zijn geweest.

Je hebt altijd gezegd dat je niet zo geschikt was voor de vaderrol en je hebt hem dan ook nooit op je genomen.

Je was meer een vriend met wie ik een extra band had dan een vader. Meer een vriend die vaak in het buitenland zat dan een vader. Soms spraken we elkaar een jaar niet. Dan ging, als je in het land was, mijn telefoon en binnen de kortste keren zagen we elkaar weer en pakten we het contact naadloos op alsof we elkaar gisteren hadden gezien. Maar dat was niet zo.

Daardoor konden we elkaars leven ook niet werkelijk delen. Wat ik altijd heb gemist en wat net op gang kwam was een werkelijk contact waarbij je zei wat je echt bedoelde of voelde. Daarin ben je, en dat besef ik nu pas, eigenlijk altijd schuchter en wellicht wantrouwig gebleven, zelfs naar mij toe. Raar, want het was nergens voor nodig. Ik denk dat we meer gemeen hadden dan dat we verschilden. Het feit dat ik jou voor een groot deel begreep en je smaak kon inschatten heeft in deze dagen erg geholpen.

Wat heb ik van je geleerd?

Je hebt mij jong geleerd dat jouw motto naar opdrachtgevers toe was "play hard to get", en dat heb je gedaan. Verder ging je weg zodra iets je niet beviel of als een minkukel je reisboek wou inkorten. Een levensles is de compromisloosheid waarmee je hebt geleefd; daarmee heb je het voor jezelf en voor anderen niet gemakkelijk gemaakt, maar zo te leven was in jouw woorden "beter dan te leven volgens het busboekje en over-verzekerd te gaan zitten wachten op je prepensioen". Hoewel je erkenning niet onprettig vond hebben maatschappelijke status en geld je nooit geïnteresseerd.

Je was voor velen onplaatsbaar en dat heb je altijd graag zo gehouden.

Je was niet scheutig met complimenten, ook naar mij toe niet.

Wij zonen staan weerloos tegenover onze vaders.

In de gesprekken die ik in deze donkere dagen ver voor kerst met vrienden heb gevoerd over hun vaders kwam duidelijk naar voren dat je het als zoon nooit goed doet en dat je vader nooit zal zeggen dat je het goed doet, laat staan dat hij van je houdt. Het feit dat bijna alle zonen dit hebben is een troostende gedachte. Ik roep de vaders hier op, hoe oud hun zonen ook zijn, hun zonen vanavond even te knuffelen of op te bellen en iets liefs te zeggen.

Daarop zitten we soms ons hele leven te wachten.

Ik zal de tijd dat je woonde op Ibiza en ik daar gedurende een aantal vakanties was altijd in mijn hart meedragen, ze vormen mijn gelukkigste jeugdherinneringen.

Ik heb gezocht naar een nummer dat de herinneringen aan Ibiza recht zou doen, maar ik heb het niet gevonden. Er is een nummer waar ik altijd dol op ben geweest en dat de nostalgie en het verlangen weergeeft naar een voorbije zomer.

We staan op het strand, het is het begin van de herfst, het zilt van de branding prikt op onze lippen, we ademen de klamme ochtendmist in en voelen de warmte van de voorbijgevlogen tijd van die zomer…'

Uit de cd-speler komen The Beach Boys met 'California Dreamin''. Hoewel voor de gelegenheid misschien de versie van The Mamas and The Papas toepasselijker was geweest, prefereer ik The Beach Boys. Ik wil het nummer op mijn eigen begrafenis ook gedraaid hebben. Als de klanken zijn weggestorven wordt het tijd om de zitting op te heffen.

'Mijn vader zal nu worden bijgezet in wat ik mijn familiegraf kan noemen gezien het feit dat mijn grootmoeder er ook in ligt. Ik vind het een dierbaar idee dat mijn gestorven familie in elk geval in de dood is herenigd.'

De dragers verzamelen zich. We zijn met zijn achten.

Het schouderen van de kist gaat perfect. Die 'ouwe lul', om met Zeijk te spreken, is nog behoorlijk zwaar en het graf is ver.

Gelukkig is het nog steeds prachtig weer.

Als de kist zakt is er een bliksemflits.

Als we in de aula staan begint het te hozen.

Arme pappa, denkt het achtjarige jongetje in me. Nu word je nat. En je hield niet van regen.

# .49.

De dinsdagavond is uiteindelijk laat geëindigd in een café in de Jordaan dat het verlengde van zijn huiskamer was als hij in Nederland verbleef.

We hebben veelvuldig het glas geheven op mijn vader. Niet op zijn gezondheid, dat heeft niet veel nut meer.

Ik ben stomdronken geworden.

De woensdag heb ik de hele dag mijn kater lijdzaam uitgezeten en voor mijn 'broer' het boek *Death Warmed Over: Funeral Food, Rituals, and Customs from Around the World* van Lisa Rogak gekocht.

Femmetje moet repeteren.

Donderdag begin ik, om een uur of drie in de middag, moedeloos aan het opruimen van het huis van mijn vader. Ik ben alleen.

Femmetje moet repeteren, mijn moeder moet een werkstuk inleveren voor haar al negentien jaar durende studie der typografie van de Oost-Indische letteren en mijn vrienden werken, zoals het fatsoenlijke mensen op dit tijdstip van de dag betaamt.

Mijn 'broer' is onderweg terug naar zijn gezin.

Het is, net als tijdens de begrafenis, verrassend mooi weer, zonnig en een graad of negentien. Een Indian summer, zoals weerkundigen het zouden noemen.

Ik mijmer over mijn plan om ooit nog naar Vermont en Maine te gaan om daar de herfst te zien en natuurlijk om kreeften te eten. Eens kijken of ik daar wat over kan vinden in de reisgids van mijn vader *Cabot Cove bestaat niet. Een gids voor Maine, de plek waar Jessica Fletcher niet woont.*

Ik heb een paar verhuisdozen bij me.

Ik begin maar met het ontruimen van de boekenkast. Nadat ik twee dozen heb gevuld valt uit een groot kunstboek, de catalogus *Arts of the Sixties* uit 1970, een keurig met de typemachine getikte in tweeën gevouwen brief op A4-formaat.

Ik vouw hem open.

De brief is aan mij gericht voor mijn achttiende verjaardag, maar ik heb hem nooit gekregen.

*Zoontje,*

*Vroeger toen een zoon achttien werd en deze nog niet ontknaapt was ging zijn vader met hem naar de hoeren. Wees gerust, dat zal ik je niet aandoen.*

*Ten eerste weet ik helemaal niet of je ontknaapt bent – wij praten daar niet over en dat moeten we zo houden! – en ten tweede vind ik dat je het allemaal lekker zelf moet uitzoeken, dat heb ik immers ook gedaan.*

*Wel wil ik je, nu je deze onvoorstelbaar volwassen leeftijd hebt be-*

*Niettegenstaande het feit dat ik mij terdege besef dat je niemand op deze wereld kunt redden (zelfs een vader kan zijn zoon niet redden of behoeden; je kunt hoogstens jezelf redden, dan heb je het goed gedaan), hoop ik toch dat je er wat aan hebt.*

*Overigens, gefeliciteerd met je achttiende verjaardag; zoals te doen gebruikelijk schitter ik wederom door afwezigheid. Ik weet dat je dat betreurt maar ik zit, anders dan gepland trouwens, op de zeilboot van een vriend van mij, we varen nu ik dit schrijf op de Caribische Zee.*

*Ofschoon het leven een eindeloze herhaling van zetten is, biedt dit Caribisch gebied genoeg eilanden om de illusie te bieden dat het leven afwisselend is.*

*Mits je natuurlijk blijft varen!*

*Ik ben op het moment van typen onderweg naar (ik moet even spieken want het is een moeilijke naam) Carriacou, een klein eiland 15 zee-mijlen (29 kilometer) ten noordoosten van Grenada en 18 kilometer boven Tobago. Het eiland is zo'n 10 bij 5 kilometer.*

*Ter illustratie, Ibiza, waar ik je volgende zomer weer hoop te begroeten, is 40 bij 20. Carriacou is het grootste eiland van een eilanden-*

*groep met de mooie naam de Grenadines. Ik hoop dat je de taalkun-*
*dige verbinding ziet tussen Grenada en de Grenadines.*
*Er wonen 5000 mensen, lekker rustig.*
*Ik ga daar onder meer heen om de kunstenaar Canute Caliste te ont-*
*moeten. Evenals je vader een multitalent (ha, ha). Deze Canute Ca-*
*liste, in deze regio beter bekend als CC, is schilder, musicus, visser en*
*boer.*
*Een uitspraak van hem naar mijn hart is: 'ik haal de zin uit on-zin'.*
*Ik zal je als ik je weer zie meer over deze man vertellen.*

*Zoals je weet ben ik geboren in Düsseldorf. Mijn moeder en vader*
*zijn Duits. Mijn vader is tegen Franco (een Spaanse dictator, mocht*
*je dit niet weten) gaan vechten. Een nobele missie die helaas enigszins*
*ten koste ging van het gezinsleven, want hij liet mijn moeder alleen*
*met mij achter, mijn zusje was geloof ik al dood. Ik vind het jammer*
*dat ik je verder weinig over mijn vader kan vertellen. Ofschoon ik*
*weinig opheb met voorouderverering of het je beroepen op je afkomst*
*(zij die zich beroepen op hun voorvaderen zijn net aardappelplanten:*
*het beste zit onder de grond), had ik je graag meer over hem verteld.*
*Van jouw moeder bestaat er een familieboekje waarin alles staat over*
*de vaderlijke lijn. Haar moeder stamt weer af van een baron die zich*
*vergreep aan zijn dienstmaagd (die dat daarna dus niet meer was)*
*en haar driemaal bezwangerde. Je moeder heeft blauw bloed, altijd*
*handig als de inkt op is. Volgens mij is je moeder voor 1/8 adel. Ik heb*
*naarstig naar dat stukje gezocht maar het nooit kunnen vinden. Je*
*bent zelf maar liefst 1/16 adel. Joepie! Noblesse oblige.*
*Ik ga even thee zetten, we hebben aan boord een apparaat waarmee je*
*van zeewater drinkwater kunt maken. Best lekker! Meestal laden we*
*trouwens gewoon water in tanks die onder in het schip zitten.*
*Om verder te gaan: mijn moeder en ik hebben nooit meer iets van*
*mijn vader gehoord. Moeder kwam in Düsseldorf een Hollander tegen*
*die in kaas handelde (het lijkt een cliché maar het is echt waar), Her-*
*man Antjesberger. Voor hem is ze in Amsterdam gaan wonen, maar*
*hij overleed snel daarna, enige tijd later helaas gevolgd door mijn*
*moeder. Zoals je ziet ontbreekt de vaderfiguur volslagen in mijn leven.*

192

*Ik ben mij er terdege van bewust dat ik als vaderfiguur ook in jouw leven ontbreek. We kunnen spreken van een fijne familietraditie. Ik ben 'dol' op familietradities, dus ik hoop oprecht dat jij er ook niet zal zijn voor je kinderen, maar ik vrees in jouw geval het ergste gezien je gevoelige natuur. Je zult, nu op je achttiende, hopen op of dromen van een stabiel gezinsleven, iets wat niet bestaat!*

*Ik geef toe dat ook ik deze illusie heb gehad, maar het loopt in het leven meestal anders dan je denkt. Ik heb daar geen spijt van. Spijt is een onzin-emotie.*

*Heeft je vader meer wijze lessen, want daar is deze brief immers om begonnen?*

*Ikzelf ben altijd een man van tweedehands geweest. Ik heb nog nooit een nieuwe auto gekocht, zonde van je geld. Ik heb ook alleen tweedehands vrouwen gehad, nog nooit een vrouw ontmaagd (maar dat kan nog komen).*

*Het enige wat ik ooit nieuw heb gekocht was een Rolex Milgauss.* *Dat horloge kan tegen een bepaalde straling en ik zat nogal eens in het vliegtuig voor mijn reisboeken, vandaar. Het is een automaat, dat heeft als nadeel dat je het ding nooit kunt afdoen want het stopt volgens de gebruiksaanwijzing al na zesendertig uur met lopen. Een gangreserve noemt men dat.*

De oplettende lezer zal zich herinneren dat ik enige tijd voor zijn overlijden het horloge van hem heb gekocht voor een symbolisch bedrag in euro's. Ik wil het niet meteen gaan dragen omdat het meer dan vijfendertig jaar om zijn pols heeft gezeten…
Het voelt raar om het nu opeens om te hebben.
Ik lees verder.

*Zo'n automatisch horloge op gang houden is eigenlijk alleen voor neuroten die de hele tijd met hun handen praten. Ik ben niet neurotisch en ik praat dus ook nooit met mijn handen, ik laat ze hoogstens wapperen. Ik heb vrouwen gekend die zelfs in het donker met hun handen spraken. Zonder meer alleszins absurd.*

Met een glimlach besef ik dat ik ook nooit met mijn handen praat.

*Het klokje stopte daarom in de praktijk al binnen vierentwintig uur met lopen. Uiteindelijk ben ik, na wat ergernis, het horloge maar continu gaan dragen.*

*Ik en mijn Rolex hebben veel meegemaakt.*

*Nu de levenslessen:*

*Allereerst verwijs ik u naar de bijlage, daar tref je een tekst aan die ik heb gefotokopieerd. Hij is gevonden naar verluidt in een oude kerk in Baltimore en stamt uit 1692. Afgezien van het Goden-gedeelte kan ik mij er geheel in vinden. Ikzelf geloof niet in God maar wel in de wijsheid en het mededogen van het christendom.*

*Misschien heb je er iets aan. Het is wel in het Engels maar ik hoop dat het huidige onderwijssysteem ervoor heeft kunnen zorgen dat je dat enigszins kunt lezen.*

De tekst zit erbij.

*Go placidly amid the noise and haste, and remember what peace there may be in silence. As far as possible, without surrender, be on good terms with all persons. Speak your truth quietly and clearly, and listen to others, even the dull and ignorant: they too have their story.*

*Avoid loud and aggressive persons: they are vexations to the spirit.*

*If you compare yourself with others, you may become vain and bitter, for always there will be greater and lesser persons than yourself.*

*Enjoy your achievements as well as your plans. Keep interested in your career, however humble: it is a real possession in the changing fortunes of time.*

*Exercise caution in your business affairs: the world is full of trickery. But let this not blind you to what virtue there is: many persons strive for high ideals, and anywhere life is full of heroism*

*Be yourself. Especially do not feign affection. Neither be cynical about love, for in the face of all aridity and disenchantment it is perennial as the grass. Take kindly the counsel of the years, gracefully surrendering the things of youth.*

*Nurture strength of spirit to shield you in sudden misfortune. But do not distress yourself with imaginings. Many fears are born of fatigue and loneliness. Beyond a wholesome discipline, be gentle with yourself.*

*You are a child of the universe, no less than the trees and the stars; you have the right to be here.*

*And whether or not it is clear to you, no doubt the universe is unfolding as it should.*

*Therefore be at peace with God, whatever your labours and inspirations, in the noisy confusion of life, keep peace with your soul.*

*With all its shame, drudgery and broken dreams, it is still a beautiful world.*

*Be careful. Strive to be happy.*

Ik pak de brief en lees verder.

*Wat mij in de tekst, die je hopelijk nu hebt gelezen, het meest aan-spreekt is de zin* listen to others, even the dull and ignorant: they too have their story.

*Ik geef toe dat ik dit niet altijd in de praktijk heb gebracht, maar ik geloof oprecht dat je nooit moet neerkijken op de vuilnisman. Misschien heeft hij dezelfde gedachtes en gevoelens als jij maar kan hij ze niet uiten op de manier waarop jij dat kunt.*

*We gaan door, als die boot tenminste wat minder schommelt:*

*Een geleerde vriend van mij vertelde mij dat door een abrupte klimaats-verandering na enorme vulkaanuitbarstingen op Sumatra het leven op aarde 70.000 jaar geleden grotendeels werd uitgeroeid. Onderzoek heeft uitgewezen dat hooguit 2000 homines sapientes in zuidelijk Afrika deze ramp zouden hebben overleefd. Van die groep zouden alle mensen afstammen! Racisme is dus totale onzin. We zijn allemaal verwanten.*

*Ik mag graag mensen beledigen, maar enkel op grond van hun domme gedrag en dito uitspraken. Nooit op huidskleur.*

*Meer advies: doe minstens één dag per week zo min mogelijk, die rust op zondag waarvan in vele wereldreligies sprake is, is er niet zomaar!*

*Vermijd macht, macht corrumpeert.*

*Het gaat er uiteindelijk om wat jij vindt, immers: 'Opinions are like assholes, everybody's got one' (Jazzmusicus Art Blakey).*
*Het gaat erom dat je jezelf 's ochtends in de scheerspiegel kunt aankijken – vaker in de spiegel kijken is onnodig – en dat je dan kunt denken: ik doe het goed.*

*Probeer tevreden te zijn met wat je hebt. Gelukkig zijn, in de betekenis van voldoening hebben over je leven, is een goede basis voor ontdekkingen en het opdoen van kennis. De lijdende kunstenaar op de zolderkamer is meer bezig met het grote leed en met het verdrinken van zijn verdriet dan met het lezen van een goed boek. Wat me brengt op: LEES, het is de enige redding. Het gelezen leed van anderen en de gelezen vreugde van anderen kunnen enorm helpen.*

*In een straf tempo wandelen helpt tegen vele geestesziekten, bovendien neem je de omgeving veel beter waar dan de idioten die in felgekleurde pakjes op hun fietsjes zitten.*
*Leer goed kijken. Probeer iets wat je al honderd keer hebt waargenomen te zien als een kind dat het voor het eerst ziet. Op deze manier heb ik in Amsterdam na tig jaar opeens nieuwe dingen in gevelstenen ontdekt!*
*De meeste mensen rommelen maar wat aan, ze laten hun leven voorbij glijden. Heb een levensdoel, word loodgieter of neem als doel het schrijven van het beste gedicht of zoiets.*

*Vermijd negatieve idioten.*
*Vooral mensen die anderen of externe oorzaken altijd de schuld geven van datgene wat ze overkomt.*
*Die zijn radgek en gevaarlijk.*
*Vermijd ook mensen die zwaar gelovig zijn.*
*Niet alles is Gods wil.*
*Er is vast meer dan dit aardse maar het is waarschijnlijk niet de bedoeling dat we dat in dit leven inzien of begrijpen, anders zouden we het wel allemaal eens zijn.*
*Mijd vooral mensen die denken het ware geloof te kennen en die je*

*willen bekeren of die je hun overtuigingen willen opleggen. Het zijn
valse profeten.*

*Mocht je ooit nog huwen, wat ik je in het geheel niet aanraad, dan heb
ik als relatiespecialist bij uitstek wat tips:*

*Koop elke week een bos bloemen voor je vrouw, rozen of zo. Dat vinden
ze leuk.*

*Draag altijd de zware boodschappen en zet het vuilnis buiten.*

*Weiger te koken, het is een vrouwentaak.*

*Een vrouw die niet kan koken deugt niet. Zorg wel dat je kunt koken
maar laat het niet merken!*

*Mijd overgeëmancipeerde vrouwen.*

*Feministen zijn prima om mee naar bed te gaan, hun promiscue ge-
drag zien ze ze als verworven vrijheid (bovendien menen ze in bed te
moeten werken dus dat is goed), maar trouw er nooit een!*

*Ze zijn door hun sixties-hippie-Opzij-moedertjes radgek gemaakt. Er
valt niet mee te leven!!!*

*Je moet de emancipatiestrijd niet in een huwelijk gaan voeren. Een
goed huwelijk is een samenwerkingsverband.*

*Vermijd ruzie in een huwelijk.*

*Ruzies hebben geen nut en zijn zeer improductief.*

*Zeker als je een theatraal en emotioneel type bent (zoals je moeder!),
dan kan ruzie zeer gevaarlijk zijn, omdat het slechtste uit een mens
wordt gehaald.*

*Hou bij het selecteren van de huwelijkspartner fysieke aantrekkings-
kracht en kameraadschap uit elkaar.*

*Verlies jezelf niet in schoonheid en lust.*

*Trouw je kameraad.*

*Seks kun je hebben met anderen (overspel is wel een gevaarlijk spel!)
of je kunt naar de hoeren gaan. Dat laatste heb ik zelden gedaan. Het
eerste meer dan jij ooit zult weten. Jij zult daar trouwens met je weke
gemoed vermoedelijk anders over denken.*

*Voorkom dat een vrouw je manipuleert.*

*Als een vrouw seks als wapen gebruikt of als ruilmiddel, vertrek dan
meteen, ook al ben je in de echt verbonden.*

*Als een vrouw een kind van je wil omdat je zulke mooie krullen hebt, lang bent of een mooie stem hebt (ik heb alle drie gehoord) dan wil ze een kind dat er leuk uitziet en niet jou. Vertrek meteen!*

*Als iets je niet bevalt zeg het dan, leer dat ook aan je vrouw. Praten helpt, huw een vrouw die kan praten, maar ga nooit je relatie eindeloos met zijn tweeën analyseren, dat maakt het stuk.*

*Evenals de schoonheid zit de liefde hem in de details, de aai over de bol op het goede moment. Als je vrouw nooit de spreekwoordelijke dop op de spreekwoordelijke tube tandpasta doet, doe hem er dan zelf op. Ga niet zeiken. Maar hou in de gaten dat zij hetzelfde voor jou doet. Een huwelijk moet een zekere mate van reciprociteit hebben.*

*Een lichaam is maar een lichaam. Vet kan eraf maar een rotkarakter verandert hoogstzelden. Vermijd vrouwen die continu aan hun lichaam sleutelen en nooit een boek lezen. Als ze de dertig gepasseerd zijn vallen ze uit elkaar en hebben ze niks te melden.*
*Begin overigens nooit wat met iemand die ouder is dan dertig. Tenminste, dat heb ik nooit gedaan...*

*Zo, mijn brief herlezend, glim ik van tevredenheid. Kan ook zijn van de zonneolie want ik zit nu bijna pal in de zon.*
*Ik wens je, in retrospectief, een fijne achttiende verjaardag.*
*Op naar het passief kiesrecht!*

*Bedenk bij dit alles dat ik het geschreven heb terwijl ik een merkwaardige mix van thee en rum dronk, waarbij de verhouding tussen thee en rum een fascinerende disbalans vertoonde. En besef dat ik momenteel vrijgezel ben met twee mislukte huwelijken achter de rug en dat ik het dus eigenlijk op relatiegebied misschien (en ik herhaal: misschien!) ook niet weet.*

*Adios,*
*Je vader*

Met een brede glimlach leg ik de brief op de bank. Waarom hij de brief niet heeft gestuurd zal ik nooit weten, het is een van de vele vragen die door zijn onverwachte dood onbeantwoord zullen blijven.

Ik pak alle boeken in.
Zijn reisboeken krijgen een ereplaats in mijn boekenkast.
Ik zal de komende dagen doorgaan met inpakken. Zijn geheimen die niemand mag weten doe ik in een vuilniszak en gooi ik weg. Een mens heeft ook na zijn overlijden recht op privacy. Ik lever een Albert Heijn-tas vol met medicijnen af bij de Jordaan Apotheek.
Die avond belt zijn vierde ex-vrouw. Ze is bezopen. Vorige week heeft ze beloofd de helft van kosten van de begrafenis op zich te nemen omdat ze het zielig vond dat ik als enig kind en enig familielid van mijn vader voor alles zou opdraaien maar ze komt hier in het telefoongesprek opeens op terug: '... omdat jij de uitgaven voor de begrafenis toch van de belasting kunt aftrekken. Bovendien, als ik de helft betaal wil ik ook iets te zeggen hebben over de verdeling van de royalty's van zijn reisboeken. Daarnaast heeft hij nog een lampje van mij, dat wil ik eerst graag terug voordat jij het in je huis neerzet.'
Ik ben door dit gesprek erg van slag en besluit in mijn eentje voor alle kosten op te draaien, die overigens helemaal niet van de belasting aftrekbaar zijn.
Ik besluit dat ik het serpent nooit meer hoef te spreken. Een besluit dat ik tot op de dag van vandaag eerbiedig.
Op het lampje dans ik de volgende dag een polka. Het is er niet tegen bestand.
Zaterdag komen mijn vrienden me helpen met het leeghalen van zijn huurhuis; het moet voor 1 november leeg worden opgeleverd.
Femmetje zal er niet bij zijn want ze moet aanwezig zijn bij een korte persvoorstelling van de musical, waar de showbizzjournalen en de bladen hun beelden en foto's kunnen schieten.

# ·50·

Iemands leven past in achtenveertig verhuisdozen.

Dat vind ik een buitengewoon deprimerende ontdekking.

Bijna nog deprimerender is dat iemands hele leven daardoor ook meteen past in een sombere huurberging in het westelijk industriegebied.

Een klein deel van de nalatenschap gaat naar mijn huis, voornamelijk boeken.

Het grote voordeel van mijn enig kind zijn is dat ik later een bibliotheek kan beginnen.

De rest, huisraad en aanverwante artikelen waar ik zeker niet nu al afstand van kan nemen, gaat naar de berging.

In de dagen erna neemt het leven weer zijn gewone gang. Ik ga weer aan het werk, Femmetje repeteert.

Het huis is stil.

Amsterdam niet.

Ik erger me aan alles. Ik lijk wel overgevoelig.

Wat ik eigenlijk gedurende mijn hele leven tot nog toe heb ervaren als het aangename achtergrondgeluid van de stad begint me mateloos te ergeren.

Terwijl ik vroeger tijdens de autoloze zondagen niet kon slapen van de stilte, en ik na mijn verhuizing van de Jan van Eijckstraat naar de Amsteldijk weken moest wennen aan het feit dat ik tramlijn 24 niet meer hoorde, word ik nu gek van het minste of geringste geluid.

Ik wil mensen die op straat schreeuwen aanvliegen.

Ik wil dat het kei- en keihard gaat regenen en dat het ijskoud wordt, zodat eenieder die nu op straat is binnenblijft.

In de kroeg waar ik heen ga om een bier te drinken erger ik me aan het inhoudsloze gelul.

Het is alsof de dood van mijn vader een filter uit mijn hoofd heeft weggerukt.

Ik zie de dingen te scherp.

Ik besef dat als ik nu, hier in deze kroeg, dood neerval, iedereen na de aanvankelijke commotie en de afvoer van mijn lichaam door zou gaan met zuipen.

Ik word er niet vrolijker van.

Ik besef dat ik als familie na het overlijden van mijn grootmoeder en mijn vader alleen nog maar mijn moeder heb, met wie ik opmerkelijk weinig gemeen heb.

Naar waarheid kan ik katjelam in de kroeg roepen: 'Dit jaar is twee derde van mijn familie overleden!'

Het levert me een troostwhisky van de barman op en cafébegrip van toehoorders.

In mijn droeve dronkenschap krijg ik allerlei inzichten waar ik niet op zit te wachten. Het ergste vind ik de gedachte dat het cliché toch waar is: inderdaad, je bent alleen.

Vanaf het moment dat je als foetus in de baarmoeder geuren en smaken kunt onderscheiden ben je alleen. Je kunt niet met andere foetusjes je ervaringen delen, of je moet een eeneiige tweeling zijn.

Ik heb ooit op een winterdag een eeneiige blonde tweeling van eenentwintig samen synchroon zien skaten in het Vondelpark terwijl de zon onderging en er een lichte nevel opsteeg, een moment van ongekende fotografische schoonheid.

Beiden bleken uiteindelijk onderling nogal te verschillen. Als zelfs zij innerlijk anders zijn en dus eigenlijk alleen zijn…

Ik drink gestaag door.

Je bent alleen omdat je die ander nooit exact kunt uitleggen wat je voelt. Het is van beide zijden allemaal alleen maar gebaseerd op aannames.

Ik kan goed uitleggen wat ik denk en voel, maar nu mijn vader is overleden merk ik pas wat wezenlijke eenzaamheid is. Omdat ik het enige kind ben van twee enig kinderen, heb ik geen broer of zus met een gemeenschappelijk verleden met wie ik kan delen hoe de dingen vroeger waren.

Ik kan mijn leed in feite met helemaal niemand delen, zelfs niet met mijn moeder.

Zij was niet bij de momenten die ik met mijn vader heb gedeeld.

Ik kan nog net the closest thing I have to a brother sommige dingen uitleggen omdat hij iedereen gekend heeft (ook al was hij er grotendeels niet bij), maar hij heeft andere beelden, ervaringen en emoties in zijn hoofd dan ik.

Volgens het boeddhistisch model zijn we allemaal één, ik heb dat jaren geloofd (een heerlijke en warme gedachte), maar helaas ben ik die overtuiging op dit moment volledig kwijt.

Ik vrees dat we allemaal eilandjes van eenzaamheid zijn in een oceaan van ledigheid. Maar met jou wil ik wel weer één worden, denk ik dan vervolgens als er in de kroeg een lekker wijf langsloopt.

Alles is relatief, zelfs dat alles relatief is. Aargh!

Het enige wat een mens kan nastreven is verbondenheid met je geliefde en met je naasten. Waarbij ik nu, hier halfdronken in de kroeg maar helderder dan ik zou willen, besef dat begrip van je naasten prachtig is maar vaak alleen een illusie.

We kennen de ander nooit, zelfs al wonen we er dertig jaar mee samen. Ik kan huilen om de verhalen van mensen die uit elkaar gaan na dertig jaar huwelijk omdat ze niet communiceerden. Mensen zijn bang om hun gevoelens te uiten, bang dat ze voor gek worden versleten of dat de ander ze raar vindt. Bang dat de ander weggaat omdat die hun diepste zelf verwerpt. Maar wat als die ander jouw diepste zelf niet leert kennen omdat jij dat nooit laat zien? Is de liefde dan echt? Uiteindelijk willen we de ander kennen, en zelf willen we in ultimo gekend worden.

Hoewel er mensen zijn die zelfs die laatste emotie niet delen. De enige bij wie ik ooit het gevoel heb gehad dat de grenzen tussen haar ik en mijn ik vervaagden is met Femmetje.

Is dat een zelfopgelegde illusie?

Iets wat ik wil voelen omdat ik streef naar die ultieme verbondenheid waarvan ik objectief weet dat die niet bestaat?

Ik vraag het me vaak af nu ik de dingen te helder zie.

Maar mijn gevoelens zijn echt.

En zij voelt hetzelfde.

Dus dan is die verbondenheid echt.

Een mooiere liefde heb ik niet gekend. Ook al is het een illusie.

## .51.

Een rouwproces heeft vijf fasen, lees ik in het opwekkende boekje *Bij een overlijden*, dat de uitvaartfirma me heeft overhandigd.

Wat is dit toch een prachtland!

Voor alles is een handleiding!

De fases zijn volgens het boekje: ontkenning, woede, onderhandelen, depressie en aanvaarding.

Ontkenning?

Hij ligt in zijn graf in de drassige poldergrond, waar ik nooit ofte nimmer in begraven wil worden, dus ontkennen heeft verrekt weinig zin.

Woede?

Alleen over het feit dat ik telefonisch van zijn overlijden in kennis ben gesteld, maar de kwaadheid daarover is weggespoeld in de moesson van mijn verdriet. Onderhandelen?

Ja, met de uitvaartindustrie.

Ik heb, denk ik, drie fases overgeslagen. Ik ben maar meteen in de depressie beland.

Aanvaarden?

Dat heb ik meteen gedaan. Ik kan hoog of laag springen maar dood is dood.

Te midden van mijn maalstroom aan sombere gedachten gaat het leven door. Tot mijn niet geringe verbazing werkt zelfs het internationale e-mailverkeer nog. Hoe kan dat nou? Mijn vader is dood!

Een vriend van mij, die ik door zijn emigratie enigszins uit het oog ben verloren, mailt me.

*Pepino,*

*Condoleances hier vanaf het eiland. Ik las net de advertentie in het NRC. Sterkte. Ik heb je vader maar één keer ontmoet, geloof ik. Je werd zesentwintig en hij verscheen op je verjaardag, die bij je moeder thuis was, met twee vrouwen met wie hij tegelijkertijd wat had. Een man naar mijn hart. Mocht je willen uitwaaien in de altijd verkoelende passaatwind en je tranen willen vermengen met het zilt van de zee of heb je zin om te zuipen, je bent van harte welkom! All the best en ayo!*

*Boel van der Ploeg*

Femmetje moedigt me aan om te gaan. Mijn werk heeft geen bezwaar als ik nu de komende twee weken inclusief de weekends doorwerk. Na wat heen en weer gemail met Boel boek ik via internet een ticket.

Het eiland heeft op mij altijd een mysterieuze aantrekkingskracht gehad. Hoewel ik veertien jaar geleden al van plan was om naar het eiland te vertrekken en daar te gaan werken voor de radio, is het er nooit van gekomen.

Ik ga nu voor de eerste maal. Elf dagen.

Ook al zal ik er vast 'aan toe zijn' en 'zal het me goeddoen' en meer van dat soort gemeenplaatsen, ik heb volstrekt geen zin.

Maar iets in mij zegt dat ik het moet doen.

Het is drie dagen voor vertrek. Ik ben jarig maar in het geheel niet in de stemming om het te vieren; desondanks heeft mijn goede vriend Emmanuel me ervan overtuigd dat het goed is om die avond ergens te gaan eten met drie van mijn trouwste vrienden en natuurlijk met Femmetje.

Ik heb heel hard gewerkt om met vakantie te kunnen en lig om een uur of vier in de middag thuis even te slapen als Femmetje me wakker maakt.

'We moeten praten.'

Eigenlijk is er geen gesprek meer nodig na deze zin.
Als een vrouw dit zegt weet een man al hoe laat het is.

'Ik vind dat we ermee moeten stoppen.'

Dat 'ik vind dat we' is nog het leukste, daardoor klinkt het alsof er
een mogelijkheid is om haar van mening te doen veranderen, alsof
je nog inspraak hebt in de beslissing.

'Deze relatie is mij té intiem. Vroeger kon ik altijd mijn eigen gang
gaan, maar tegenwoordig moet ik aan jou verantwoording afleggen
over wat ik doe; tenminste, dat gevoel heb ik. Ik ga dus vanavond
niet mee. Ik heb wel een cadeautje voor je.'
Ze haalt een klein pakje uit haar tas en barst in tranen uit.
'O Pep, lieve Pep, ik hou zoveel van je maar ik kan het niet. Sorry.'
Ze herhaalt het woord 'sorry' tien keer terwijl ze naar de uitgang
loopt.
'Je bent mijn allergrootste liefde.'
Na deze woorden loopt ze de deur uit.
Ik heb de energie niet om haar tegen te houden. Ik ben door de
dood van mijn vader emotioneel lamgeslagen. Murw.
Ik weet dat het ook geen nut heeft om haar tegen te houden.
Dat verandert niets.
Het pakje bevat een schitterende Laguiole-kurkentrekker met een
handvat van been.
Jammer dat ik geen zin in wijn heb.

## .52.

Op Schiphol word ik in de rij wachtenden voor de KL738 herkend
door een vriendelijk ogende man die de vloer dweilt.
'Niets zeggen, van eh, eh, *Docu* toch?'

We hebben een leuk gesprek over *Docu*.

Hij kijkt omdat hij zich na het programma 'een stuk normaler en gelukkiger' voelt.

Ik ben blij dat ik nuttig werk doe.

Ik sla taxfree sigaren in en een fles Ardbeg single malt whisky om cadeau te doen aan Boel.

In het vliegtuig herkent de stewardess me. Nooit gedacht dat elke zondag twee minuten in beeld komen een dergelijke impact heeft. Ze flirt overduidelijk met me, maar als ergens mijn hoofd niet naar staat dan is het wel een beetje gefriemel in een benauwde vliegtuig- plee. Alhoewel...

Ik weet dat ze een eigen personeelsruimte hebben in het vliegtuig waar je comfortabel kunt liggen.

Helaas verliest mijn libido het van mijn verdriet.

En mijn trouw aan een verloren liefde wint het van mijn zucht naar nieuwe hijgerige romantiek.

Ik ben serieel monogamist en technisch nu vrijgezel, maar mijn hart behoort toe aan Femmetje.

Eindelijk de kans om erelid te worden van de Mile High Club, laat ik hem schieten.

Weke ziel.

(Een jou voor de vlucht nog onbekende stewardess scoren is bin- nen dit selecte gezelschap het hoogst bereikbare. Op heel eenzame hoogte staat de enige man die ooit een vrouwelijke piloot heeft we- ten te verleiden.)

Tijdens de acht uur durende vlucht doe ik wat ik later altijd zal doen als ik naar het eiland vlieg. Ik eet mijn koosjere maaltijd (lek- kerder!), ik drink twee flesjes wijn en twee blended whisky met ijs en val daarna in een diepe, droomloze slaap.

Ik ontwaak pas een halfuur voor de landing en moet meteen een immigratieformulier invullen.

Immigratie?

Binnen het Vorstendom der Nederlanden?

Als de deuren van het vliegtuig opengaan blijkt dat er geen gate is, we moeten lopen naar de douane, net zoals vroeger op Ibiza in de tijd dat mijn vader daar woonde.

Wat ik, als ik de trap afdaal, eerst aanzie voor hitte afkomstig van de straalmotoren van het vliegtuig, blijkt de normale warmte op het eiland te zijn.

Tot mijn verbazing gaan een paar mensen rennen naar de douane. Het lijkt me een merkwaardige handeling. Als ik pas na anderhalf uur wachten in de ijskoude aankomsthal (de airco werkt hier uitstekend) door de douane heen ben begrijp ik het gehol.

Er zijn twee douanerijen.

Een voor de 'residents' en een voor de toeristen. Negentig procent van de passagiers is toerist en staat daarom in de rechterrij, waar slechts twee vrouwen de paspoorten en de formulieren die je in het vliegtuig moest invullen controleren. Ze lezen de ingevulde informatie met de grootst mogelijke aandacht. Alle volgende keren ren ook ik als een dolle naar de douane.

Het is mijn eerste kennismaking met de poco, poco (rustig aan) mentaliteit van het eiland. Nadat ik door de douane heen ben heb ik snel mijn koffer. Als ik buitenkom golft de hitte me opnieuw tegemoet. Het is alsof ik een warme omhelzing krijg.

Mijn vriend, Boel van der Ploeg, staat op me te wachten. Hij leunt tegen zijn gigantische zwarte pick-up, die in Nederland ieder lid van Natuurmonumenten acuut een rolberoerte zou bezorgen. De motor laat hij lopen; later begrijp ik dat hij dat doet voor de airconditioning. Hij heeft een verwassen blauwig hawaïshirt aan en een korte kakibroek met winkelhaken. Daaronder draagt hij groenige teenslippers. Om zijn pols heeft hij een geelgouden Rolex Day-Date. In zijn mond zit een gigantische havanna van Cohiba.

'Bon bini (welkom) man! Fijn dat je er bent.'

Hij vraagt niet of ik een goede vlucht heb gehad.

Dat is geen Boel-vraag. Als ik geen goede vlucht heb gehad dan maakt het niet uit. Ik ben er nu toch? Wat zou je erover lullen?

Ik weet weer waarom ik Boel graag mag.

In de auto heersen temperaturen die tijdens een Zweedse winter zelden worden gehaald.

Boel reikt naar de achterbank en haalt uit een blauwe met ijsblokjes gevulde koelbox (op het eiland door iedereen 'jug' genoemd) twee blikjes Venezolaans bier: Polar. Hij lacht breeduit als hij mijn verbaasde blik ziet. Ik ben van jongs af aan opgegroeid met 'Glaasje op? Laat je rijden!' en 'Don't drink and drive'.

'Je mag hier niet nuchter rijden. Bovendien is het pas mijn derde blikje. Je mag ook een Arubaanse Diet Coke met rum? Of een gewone Coke met rum? Of iets zonder rum?'

Ik neem het kleine blikje in mijn hand. Het bevat 250 ml in plaats van de 330 ml die in Holland gebruikelijk is. Het blikje is zilverkleurig. Op de ene kant staat een ijsbeer en de tekst 'hecho en Venezuela'; op de andere kant staat een rondborstige brunette in bikini met haar mond halfgeopend. Ze heet Daniela Kosan. Femmetje flitst door mijn hoofd. Ik voel mijn maag hard worden. Ik giet de Polar naar binnen. Daniela kijkt mij aan. Mijn maag ontspant. Heerlijk bier.

Boel van der Ploeg is geboren op het eiland. Na een studie geneeskunde in Amerika heeft hij tien jaar in Amsterdam gewerkt; uit die periode ken ik hem.

Nu werkt hij op het eiland als plastisch chirurg. Hij heeft met twee collega's, een Amerikaan en een Colombiaan, een privékliniek waar ze voornamelijk borstvergrotingen doen, gevolgd door de erg in opkomst zijnde Brazilian Butt Lift.

Volgens Boel is de regio geobsedeerd door billen en borsten. Hun klanten komen uit het hele Zuid-Amerikaanse gebied.

Boel heeft een kapitale villa in een beveiligd resort. Het huis is tegen een heuvel aan gebouwd en heeft twee verdiepingen. Beneden is een zwembad en een tweekamerappartement met badkamer en keuken en een kleine veranda, op het eiland door iedereen porch genoemd. Boven heeft Boel een gigantische porch, een ruime woonkamer en twee keukens. Gevraagd naar een verklaring vertelt Boel dat het huis eerder van een Portugees-joodse familie is geweest die op sjabbes twee keukens nodig had voor de traditionele koosjere keuken. Boel heeft geen zin om er één keuken van te maken want hij wordt 'al moe van het idee van een verbouwing'. Het maakt ook niet uit want, zo blijkt, hij kookt echt nooit. Het enige goed werkende apparaat in de keuken is een manshoge tweedeurs Amerikaanse ijskast met ijsblokjesmachine die tot de nok toe gevuld is met Polar en Diet Coke. Het huis telt verder vier slaapkamers, een washok en een ruime patio met terracotta tegels waarop tientallen grote plantenbakken staan.

Ik ontdek dat dergelijke huizen op het eiland niet ongewoon zijn. Boel heeft drie auto's: naast de pick-up heeft hij een Corvette convertible en een Dodge Stratus – de laatste is zijn 'gastenauto'; ik mag deze desgewenst lenen.

De auto's staan allemaal voor zijn deur geparkeerd.

Dat is hier normaal.

In de baai voor het huis heeft hij een motorbootje en een twaalf meter lang zeiljacht.

Hij is na een mislukt huwelijk principieel vrijgezel. Elke vrijdag als hij gaat stappen duikelt hij een of twee toeristes op, die hij uitnodigt om een weekend mee te gaan zeilen. Bijna geen enkel weekend is hij zonder 'bevrouwing' aan boord.

Bijna altijd bezwijkt een van de toeristes tijdens het vaartochtje voor zijn charme. De zeelucht, het slapen in de 'captain's hut', ettelijke blikjes Polar en de rum-cola's doen wonderen.

Na een weekje topromantiek moeten ze, altijd met pijn in het hart en in tranen, terug naar Nederland.

Zodra ze vertokken zijn begint Doctor Love opnieuw.

Met sommigen correspondeert hij via e-mail, MSN of Hyves.

Via een schema op zijn computer houdt hij bij welke vrouw wanneer opnieuw naar het eiland komt. De vrouwen die zinspelen op een definitieve komst naar het eiland en een langere relatie met Boel krijgen als ze hier per mail over beginnen nooit meer antwoord.

Maar zodra hij in Nederland is belt hij ze op voor een hapje en een drankje en een wipje.

Boel heeft een groot hart.

Hij opereert vijf dagen per week, hij begint om halfzeven en gaat door tot één uur in de middag. Vervolgens rijdt hij naar huis, doucht en gaat slapen tot een uur of twee. Dan gaat hij tennissen, mountainbiken, kitesurfen, windsurfen, duiken, catamaranzeilen of big game vissen.

Hij eet zeven dagen per week buiten de deur, meestal bij een eettentje vlak bij hem in de buurt.

Boel gelooft heilig in het levensverlengende effect van het eten van zo min mogelijk voedsel. Hij eet alleen 's avonds, bijna altijd vis met gele rijst.

Waarschijnlijk gelooft hij ook in het levensverlengende effect van het op sterk water zetten van mensen tijdens hun leven, want hij drinkt elke avond een halve fles whisky van het mij tot nu toe volstrekt onbekende merk Dewar's White Label uit grote plastic 'cups' (bekers) tot de nok toe gevuld met ijs. Boel heeft in huis alleen maar plastic cups en plastic borden, want hij haat afwassen.

Hij is ook te lui om in de keuken een afwasmachine te installeren; 'dan moet ik zo'n ding kopen en dan moet die "guy" van een monteur komen, die dus niet komt. Ik word al moe van het idee'.

Het is aan zijn trouwe werkster te danken dat zijn huishouden niet ten onder gaat.

Tijdens de drie dagen per week dat ze er is maakt ze schoon, geeft ze de planten water, wast zijn kleren en strijkt zijn overhemden.

Het enige wat Boel zelf in het huishouden doet is het schoonmaken van het zwembad; soms winnen de algen het van hem. Hij overweegt om een 'poolguy' in te huren. Maar 'die komt waarschijnlijk niet op de afgesproken tijden'. Dus wordt Boel 'al moe van het idee'.

Op een nacht droom ik van Boel die achternagezeten wordt door een reusachtige fles White Label. Erachteraan holt een horde zwangere toeristes. Hij blijft ze voor en heeft in zijn hand een grote plastic cup, waaruit hij al hollend af en toe een slok neemt, ondertussen een trek nemend van zijn havanna. De vrouwen roepen: 'Trouw met ons.' Boel roept: 'Ik word al moe van het idee.'

Waar Boel niet moe van wordt is me vol trots zijn eiland laten zien. Hij scheurt en sleurt me het hele eiland over. Van het maanlandschap van Watamula tot het witte zand van Barbara Beach, van de waterexplosies van Boka Pistol tot zijn favoriete kitesurfplek op Sint Joris.

Het is bijna elke avond bal. Het stappen op het eiland, zo ontdek ik, kent een vast ritme: je moet op bepaalde dagen op bepaalde plekken zijn.

Op zondagavond bijvoorbeeld gaat de hele goegemeente exact om negen uur van de ene naar de andere tent. Waarom weet niemand.

Het is nu eenmaal zo.

Er ontstaat in die elf dagen in mijn hoofd een maalstroom van kleurige indrukken, uren durende gesprekken en ontelbaar veel vriendelijke mensen.

Voor het eerst in weken ben ik volkomen ontspannen.

De leegte van het landschap zorgt voor leegte in mijn geest.

De ruimte van het wonen van Boel en het weidse uitzicht over de kalme zee zorgen voor ruimte in mijn hoofd.

In de krant staat dat de golfhoogte op open zee 1 meter is.

Dat staat er elke dag.

In Nederland gebeurt volgens een bekende uitspraak alles vijftig jaar later.

Hier gebeurt niks.

Wel zo rustig.


Ik voel me op het eiland volledig senang.

Het is alsof ik er in een vorig leven heb gewoond.

Het voelt als thuis.

Als het niet net uit zou zijn met Femmetje en mijn familie niet in een halfjaar met twee derde was uitgedund zou ik hier gelukkig kunnen zijn.

Ik sms Femmetje elke dag maar ze laat niks van zich horen. Mijn vader belt ook al niet.

In elf dagen rijdt Boel 872 kilometer over het eiland, dat maar zestig kilometer lang is.

Ik heb een gedegen indruk.

Ik ga met pijn in het hart en in tranen terug naar Holland.

## ·53·

Het is maandochtend 9 uur 12 als de KL736 landt.

Als ik door de gate loop vraag ik me af wie de airco hier zo koud heeft gezet. Ik vries dood!

Ik loop rillend en met gebogen hoofd rond op Schiphol en herinner mij de laatste keer dat ik hier liep.

Ik denk net aan het abrupte afscheid na onze reis naar Kythera, als Femmetje op mijn rug springt.

'Wat ben jij bruin! En je haar is blond! Je hebt hele blonde krullen. Wat zie je er goed uit.'

Ze begint uitgebreid met me te kussen. Mijn tong reageert automatisch en we staan een paar minuten te tongzoenen. Ze gaat op haar knieën.

'Pep, wil je me terug als je vriendinnetje?'

Ik ben te perplex en te duf van het tijdsverschil om te antwoorden maar sla mijn arm om haar heen. Femmetje rijdt me naar huis. We hebben drie keer achter elkaar seks voordat ik in de middag in een diepe slaap val. Ik word pas de volgende ochtend wakker.

Femmetje zit bij het geopende raam te roken.

'Ik heb er goed over nagedacht en ik weet dat ik steeds wegloop van je omdat ik het niet vertrouw. Ik durf niet te geloven dat zo'n mooi mens als jij zoveel van mij kan houden.

Maar lieve Pep, ik heb besloten dat dit jouw probleem niet moet zijn.

In de tijd dat je er niet was ben ik met een shrink gaan praten, dokter Adriaan Woudrust. Goede naam voor een psych, niet?

Het is een kennis van mijn ouders, ik ken hem al jaren, hij woont hier in Amsterdam. Ik wil veranderen.

Als teken dat ik het serieus meen, en ik heb dit met mijn ouders besproken, wil ik je voor de kerst uitnodigen. Mijn familie gaat elk jaar met kerst naar een boerderijtje in de Vogezen. Daar kookt mijn vader dan wild, er is lekkere wijn, kleine cadeautjes, een hele mooie boom met allemaal zilveren vogeltjes met pluimstaartjes, een manshoge open haard, en het is allemaal heel warm en gezellig. Overdag gaan we lekker wandelen in de bossen. Wil je met mij kerst vieren?'

Ik ben zo blij met de uitnodiging dat ik niet weet wat ik moet zeggen.

De weken daarna gaat de relatie perfect. We dartelen weer door velden met madeliefjes, we dompelen ons onder in een groot, goed schoongemaakt zwembad van warmte.

Ik vertel vaak over het eiland waar ik in korte tijd zo dol op ben geworden. Elke avond is Femmetje bij mij. Elke avond zitten we op de bank en we praten, praten en praten.

De liefde is mooier en dieper dan ooit.

Het leven is een vrolijke vloedgolf vol gloedvolle liefde.

Totdat, op een zondagavond begin december, Femmetjes telefoon gaat.

We hebben net Chinees gehaald, de borden staan klaar en ik verheug me erg op de koe lo kai (saus apalt) en op mijn Chinese tomatensoep.

Femmetje neemt haar telefoon aan, de stem aan de andere kant van de lijn vertelt een heel verhaal.

'Dit meen je niet.'

Ze trekt wit weg.

'Dit kan niet waar zijn.'

Ze wordt de visualisatie van het begrip lijkbleek.

'Wat afgrijselijk zeg. Hoe nu verder? Oké. Ik spreek je morgen.'

Ik denk dat er minimaal één iemand is gestorven maar naar alle waarschijnlijkheid twee, vooral omdat Femmetje meteen hysterisch begint te huilen nadat ze heeft opgehangen. Ze slaat met haar handen tegen haar hoofd en beweegt, terwijl ze huilt, haar hoofd steeds naar haar knieën, ondertussen een jammerend geluid makend.

Ik probeer haar vast te houden maar ze weert me krachtig af.

Ik vraag een paar keer wat er is.

Uiteindelijk stoot ze het antwoord uit: '*Dogs* afgelast! Producent failliet!'

Ik ben opgelucht, er is in elk geval niemand gestorven.

'Ik vind het vreselijk voor je, liefje, maar er komt wel wat anders of iemand neemt de productie over. Het komt wel goed.'

'Het komt wel goed? Het komt wel goed? Het komt helemaal niet goed! Het is me niet gegund. Zie je wel! Ik moet pedicure worden! Oh my God, wat heb ik misdaan! Waarom ik! Het enige wat ik wil is dit en dan lijk ik het te krijgen en dan wordt het weer van me afgenomen.'

Ik vind dat ze schromelijk overdrijft en dien het eten op.

We eten zwijgend.

Gelukkig is er een film op tv en daarna is het tijd voor *Docu*.

We liggen samen op de grote bank en kijken in stilte tv.

In stilte gaan we slapen.

De stilte is oorverdovend.

Het is heel goed mogelijk om heel lawaaiig stil te zijn.

Ik ben moe en val in slaap.

Zoals elke nacht sinds mijn terugkomst droom ik over het eiland.


Met regelmaat zweet ik in mijn slaap.

Als ik vroeg in de ochtend wakker word en het bed is licht vochtig ben ik dan ook niet verbaasd.

Tot ik het licht aandoe.

Mijn witte sprei heeft rode, natte, vlekken.

Het is bloed.

Femmetje is er niet.

Ik spring uit bed.

Ze zit in de woonkamer op het parket, naakt. Ze bonkt met haar hoofd heel hard tegen de bank waarop we zoveel liefdevolle momenten hebben gekend. Ze doet het in een vierkwartsmaat, op elke vierde tel bonkt ze tegen de bank.

Ze heeft wonden op haar armen.

Naast haar ligt de Lagiole-kurkentrekker die ik voor mijn verjaardag heb gekregen.

Ze gebruikt het mesje dat nodig is om de capsule van de fles te halen om, als ze niet tegen de bank bonkt, in haar arm te krassen.

'Hoi lieve Pep,' zegt ze ijzingwekkend kalm, 'sorry, maar ik moet hier nog even mee doorgaan. Ik ben het maar hier gaan doen, dan maak ik je niet wakker, dacht ik. Als ik het nog een uurtje doe dan is het evenwicht hersteld en gaat *Dogs* vast opeens wel door. Ik weet het zeker.'

Ik probeer het met haar hoofd onophoudelijk tegen de bank bonken te stoppen maar dat lukt me niet. Zodra ze kan pakt ze het ritmische gebonk weer op.

Ik pak uit de ladekast in de slaapkamer de met pluche gevoerde handboeien met pantermotief en maak haar handen aan elkaar vast.

Ze verzet zich niet.

Het lijkt alsof haar geest zich in een geheel andere dimensie bevindt.

Ze kijkt me onderzoekend aan en zegt heel rustig: 'Neeh, dat kan niet. Dan is het evenwicht zoek. Ik moet dit afmaken, dan komt alles goed.'

Het is halfzeven in de ochtend.

Ik ga op zoek naar haar telefoon.

Bij gekozen nummers vind ik de naam van Woudrust, de psychiater.

Ik bel hem.

'Goedemorgen, met Woudrust.'

Ik leg de situatie uit.

'Vervelend, vervelend. Die boeien, tsjah, niet goed, denk ik. Laat me zien, laat me zien. Ik heb eigenlijk vrij deze ochtend, maar een moment, even kijken, juist, ik kom zo dadelijk bij u langs.'

Ik doe haar de boeien af en kleed Femmetje zo goed en zo kwaad als het kan aan. Ze ondergaat alles met een angstwekkende gelatenheid.

Drie kwartier later is Woudrust er.

Femmetje blijft boven op het parket zitten, ik ga naar beneden en doe de deur open. Een grote, rustige man met een licht boers voorkomen komt binnen. Woudrust heeft kort zwart haar met wat grijze stroken ertussen. Hij geeft me een hand. Omdat hij kolenschoppen van handen heeft verdwijnt mijn hand bijna in die van hem.

'Luister. U bent haar vriend, is 't niet? Kijk, ik vertel u dit in vertrouwen, ze heeft een Emotie Regulatie Stoornis, populaire naam borderline.'

Als zij een borderline heeft hebben we dan nu een grensconflict, denk ik terwijl ik mijn best doe om niet het nummer van Madonna te gaan neuriën.

'Lichte vorm hoor, voor zover ik dat heb kunnen diagnosticeren.'

Ah, het is een grensgeval, denk ik.

Alleen zwarte humor kan me op dit moment nog redden van de waanzin.

'Het kan behandeld worden met de Linehan-training of de VERS-training. Zoals ze zich nu gedraagt, is ze wel een gevaar voor zichzelf. Automutilatie, zelfverminking dus, is niet goed, is niet goed. Ik heb in de auto met een collega gebeld van de ggz Buitenamstel, dokter Hoder. Kijk, een dwangopname zou kunnen, maar ik heb liever dat ze toestemt, ik wil haar ter observatie vrijwillig opnemen in de Valeriuskliniek, hier in Zuid. Beetje rust en regelmaat, beetje medicatie, antidepressivum lithiumcarbonaat, denk ik, therapie en binnen een paar weken is ze er weer redelijk bovenop. Kan ze uit de kliniek. Het is een sterk meisje.'

We lopen naar boven.

Woudrust overlegt met Femmetje.

Geheel tegen mijn verwachting in stemt ze toe in de vrijwillige opname.

Haar motief lijkt me alleen niet geheel juist.

'Opname? Valeriuskliniek? Goed voor evenwicht!'

Woudrust haalt zijn auto.

Het is een oude witte Volvo 245 Polar stationcar met blauwe stoffen bekleding.

We lopen naar buiten.

Femmetje en ik staan daar op de glimmende Keizersgracht in de klamme ochtendkou, hand in hand.

Ze omhelst me en geeft me een kus.

'Femmetje, mijn lieve Femmetje, je bent een complex meisje,' zeg ik.

'Zoals ik op Kythera al zei, ik ben Femplex,' antwoordt ze opmerkelijk gevat gezien de toestand waarin ze zich bevindt.

Ze stapt in, gaat naast Woudrust zitten en zwaait.

Ze doet haar raampje open.

'Dag lieve Pep.'

# · 54 ·

Mensen zeggen weleens dat een liefde die in tijd zo kort heeft geduurd, van 30 april tot zondag 21 december, niet zoveel kan voorstellen.

Ik begrijp dat ze dat zeggen.

Dat zijn meestal mensen die een relatie hebben waarin ze pas seks hebben na te hebben gedoucht.

Die elkaar effectief vijf minuten per dag spreken.

Mensen die elkaar alleen 's avonds laat en in het weekend zien en dan tijdens dat weekend vreselijk verlangen naar het begin van de werkweek.

Mensen die niet weten wat liefde met totale overgave is. Die nooit een totale, onvoorwaardelijke liefde hebben gekend.

De liefde waar je alles voor wilt opgeven.

De liefde die verslavend is.

De liefde waarin je jezelf verliest.

Een liefde waarbij de grenzen tussen jouw ik en haar ik vervagen.

Waarbij je werkelijk 'de liefde' bedrijft.

Waarbij elke seconde samen intens wordt beleefd.

Een liefde als een rollercoaster, een continu voortrazende, onvoorstelbare, alles opslorpende emotionele achtbaan.

Op zondag 21 december, een natte en koude winterdag, aan het eind van de middag om een uur of halfzes als het al donker is, komt er een einde aan die liefde. Tenminste, aan de relatie.

Femmetje zit al een paar weken in de kliniek en ik ben haar elke dag komen opzoeken. Het bezoekuur van deze zondag is ten einde. Ze loopt met me mee tot de deur die zij, zelfs al is ze in 'vrijwillige observatie', niet door mag.

'Lieve Pep...'

Haar stem breekt.

Ik weet wat ze wil gaan zeggen.

Ik weet het en het maakt me wanhopig.

Mijn liefde voor haar is niet minder geworden.

'Lieve, lieve Pep.'

Ze grijpt, als het kleine meisje dat ergens binnen in haar woont, mijn hand vast.

'Ik heb het met mijn therapeut erover gehad en ook dokter Hoder vindt dat het wellicht beter is dat ik je een tijdje loslaat. Zolang ik hier zit kan ik je niks bieden en ik kan me niet helemaal concentreren op mijn herstel als ik je elke dag zie. We moeten dus uit elkaar. Ik moet eventjes egocentrisch zijn en dat vind ik heel erg.'

Er druppelt een traan uit haar linkeroog.

Ik wil haar zeggen dat ik van haar hou met heel mijn hart.

Dat ik haar nooit in de steek zal laten. Dat ik zonder enig probleem op haar zal wachten. En dat ik van haar verhaal geen reet geloof. Welke therapeut adviseert om je geliefde te laten gaan? Het venijn zit hem in de woordjes 'ook dokter Hoder'. Ik ben er van overtuigd dat ze het zelf in de krochten van haar brein heeft verzonnen. Waarschijnlijk omdat het haar pijn doet om te weten dat ik lijd door haar pijn. Daarom moet ze me loslaten. Of omdat ik iets positiefs ben in haar leven en dat mag niet. Niet nu de musical niet doorgaat.

'De bedoeling is dat ik vijf weken hier zit zonder enig contact met jou. Met mijn familie mag ik wel contact hebben, ik kan met hen kerst doorbrengen in het huisje in de Vogezen.'

Ik hoor voor het eerst dat de kerstuitnodiging is ingetrokken. Het is slechts vier dagen voor de kerst.

'Ze hopen me binnen vijf weken dusdanig op orde te hebben dat ik naar buiten kan en uiteindelijk zelfs weer aan het werk kan. Waar en hoe dan ook.' Ze kijkt kinderlijk blij.

Ik hou mijn mond.

Ik omhels haar met alle liefde die ik in me heb.

'Sterkte, mijn lieve Femplex,' zeg ik, terwijl de tranen uit mijn ogen stromen.

219

We zoenen.

Ik heb het vermoeden dat het de laatste keer is dat we zullen tongzoenen. Vijf weken is te lang voor Femmetje.

In vijf weken zal ze afstand nemen.

Veel te veel afstand.

Ik ben in de afgelopen maanden veel te dicht bij haar kern gekomen en daardoor is ze kwetsbaar geworden.

Dat ik nou geloof dat wie zich kwetsbaar opstelt juist onkwetsbaar is.

Voor haar is het niet waar.

Ze knuffelt me nog een keer, ik snuif uit alle macht haar geur op.

Haar geur waarin ik kon verdwalen.

Haar geur die alles goedmaakte.

Dan maakt ze zich los van mijn armen, die haar niet willen loslaten, en draait zich vervolgens om, abrupt als altijd bij elk afscheid.

Uit het niks zegt ze: 'Fijne kerst.'

Zonder om te kijken, opeens opnieuw verzonken in haar eigen kolkende oceaan van gruwelijke eenzaamheid, loopt ze weg.

Ik ga naar buiten.

Ik glijd bijna uit over de natte bladeren die overal liggen.

Het is donker, vies koud en er begint natte sneeuw te vallen.

De natriumlampen geven het smerige gele licht dat ik zo verafschuw.

Het is, om de ramp compleet te maken, ook nog zondag.

Als ik als enig kind van twee enig kinderen waarvan twee derde van zijn familie dit afgelopen jaar is overleden, die geen familie meer heeft behalve zijn moeder, ook nog zonder mijn Femmetje hier in het koude Amsterdam de kerst moet doorbrengen, dan word *ik* gek.

Dan kunnen ze mij opnemen.

Ik moet hier weg.

Zodra ik thuis ben bel ik Boel. Hij neemt meteen op.

'Dokter Van der Ploeg.'

Ik noem mijn naam.

'Hey swa, man, hoe is het? Ik zit hier net te lunchen. Het is hier een graad of dertig, bij jullie vriest het licht, las ik in de krant. Brrr. Lijkt me maar koud. Ga straks naar Barbara Beach voor de borrel. De jug zit al vol! Wanneer kom je weer?'

Ik antwoord dat het niet zo goed gaat en dat ik heel graag de komende weken al van zijn gastvrijheid gebruikmaak.

'Oké man, geen probleem, gezellig. Hopi Bon! Het wordt helemaal te gek! Kerst in de tropen is top, man!'

Twee dagen daarna zit ik in het vliegtuig naar Curaçao. Het is woensdag 24 december.

Ik ben maar een paar weken in Nederland geweest.

# ·55·

Na de landing op Hato sprint ik richting douane.

'Bon dia, mevrouw.'

De douanebeambte glimlacht vriendelijk, verheugd dat een blanke de moeite neemt om beleefd te zijn in het Papiaments. Ze corrigeert me wel.

'Bon tardi, bedoelt u. Dia is tot de middag, tardi tot de avond, en vanaf dan is het bon nochi.'

Ze leest de stempels in mijn paspoort van mijn vorige bezoek.

'Welkom terug, meneer. Bon pasku (fijne feestdagen).'

Naar het eiland gaan blijkt de beste beslissing die ik had kunnen nemen. Boel heeft gezorgd voor een topontvangst. Ik ben amper drie uur geland of ik zit op een Christmas Eve dinner. Een vrouwelijke expat die voor een van de grote accountantskantoren op het eiland werkt heeft in haar luxe appartement voor tien man een orgie van drank en eten aangericht. Er zijn zelfs pakjes. Ik krijg een in nepkippenleer gevat notitieboekje, waarin ik een begin maak met dit boek.

Ik eet en drink alsof ik in jaren niet gegeten en gedronken heb. Af en toe steekt Femmetje de kop op, maar ik smoor haar in glazed ham, puree, paddenstoelensaus en een stortvloed aan White Label met ijs.

Van de vorige keer heb ik geleerd dat ik jetlag-technisch het beste tot minimaal een uur of twee in de nacht kan doorgaan. Het wordt 4 uur 45 voordat ik mijn bed in rol.

Een paar uur later is het tijd voor een kerstbrunch aan boord van een grote zeilboot. Evenals de vorige keer heb ik nauwelijks een kater. Waarschijnlijk doordat je bijna de hele tijd in de frisse lucht aan het zuipen bent.

Je bent het grootste deel van de dag in de buitenlucht en dat geldt natuurlijk ook voor de avond.

In Nederland adem je in de kroeg continu de gebruikte lucht van anderen in. In de stad adem je de dieseldampen in. Dat kan niet goed zijn.

Als we gaan varen zie ik tientallen vliegende vissen. De eeuwenoude filosofische vraag doemt op: is het een school vliegende vissen of is het een zwerm?

Ik mis Femmetje. Ik sms haar de avond van die eerste kerstdag, ze moet op dat moment in Frankrijk zitten met haar familie, maar ik hoor niets terug.

Eigenlijk verbaast me dat niet.

Oud en nieuw nadert. Men begint hier meteen na de kerstdagen enthousiast met het opblazen van het eiland. De dag van oud en nieuw ligt er in Willemstad een rood tapijt van knalvuurwerk van wel 100 meter lengte. Daarna begint een soort Koninginnedagfeest, je staat om twaalf uur in de middag al te zuipen, tot je uiteindelijk bijna omvalt om een uur of zes 's avonds. Dan ga je met je mede-feestgangers eten en vervolgens slaap je tot elf uur in de avond. Dan begint het feest ergens anders opnieuw.

Alle is hier poco, poco, behalve het recreëren. Dat is gebonden aan een strak tijdschema.

Met overvloedige hoeveelheden drank en vuurwerk ga ik het nieuwe jaar in. Zonder Femmetje.

Na oud en nieuw te hebben gevierd op het eiland land ik, twee dagen later, op een ijskoud Schiphol.

Ik huiver vanaf het moment dat ik uit het vliegtuig de slurf in stap. Een douanemedewerker kijkt me buitengewoon onvriendelijk aan.

De menselijke kilte in Nederland vliegt me meer dan ooit naar de keel. Ik heb het koud tot op het bot en die koude gaat helaas niet meer weg. Wat ik in de dagen na mijn landing ook doe, wisselbaden, fluffige donzen winterdekbedden met daarbovenop imitatiedierenhuiden, slapen in mijn joggingbroek en mijn grijze Champion-sweater die nog ruikt naar Femmetje, liters warme thee: de koude blijft.

Ik heb een paar uur voordat ik het vliegtuig in ging met de dalmatiër Monty gespeeld. De hond is van de buren van Boel, en komt vaak gezellig buurten. Ik hoop dat de drugshonden die ze inzetten om de arme drugshonden op te sporen (terwijl de grote containerboeren welhaast ongemoeid blijven) mij nu niet zien als de grote hondenvriend. Ik hoop dat er niet een drugshond blij kwispelend bij me komt zitten. Dan ben ik het bokje.

De paar goeden uitgezonderd hebben de meeste douaniers geen gevoel voor humor en het zijn allemaal in meer of mindere mate machtswellustelingen. Anders kies je dit beroep niet. Anders weiger je om mee te werken aan de volstrekt racistische honderdprocent-controles. Mensen die vrijwillig hieraan bijdragen deugen net zomin als mensen die voor hun lol bij de belastingdienst gaan werken.

Ik sta in de rij die zich direct na de slurf heeft gevormd te wachten. Mijn god, wat is het koud. Ik mis het eiland zo vreselijk dat het fysiek pijn doet.

'Waar komt u vandaan?'

Ik schrik op uit mijn overpeinzing. Meteen na de slurf staan mensen van de douane.

Wat is dit in wiensnaamdanook voor onvoorstelbaar stupide vraag? Dit is de KL735 vanuit Curaçao.

Waar zou ik nou opeens vandaan komen? Reykjavik?

Ik wil een gevat antwoord geven, maar dat hou ik wijselijk voor me.

'Van Curaçao.'

'Wat heeft u daar gedaan?'

Mijn verdriet gemarineerd in de drank en daarna gebakken in de zon, denk ik. Maar ik antwoord braaf: 'Kerst en oud en nieuw gevierd.'

'Heeft u daar familie?'

'Ja,' lieg ik.

'U reist alleen?'

Ik wil vragen of er een straf staat op het vrijgezel zijn maar laat dat uit mijn hoofd. Ik kan het alleen niet laten om ostentatief kort links en dan weer kort rechts van me te kijken. Er staat inderdaad niemand.

'Dat is correct.'

De douanier negeert het gedraai met mijn hoofd en gaat onverdroten voort.

'U heeft uw ticket kort voor vertrek gekocht, zie ik. Wat was daar de reden van? Familiebezoek met de kerstdagen plant men toch meestal langer van tevoren?'

Ik weet dat het kort van tevoren kopen van je ticket voor de douane een indicatie is dat je een bolletjesslikker kunt zijn.

'Gezien de prijsoptimalisatie die de afdeling revenumanagement van de Koninklijke Luchtvaart Maatschappij hanteert, waarbij bezettingsgraad en verkoopprijs een ingewikkelde doch duale correlatie hebben welk zich in een op- dan wel neerwaartse prijsbeweging vermag te manifesteren, kan het soms gunstiger zijn om het ticket kort voor vertrek aan te schaffen.'

De beambte kijkt naar mijn ticket, waar ik, vanwege het schandelijke kartel van KLM en anderen, meer dan duizend euro voor heb betaald.

'Uw uiteindelijke ticket kost best duur.'

Ik ga geen taalles geven. Ik ben verstandig.

Bovendien interesseert het hem waarschijnlijk geen reet of hij goed of slecht Nederlands spreekt, als hij dit kutbaantje maar heeft waarbij hij macht over andere mensen kan uitoefenen en in het weekend lekker kan blowen. Coke mag het land niet binnen, wiet wel want dat is legaal mits je niet te veel in bezit hebt. Dus moet je als puistige douanier bolletjesslikkers pakken, en in het weekend mag je vervolgens je weinige brains eruit blowen. Geef alle rotzooi toch vrij en verkoop het in staatswinkels met btw. Als ik mezelf dood wil drinken dan word ik de beste vrienden met mijn slijter en ik krijg er nog airmiles bij ook. Wil ik aan de opium dan heb ik opeens een heel groot probleem. Kan iemand mij het verschil uitleggen? Zal ik hierover een leuke discussie beginnen met de douanier?

Ik ben verstandig. Ik geef de verwachte verklaring.

'Ik heb uiteindelijk te lang gewacht met het kopen van het ticket. Gelukkig kan ik het mij veroorloven,' voeg ik er, licht venijnig, aan toe.

De beambte kijkt mij indringend aan. Ik weet zeker dat hij niet van me houdt. Met een korte hoofdbeweging naar links sluit hij ons gesprek af.

Ik loop door naar de eerste bagagecheck.

Ik mag al weer mijn paspoort laten zien! Joepie!

Mijn handbagage moet door röntgenstralen heen en ik word volledig gefouilleerd.

Ik overweeg om te zeggen dat ik op geloofsgronden liever door een vrouw word gefouilleerd, maar doe dat wijselijk niet.

Ik mag bij de reguliere douane opnieuw mijn paspoort laten zien. Daarna worden alle passagiers van de KL735 geleid naar bagageband nummer 19, die met hoge schotten is afgezonderd van de andere banden.

Nadat ik mijn koffer en mijn handbagage door al weer een röntgenscanner heb gehaald zie ik dat er tafels klaarstaan waarop je koffer ook nog eens handmatig wordt doorzocht.

Ik heb het gehad.

Ik loop, met mijn paspoort in de hand, strak door. Ik kijk niemand aan.

Ik staar naar de witte tegelvloer.

Niemand houdt mij meer tegen.

Ik passeer de laatste sluis, waar je mag kiezen tussen 'nothing to declare' en 'goods to declare'. Bij die laatste balie staat een man die verbijsterd is dat hij zijn zelf in Canada gevangen zalm moet inleveren. Dat wordt smikkelen bij de familie Douanier!

Ik kies voor 'niks aan te geven'.

Niemand legt me een strobreed in de weg.

Bij het groepje afhalers, waarvan sommigen voorzien zijn van zilveren opblaasharten, hoop ik Femmetje te zien.

Ik wacht een paar minuten, maar ze komt niet.

Er komt helemaal niemand om me af te halen.

Mijn moeder moet een werkstuk inleveren voor haar nu al negentien jaar durende studie der typografie van de Oost-Indische letteren; bovendien heeft ze geen auto en in mijn auto durft ze niet te rijden want dat is een 'automatic', zoals ze dat altijd noemt in plaats van het normaal een automaat te noemen.

Mijn vrienden werken zoals het fatsoenlijke mensen op dit tijdstip op een doordeweekse ochtend betaamt.

Moedeloos loop ik in de richting van de taxistandplaats.

Een oudere vrouw met een verschrikkelijk accent vraagt me de weg.

'Bent u hier bekend?'

'Dat moet u aan anderen vragen,' floep ik er gevat uit.

De vrouw kijkt mij niet-begrijpend aan.

'Hoe bedoelt u?' (Ze zegt eigenlijk: hwoebedeuleuw?) Opeens herkent ze me.

'Komt u weleens op de televisie?'

Alleen als ik heel hard spuit, mevrouw, denk ik.

Maar ik ben het slachtoffer van een goede opvoeding, dus ik voer netjes het 'wat leuk dat ik u herken, hè, dat vindt u vast wel fijn na negen uur vliegen en anderhalf uur zinloos gedoe bij de douane'-gesprek en wijs haar de weg naar de verlossing, die in haar geval bestaat uit de richting van het perron waar de treinen vertrekken richting het oosten.

Ik loop naar de taxistandplaats.

De eerste in lijn is een grote zwarte Mercedes die me sterk doet denken aan de volgauto waarin we zaten op weg naar de begrafenis van mijn vader.

Ook de taxichauffeur, die me aan mijn stem herkent, begint over *Docu* te praten.

In de krant die hij in de auto heeft liggen staat een heel artikel over het faillissement van *Dogs*.

Er staat een grote foto van Femmetje bij die gemaakt is toen we binnenkwamen op het feest in Sociëteit De Oude Roode. De foto is zodanig afgedrukt dat ik er half op sta.

Als de taxi me bij mijn huis op de gracht heeft afgezet merk ik pas hoe ijskoud het is.

Binnen aai ik de kat.

Op het moment dat ik bovenkom en de grote blauwe bank zie waarop Femmetje en ik zoveel liefdevolle momenten hebben gekend en waartegen ze met haar hoofd is gaan bonken, barst ik in tranen uit.

Ik ben niet meer thuis in mijn huis.
Mijn hart woont bij Femmetje.
Mijn hart woont op Curaçao.
Ik ben een ontheemde in wat ooit mijn eigen land leek.
Femplex zwijgt in alle talen.

# Deel II

## De Bananenmonarchie

(ruim negen maanden later)

# .1.

Ik ben niet naar het eiland geëmigreerd vanwege liefdesverdriet.
Ik ken ze trouwens wel, de mensen die na het oplopen van een ge-
broken hart hier naar het eiland komen, maar je neemt je emoties
mee. Een ander land is geen ander hoofd. Misschien verwaait het
leed hier enigszins in de immer waaiende passaatwinden, maar er
komen voortdurend weer nieuwe emoties aanwaaien.

Natuurlijk had ik hartzeer. Alle maanden dat ik nog in Nederland
heb gewoond, eigenlijk tot het moment dat ik op 21 april wegvloog
en de Lage Landen onder mij zag verdwijnen, heb ik pijn gehad van
het mislukken van mijn relatie met mijn grote liefde.
Femmetje heeft me, nadat we elkaar op 21 december vlak voor kerst
voor het laatst hadden gezien, nog één sms gestuurd. In maart, ruim
drie maanden na dato.
'Ik ga beter. Musical gaat door. Bel je!'
Ze moet nog steeds bellen. Het is nu eind september, we zijn een
heel kind verder sinds december, negen maanden.

De musical *Dogs* is, zoals ik al had gezegd om haar te troosten begin
december, uiteindelijk overgenomen door een nieuwe producent.
Ik heb in Nederland begin april op de televisie de première bijge-
woond.
Ik was natuurlijk niet uitgenodigd.
Ze zag er goed uit. Ze had een mooie jurk aan.
Van Skippy de Boer, denk ik.

Ben ik over Femmetje heen?
Kun je ooit over een dergelijk grote liefde heen komen?
Leed vervaagt.
Dat is alles.

Ik ben niet naar het eiland toe gegaan omdat ik het opeens gehad
had met Nederland of beter gezegd met Amsterdam.

Met Nederland was en ben ik namelijk al jaren klaar. Ik vind het een vervelende samenleving geworden die holt van de ene zinloze hype naar de andere, nog zinlozer hype.

Ik ben zeker niet geëmigreerd, voor zover men daar van kan spreken indien men binnen het koninkrijk verhuist van Amsterdam naar de bananenmonarchie waar ik nu woon, een eilandje met het inwonertal van Gouda binnen het Koninkrijk der Nederlanden, omdat ik iets tegen 'de buitenlanders' heb.

Het zou vreemd zijn als ik iets tegen allochtonen zou hebben aangezien ik nu tot een blanke minderheid behoor te midden van negers, mestiezen, mulatten en aanverwante artikelen. Volgens de nieuwe Nederlandse rassenwetten ben ik zelf een allochtoon. Een criterium is namelijk dat je beide ouders in het buitenland zijn geboren. Nou: dat zijn ze! Mijn vader in Düsseldorf, Duitsland, en mijn moeder in Soerabaja, Indië. Dat zowel de moeder van mijn moeder als de vader van mijn moeder tot eeuwenoude Hollandsche geslachten behoren, maakt niet uit.

Ik ben opeens allochtoon, mijn vader was immers een Germaan. Ik heb nog overwogen om politiek asiel in Duitsland aan te vragen.

Ik ben geëmigreerd omdat ik verkocht was, vanaf het moment dat ik voor het eerst landde op het eiland.

Als je om een andere reden hiernaartoe gaat, kun je een probleem met jezelf krijgen. Als je hiernaartoe gaat omdat je als Hollander denkt dat het hier vanwege de Nederlandse invloeden de 'tropen light' is dan gaat het mis.

Het is hier Zuid-Amerika.

Met alle 'siempre vida' en 'leef vandaag' mentaliteit van dien, maar ook met de rauwheid van het continent.

Die krijg je er gratis bij.

Er liggen hier dode honden langs de weg. Een week lang of zo.

Er is hier zeer zichtbare armoede en overduidelijke rijkdom. Daar moet je tegen kunnen.

Als je weggaat uit Polderonië omdat je Nederland haat, dan gaat het hier geheid mis.

Ik ben me terdege bewust van het feit dat Nederland, nu ik weg ben gegaan, gewoon doorgaat met veranderen. De tragiek van de emigrant is dat zijn vaderland, of in mijn geval beter gezegd mijn moederland, na een paar jaar niet meer het land is dat woont in zijn herinneringen. Ik ken Nederlanders die niet hier op het eiland kunnen leven, maar ook niet meer in Holland. Zij hebben wat ik noem de 'Curaçao-ziekte': als ze in Nederland zijn missen ze het eiland; als ze hier zijn missen ze hun stad, hun dorp, hun familie of gewoon hun Nederland. Het overkomt zelfs mensen die op het eiland geboren en getogen zijn en die na een paar jaar opleiding in het buiten-land terugkeren. Zij worden gezien als 'buitenstaanders', als 'zwarte makamba's' ('makamba' is de niet erg positieve Papiamentse term voor witte Nederlander.

Ook Curaçao verandert.

Maar ik dwaal af.

Ik ben hiernaartoe gegaan
omdat ik
verliefd werd
op het eiland.
Ik had geen keuze.
Ik moest wel.

Ik hou van de warmte.
Die is er altijd en overal.
Het is overdag, het hele jaar rond, 31 graden. In de nacht is het 27 graden, soms 26. Heel soms, als het orkaanseizoen is aangebroken, kan het overdag 26 graden zijn. Maar dat komt zelden voor. Het eiland ligt benedenwinds en tussen twee eilanden in. Zeker het ge-bied in de buurt van het Spaanse Water waar ik woon is vrijwel ver-stoken van orkanen en hun gevolgen. De warmte hier is anders dan

in Holland als het warm is. Niet zo benauwd en verstikkend. Het is een gezellige zekerheid, een vertrouwde vriend. De warmte is er. Altijd. Ze zit in de aarde. Ze zit in de stenen. Ze zit in de mensen. Er zijn mensen die dol zijn op 'de seizoenen'. Ik heb hier genoeg variatie in het weerbeeld. Het regenseizoen is heel anders dan het droge seizoen. Soms is het zwaarbewolkt, soms niet.

Ik hou het meest van Curaçao als het bewolkt is. Ik hou van de straten van Otrobanda. Ik hou verschrikkelijk veel van Punda als het om halfdrie in de middag bewolkt is en er regen in de wolken zit die niet valt. De straten krijgen een mysterieuze glans, de vogels zijn stil, de krabbetjes lopen trager. Er heerst een diepmelancholieke tristesse, er is heimzee, er is verlangen naar een tijd die nooit is geweest.

Misschien hou ik ook daarom van dit eiland, het doet me, als de zon in de zee schittert, denken aan gelukkige tijden die wel zijn geweest, zomers met mijn grootmoeder aan de Boulevard in Vlissingen als de zon net zo schitterde in de Westerschelde, het doet me denken aan het Ibiza van mijn vader, waar ik in mijn jeugd zeer gelukkig was.

Vanaf de eerste keer dat ik er was hield ik van Curaçao.

Het is de combinatie van het typisch Nederlands/Curaçaose, het Zuid-Amerikaanse en het Amerikaanse.

Waar anders rij je met je voor Nederlandse toeristen schofferend grote 4x4 suv naar de ronde markt in Willemstad om daar tijdens de lunch een kabritu stobá (een stoofpot van geit) te eten met daarbij een glas van het zachtste drinkwater ter wereld, gewonnen uit zeewater?

Waar anders kun je in op Amerikaanse leest geschoeide megasupermarkten Nederlandse drop kopen, Arubaanse Diet Coke, Oscar Mayer Smoked Turkey Breast ('It's America's Favorite!'), limoenchi, Polar en alle ingrediënten voor typisch Curaçaose gerechten?

# .2.

Bezoekers, of gasten zo u wilt, vragen weleens of ik Amsterdam mis sinds mijn emigratie naar het eiland.

Naar waarheid kan ik antwoorden dat ik Amsterdam in het geheel niet mis.

Er zijn dagen dat ik mijn vertrouwde huis aan de gracht mis.

Maar de wereld buiten mijn grachtengroene voordeur mis ik niet.

Heel soms is er heimwee naar een Amsterdamse tijd die er niet meer is.

Het is vier uur in de middag.

Van buiten valt een zonnestraal naar binnen in sta-Hoppe. Binnen ruikt het naar vers boenwas vermengd met de eeuwigdurende muffe geur van verschaald bier en sigaren.

Ik drink een ijskoud glas Amstel bier uit het 'vaasje' (buiten Amsterdam Amsterdammertje genoemd) met het gouden randje en heb een portie oude kaas met veel mosterd naast me staan. 'Papi' Ron en Jaap staan achter de bar. Het is mijn eerste bier en de warme middag belooft over te gaan in een zwoele avond gelardeerd met heel veel rosé, mentholsigaretten en blonde dames.

Helaas is Hoppe ook al niet meer wat het geweest is.

Ron werkt bij De Zwart en Jaap moet het rustig aan doen.

Heel soms is er heimwee naar een winters Amsterdam.

Ik ben elf en heb nieuwe gele rubberen laarsjes.

De Apollolaan is helemaal besneeuwd.

Ik ben de enige in dit stille landschap.

Het is acht uur 's ochtends op zondag en ik loop alleen in de verstilde winter.

De sneeuw knerst onder mijn voetjes.

Ik ben gelukkig.

Heel soms is er heimwee naar een verlaten Amsterdam zoals ik dat ken uit mijn jeugd.

Bijvoorbeeld aan het einde van een stapavond.

Het is stil en koud.

Het regent niet, de lucht is strakgrijs.

Er staat geen wind.

De stenen waarmee de grachten zijn geplaveid glimmen. Het water in de gracht zelf is strak en glad.

De bomen zijn groen.

Er is volkomen harmonie en stille schoonheid.

Dat ogenblik, dat mis ik soms.

Helaas duurt dat moment, als het er al is, tegenwoordig uitermate kort. Meestal wordt de stilte wreed verscheurd door een proleet op een scooter.

Die zijn hier ook niet.

De scooters bedoel ik.

Naast mijn verliefdheid op Curaçao was een van de voornaamste redenen om weg te gaan uit Amsterdam de ruimte – of beter: het gebrek aan ruimte.

Dat je van het metropooltje Amsterdam naar een niet vreselijk groot eiland gaat en dan blij bent met de ruimte die dat eiland je biedt verdient misschien enige toelichting.

Ik heb tot mijn emigratie (of verhuizing naar een ander land binnen het Koninkrijk der Nederlanden) altijd in Amsterdam gewoond.

Als ik in de hokjesplaatssfeer al iets genoemd kan worden dan ben ik geen Hollander maar een Amsterdammer, hoewel ik die term meer met drugs, hoeren en talentloze zangers verbind dan met het libertijnse waar het eigenlijk voor zou moeten staan.

Ik ben gemaakt in de Tweede Jan Steenstraat 92-4hoog.

Ik ben, hoewel van moeders kant Nederlands hervormd en van vaders kant katholiek, geboren in het Centraal Israëlitisch Ziekenhuis in Amsterdam-Zuid in de Jacob Obrechtstraat.

Op de plek van het voormalig CIZ staat nu de Jellinek-kliniek voor verslavingszorg.

Ik mocht graag daarlangs lopen en tegen mensen die bij me waren met gedragen stem zeggen: 'Daar ben ik geboren.'
De meeste mensen durfden niet verder te vragen...

# .3.

Ik heb tot mijn achtste in een flat op de Burgemeester Hogguerstraat gewoond. Ik heb tot mijn achttiende in de Jan van Eijckstraat gewoond. Het was hier zo gehorig, dat als de bovenbuurvrouw een scheet liet, bij ons de soep golfde. Nadat ik op kamers ging, ben ik gaan wonen op de Amsteldijk, de Overtoom, de Rustenburgerstraat, de Gerard Terborgstraat en daarna, tot mijn vertrek, heb ik op de Keizersgracht gewoond.

In de Jan van Eijckstraat hadden we een tuin, waar ik nooit zat. In de Rustenburgerstraat had ik een balkon, waar ik nooit zat.
In de Gerard Terborgstraat had ik een balkon waar ik nooit zat en er was een gemeenschappelijke binnentuin waar ik nooit zat.
Ik voel me al snel bekeken, en overal rondom de binnentuin wonen mensen. Je hebt in Amsterdam bijna geen privacy.

Op de gracht had ik geen balkon en geen tuin. Scheelt onderhoud en het gesjouw met planten. Ik had wel een stoepje, dat ik deelde met mijn bovenbuurman, die er zelden was en met wat Engelse nichten die er alleen waren op de Nationale Nichtendagen. Op dat stoepje zat ik als het zonnig was te kijken naar het mij voorbij fietsende leven. Op dat moment overviel mij, terwijl ik buiten zat, altijd een enorm gevoel van opgesloten zijn.
Het enige wat hielp was drank.

Ik hou niet van Amsterdam in de zomer.
Het smerige gelige licht, het geschreeuw vanaf bootjes en de constante behoefte van anderen om te recreëren in mijn biotoop: ik kan er slecht tegen.
Ik ben geen misantroop, maar als ik reuring wil, dan zoek ik die zelf

wel op. In Amsterdam zocht de reuring mij op, elk jaar erger dan ooit tevoren.

Ik vluchtte in Nederland van Nederland door het kijken naar series uit de jaren zeventig.
Ik kreeg zelfs heimwee naar de jaren zeventig.
Ik had nooit gedacht dat ik heimwee (door mij ook wel heimzee genoemd, wat schitterende associaties oproept; de zee van het thuis) zou hebben naar de jaren zeventig van de vorige eeuw.
Namelijk, toen ik ze beleefde vond ik ze vreselijk.
In mijn herinnering is het gedurende de hele jaren zeventig zondag, er is een vies oranje zonnetje en er is altijd voetbal op tv.
Ik haatte de zondagen.
En voetbal.
De zondag was vroeger de dag om, als hij in Nederland was, naar pappa te gaan. Naar het Flora Disney Theater (waar later de IT zou zitten).
Met pappa op zondag iets gaan doen was geen keuze, dat moest.

Toch miste ik op een zeker moment de jaren zeventig.
Men had toen nog hoop en nieuw elan.
Het leek meer om de inhoud te gaan.

In de Louis de Funès-film *Le Gendarme et les Extra-Terrestres* (voor de niet Francofielen – liefhebbers van Frankrijk, niet van generaal Franco – leg ik de titel even uit. Zelf heb ik een enorme hekel aan het gebruik van vreemde talen in boeken zonder uitleg.
De titel is vrij vertaald: De politieman – een gendarme is eigenlijk wat anders; maar dat voert nu te ver – en de buitenaardsen), in die film dus maakt men zich zorgen over sluikreclame. En men rijdt in een Mehari. Ik heb een diepe liefde voor de Citroën Mehari. Mijn vader had een groene toen hij op Ibiza woonde, daar komt het door.
Het is de ultieme cabriolet, voorzien van een gezellig ronkende 2CV-motor.
Met optioneel een dakje. Nu ik me er een kan veroorloven, circa 3000

pleuro, zou ik er trouwens niet in durven rijden, ook niet hier op het eiland, waar ik er het hele jaar van zou kunnen genieten.

Veel te gevaarlijk. Het verkeer is niet meer zoals in de jaren zeventig. Je ziet in die Louis de Funès-film de blijheid en de relatieve onschuld van de jaren zeventig.

Ja, ja, ik weet de andere kant: Vietnam, Rote Armee Fraktion, Baader Meinhof, Rode Brigades, de kaping bij De Punt en de gijzeling van een school in Bovensmilde.

Toch ben ik dol op films en series die spelen in die tijd. Geen computers, geen MSN, geen sms, geen fax.

Voor een aflevering van *Columbo* uit die tijd bleef ik zaterdagmiddag thuis.

Dan was ik gelukkig.

Escapisme?

# .4.

Het was in Amsterdam in de winter uit te houden. Mits voorzien van een ruime mondvoorraad bordeaux en bourgogne plus enige liters prettig gedestilleerd, kwam ik dat seizoen wel door.

Teneinde de opkomende winterdepressie door gebrek aan licht en verticale beweging te bestrijden ging ik vaak lopen van Zandvoort naar Langevelderslag of van Langevelderslag naar Noordwijk en weer terug, een wandeling van 15 kilometer.

In de winter kwam ik zelden een mens tegen, zeker wanneer ik door de week ging. Als bewijs dat je in Nederland overigens nimmer alleen bent: je kwam ook nooit niemand tegen. Ik liep daar hoogstens een halfuur alleen. ALTIJD kwam je iemand tegen.

Tijdens mijn wandelingen, en het is goed voor het nageslacht dat dit geboekstaafd wordt, heb ik een pinguïn gezien. (Neen, het was geen alk.)

Ik was op 23 januari in de middag op het strand, net drie weken terug van mijn onverwachte kerstreis naar Curaçao, samen met een mooie en bovendien negentien jaar jongere blondine (dit niet ter illustratie van mijn boeiende en bloeiende seksleven maar als bewijs van het feit dat mijn waarneming niet gekleurd is door de leeftijd!) aan het lopen van Zandvoort, beginpunt het eindpunt van de Boulevard Paulus Loot, naar Langevelderslag.

Eerst dachten we dat het een soort van merkwaardig gevlekte strandmeeuw was, tot het zwart-witte diertje, meer zwart dan wit en zonder oranje snavel, zich oprichtte en zich begon voort te bewegen als een pinguïn. Het was dan ook een pinguïn! Hij zwom razendsnel weg, ons in grote verwondering achterlatend. Ik vermoed dat het een uit de dierentuin ontsnapte Humboldt-pinguïn is geweest. Die op zoek was naar zijn vrouwtje (deze soort blijft bij zijn vrouwtje) of mannetje, want er zijn ook homopinguins! Jawel! Lees het onderstaande waar gebeurde verhaal.

*De drie pinguïn-homoparen in de dierentuin Zoo am Meer in het* *Noord-Duitse Bremerhaven mogen bij elkaar blijven. De zes dieren willen niets van vrouwtjes weten en vormen steeds paartjes, zelfs als er genoeg vrouwtjes tijdens het paarseizoen zijn. Pogingen om de beesten aan het paren te krijgen met Zweedse pinguïnvrouwtjes liepen op niets uit. (Ik begrijp hier niets van. Ik zou een leuke Zweedse pinguïnnette niet versmaden!)*

*Homo-organisaties uit de hele wereld kwamen in opstand tegen pogingen om de mannetjes aan de vrouwtjes te koppelen. Zij stelden dat ook pinguïns zelfbeschikkingsrecht hebben wat hun geaardheid betreft.*

*Zoo am Meer spreekt tegen dat de met uitsterven bedreigde Humboldtpinguïns tot heteroseksualiteit worden gedwongen. De dierentuin wilde uitsluitend vaststellen of de zes mannetjes alleen maar contact met elkaar zochten bij gebrek aan vrouwtjes ('homoseksualiteit uit nood'). De directie laat de homostellen bij elkaar.*

Dit in het kader van de werkelijkheid is merkwaardiger dan wat ik ooit kan verzinnen.

# .5.

Amsterdam is vol.

(Wie nu suggereert dat ik dan maar op het platteland had moeten gaan wonen raad ik aan dit boek terzijde te leggen en voor straf tweehonderd keer met het lege hoofd tegen de muur te bonken.

Ik ben/was Amsterdammer. Ik kan niet op het platteland wonen, hoe mooi het hier en daar op het platteland ook is.)

Nederland is angstwekkend vol op de dagen dat er massaal gerecreeerd moet worden.

In de winter is het buiten beter dan binnen, maar buiten kun je niet te lang zijn want dan vries je dood en binnen is in Holland wel heel erg binnen.

De meeste mensen wonen in betonnen doodskisten.

Zelfs in Amsterdam-Zuid en het centrum woon je feitelijk in een blokkendoos. Zelfs als je plafond 3.05 meter hoog is (wat mijn plafond was), zelfs als je 140 vierkante meter hebt (wat ik had) zelfs als je overburen 35 meter van je verwijderd zijn (het gedeelte van de Keizergracht waar ik woonde is breed) en niet de gebruikelijk twaalf meter, zelfs dan woon je in een beklemmende blokkendoos waar je een groot deel van de tijd niet uit komt omdat het buiten te nat en/of te koud is. Als het wel droog en warm is blijf je in je blokkendoos omdat het buiten veel te druk is met lawaaiige proleten.

In Amsterdam blijven werd voor mij steeds meer wachten op de blokkendood in mijn blokkendoos.

Hier, op het eiland, kan ik om mijn zelfontworpen (dat is hier normaal) huis lopen (dat is hier normaal). Ze hebben het in drie maanden gebouwd (dat is hier niet normaal maar een halfjaar is niet ongebruikelijk).

Ik heb een woonoppervlakte van 300 vierkante meter (dat is hier niet abnormaal) en ik woon op een lap grond van 960 vierkante meter (dat is hier normaal).

Ik heb een zwembad (niet abnormaal bij makamba's). Ik heb vrij uitzicht naar voren, mijn buren, die ik eigenlijk alleen aan de rechterkant heb en met wie ik weinig contact heb aangezien zij enkel Spaans spreken en ik voorwend dat niet te kunnen, zitten 10 meter verderop, waarbij ik ook nog een drie meter hoge cactussenhaag heb om mijn erf van hun erf af te scheiden, waardoor ik veel privacy heb. Ik kan hier om mijn huis heen lopen, ik heb vier honden, drie katten, drie auto's die ik op mijn eigen terrein heb geparkeerd.

Ik kan het hele jaar barbecueën (mocht ik die behoefte hebben), ik kan naakt in mijn zwembad gaan zitten (mocht ik die behoefte hebben), ik kan zonder met een welstandscommissie te overleggen mijn huis flamingoroze schilderen (mocht ik die behoefte hebben), ik kan zonder goedkeuring van welke ambtelijke lul dan ook zonnepanelen op mijn dak plaatsen (die behoefte heb ik).

Wat verder bijzonder veel aan mijn gevoel van vrijheid bijdraagt is dat ik hier overal met mijn terreinwagen kan komen. Ik rij een witte Ford Explorer Eddie Bauer 4x4 van een jaar of vijf oud.

Ik heb overwogen om een Toyota 4Runner te kopen maar Toyota is Japans en aangezien de zuster van mijn grootmoeder samen met haar vier kinderen in Indië gratis kost en inwoning hebben gehad gedurende de periode 1941-1945 kan ik het niet over mijn hart verkrijgen om een Japanse auto te rijden.

Ik ben van de laatste generatie die de erfenis van de Tweede Wereldoorlog duidelijk heeft meegekregen en dat zullen die spleetogen weten ook!

Het zal ze leren dat ik niet Nipponees rij!

Dat mijn andere auto hier op het eiland uit sentimentele overwegingen – de oplettende lezer weet nog dat ik in Nederland een signaalrode Mercedes Benz 560 SL uit 1986 had – een zwarte Mercedes Benz 560 SL uit 1986 met beige lederen bekleding is, zullen we maar wijten aan mijn Germaanse bloed.

Hier op het eiland kan ik mij gemakkelijk verplaatsen.

Ik kan met mijn auto overal komen.

Dat kon in de Randstad niet en al helemaal niet in Amsterdam, waar decennia dirigistisch wanbestuur geleid hebben tot bijna-verbanning van de auto. Heel af en toe, op duistere nachten als de passaatwind rond mijn huis huilt, spoken van razernij vertrokken gezichten door mij heen.

Ze waren woedend omdat zij fietsten en ik niet.

Wie dacht ik wel dat ik was?

Waarom conformeerde ik mij niet aan hun wereldbeeld?

Ik reed een cabriolet.

Zij niet.

Afgunst, een van de zeven dodelijke hoofdzonden, is mij vreemd. Ik gun iedereen het beste. Ik gun iedereen een cabriolet.

Een man, een ogenschijnlijk keurig type, model officier van justitie, die mij aan de bestuurderkant passeerde op een degelijk damesrijwiel, begon mij in de Runstraat opeens uit te schelden.

'Jij vuile klootzak met je patsermobiel.'

De haat.

De afgunst.

De bekrompenheid.

Ik hoop dat hij lijdt.

Dat hij eeuwig rilt in die Hollandse hel van vochtige koude. Ik hoop dat hij rochelend en altijd grieperig door zijn blokkendoosje heen en weer strompelt.

Dat hij eeuwig alleen in zijn klamme koude bed ligt, amechtig rukkend aan zijn iele erectie, en ik hoop dat hij nooit zal kunnen klaarkomen.


Omdat ik me hier gemakkelijk verplaats doe ik ook meer.

In Holland begaf ik me zelden buiten mijn postcodegebied – 1016 voor de liefhebber.

Ik ben dol op jazz, bossanova en Zuid-Amerikaanse muziek maar ik ben nog nooit op het North Sea Jazz Festival geweest. Ten eerste is het me daar te druk maar ten tweede: dan moest ik helemaal naar Den Haag of tegenwoordig Rotterdam.

Dat doe ik niet. Veel te veel gedoe.

Hier kan ik mijn auto gratis parkeren voor de deur van Brakkeput Mei Mei en een schitterend concert bijwonen tijdens het Curaçao Jazz Festival in mei.

Geluk bestaat.

Soms is het hoorbaar en soms is het vloeibaar.

Heel af en toe is het beide tegelijk. Dat was het toen ik naar jazz luisterde in de zwoele openlucht, onder de sterrenhemel met een cup White Label met veel ijs.

# .6.

Curaçao is niet het verloren paradijs.

Als je lijdt aan ADHD en de hele dag impulsen nodig hebt en dus al msn'end loopt te sms'en terwijl je de mail checkt en je teennagels lakt dan word je hier gek.

Internet valt uit.

De stroom valt uit.

Het telefoonnet werkt niet.

Het duurt daaaaaaaaaaaaaaaaaaagen voordat je auto gerepareerd is en als ze een onderdeel nodig hebben dat niet op voorraad is, dan duurt het weeeeeeeeeeeeken voordat dat onderdeel binnen is.

Het is een eiland.

Dus is er weleens wat op. Cement. Rijst. Eieren.

De lokale eieren waren op omdat de hennetjes te jong waren gekocht. Dat gebeurt hier en dan moet je eieren uit Florida laten komen en die zijn een stuk duurder.

Op sommige stukken van het eiland heb je geen bereik met je mobiel, en goede teennagellak is ook moeilijk te vinden. Schijnt, ik lak mijn teennagels zelden.

Ikzelf heb weinig impulsen nodig.

Als een leguaan van links naar rechts loopt vind ik dat al een hele gebeurtenis. Door de continue warmte zijn er hier een flora en fauna die me zeer bevallen.

Ik ben dol op leguanen.

Ik vermoed dat ze slimmer zijn dan wij.

Curaçao is niet het verloren paradijs.

Ofschoon ik het hier veiliger vind dan in Amsterdam is op het eiland genoeg armoede en criminaliteit om het hier niet al te paradijselijk te laten worden.

Als je Curaçao niet ziet als Scherpenzeel (Gelderland) in de tropen maar als Amsterdam in de tropen en je dus ook zo gedraagt, dan heb je het hier goed. Ik neem bijvoorbeeld nooit meer dan 200 naf (Nederlands Antilliaanse Florijn, circa 75 euro) mee als ik ga stappen.

Mocht ik overvallen worden, dan is dat de buit.

Het bestuur hier is een lachertje. Net zomin als arbeiderszelfbestuur werkt moet je ook geen voormalige koloniën zichzelf laten besturen. Willen ze in Nederland af van kleine gemeenten – 'die moeten maar fuseren' – hier heb je drieëntwintig bestuurslagen voor 150.000 mensen.

244 Er is hier een klassenmaatschappij. In Nederland ook, maar hier zie je het duidelijk. Daar moet je tegen kunnen. De zaken zijn op een ouderwetse manier verdeeld. Noem het neokoloniaal. Noem het zoals je wilt. Ik doe eraan mee. Ben ik nu een blanke onderdrukker? Of ben ik een prettig in de economie van het eiland meedraaiende werkgever?

Ik heb een poolguy, ik heb een tuinman, ik heb een huishoudelijke hulp die drie keer per week komt. Ze komt van Saint Vincent. Ik haal en breng haar van en naar de bushalte.

Mijn hulp vindt mijn getik, de hele dag, op die computer maar zinloos en vreemd. Ik woon dan wel in een mooi huis, maar zij doet pas iets nuttigs. Ik vind het droevig dat ze haar eiland vreselijk mist. Volgens haar is het mooier dan Curaçao, waar ze nu al dertig jaar woont.

Mijn hulp en ik zijn hier beiden immigranten.

Ik hoor hier nooit iemand klagen over het niet kunnen krijgen van een oppas. Dat is iets typisch Nederlands. Nederlanders zijn altijd druk, druk, druk met hun kinderen. Ze kunnen pas over zes weken iets afspreken. Het is altijd mijn grootste nachtmerrie geweest: de

Bugaboo in Amsterdam naar driehoog-voor lopen zeulen. Dat heb je hier niet. Vrienden van mij hebben een meid voor hun dochter. Dat is een rare zin als je niet weet dat er hier verschil is tussen een meid en een dochter. Een meid is hier de naam voor een inwonende hulp. Zij verzorgt hun dochter vierentwintig uur per dag, zesenhalve dag per week. Voor 250 euro per maand. Dat is in haar land, Colombia, een kapitaal. Zijn mijn vrienden nu blanke onderdrukkers? Neen, want het zijn donkere Curaçaoënaars. Het zijn dus zwarte onderdrukkers van een meisje van indiaans-negroide komaf. Je komt hier niet ver met simpel zwart-witdenken.

# .7.

Ook Bonaire is niet het verloren paradijs.

Mijn vader had elke keer beweerd dat, mocht ik ooit nog die richting uit gaan, ik Bonaire leuker zou vinden dan Curaçao. 'Ze doen daar meer aan natuurbeheer, het is echt buitengewoon schoon en leuk.'

Op twee punten had hij gelijk. Ze doen veel meer aan natuurbeheer en het is schoner dan hier op Curaçao, dat door veel eilanders gebruikt wordt als vuilnisvat. Zoals Hollanders een kabouter in de tuin hebben staan of een gruwelijke gans in het raam van hun cellencomplexen in de Vinex-wijken, zo heeft men hier in de tuin of het lapje dorre grond dat daarvoor doorgaat een autowrak of een kapotte ijskast staan. Als men na jaren de energie bij elkaar heeft geraapt wordt het ding in de roestige pick-up geladen en samen met het lijk van een hond gedumpt bij de baai van Sint Joris.

Of langs de weg.

Want Sint Joris is ver. Wel dertig kilometer.

Ik heb door mijn vader, en door zijn reisgids, een tijdje de illusie gehad dat buureiland Bonaire wel het verloren paradijs was.

Maar helaas. Ik had het kunnen weten toen een Curaçaose vriendin van mij vroeg voordat ik ging: 'Wat moet jij op dat geiteneiland?'

Ik had een mythisch-romantische voorstelling van Bonaire. Mijn vader had dat van het buureiland van Ibiza, Formentera.

Hij was zo verstandig om er nooit naartoe te gaan.

Het is een 'terra incognita' in zijn reisgidsen.

Ik was niet verstandig. Ik ging wel naar Bonaire.

Ik wilde zeven dagen gaan.

Ik was in minder dan achtenveertig uur weer terug op Curaçao.

Op de nummerplaten van de auto's op Bonaire staat 'Divers Paradise'. Het is dan ook het grootste deel van het jaar een 'Stappers Nightmare'. Na tien uur 's avonds is er niets te doen.

Wat veel mensen menen te moeten denken over Curaçao geldt echt voor Bonaire.

Bonaire is klein.

Niet letterlijk, het is een eiland van dertig kilometer lengte en maximaal elf kilometer breedte. Curaçao is 59,55 kilometer lang en maximaal tien kilometer breed.

Wonen op Curaçao naar schatting met Haïtianen, Colombianen en andere -anen zo'n 150.000 mensen (een volkstelling is hier moeilijk, zo niet onmogelijk), op heel Bonaire wonen 14.000 mensen.

Alle clichés waarmee men mij bestookte toen ik voorgoed naar Curaçao vertrok bleken waar te zijn voor Bonaire.

Het voelt klein. Iets wat Curaçao niet heeft.

De uitbater van het op Bonaire gevestigde restaurant Mona Lisa, waar ik door de gids van mijn vader terechtkwam en waar ik heerlijk heb gegeten, heeft er geen last van.

Maar hij komt dan ook uit een dorp van 10.000 mensen.

Hij is het gewend.

Ik niet.

Ik was Amsterdammer.

Uit de reisgids van mijn vader, *ABC, de Cariben voor beginners*, het stukje 'restaurants op Bonaire, Kralendijk'.

*Mona Lisa (aangeprezen met de kronkelige tekst 'A picture of good taste') ligt achter wat men noemt de boulevard van Kralendijk op*

*de Kaya Grandi 15. Ze serveren verse kreeft, dorade, red snapper en*
*grouper. Ook de lomito (ossenhaas) en de geheel zoals het hoort ge-*
*maakte dame blanche (met saus van chocolade die dus stolt op je*
*ijs en niet zoals bijna overal met een saus van chocoladeikhebeen-*
*gebrekaanfantasie) zijn om over naar huis te schrijven, wat ik bij*
*dezen maar eens doe.*

Ik was blij toen ik van Flamingo Airport opsteeg en terugvloog naar
Hato. Ik wilde de piloot, naast wie ik in het toestel van Divi-Divi
Air zat, bijna omhelzen.
Begrijp me goed, ik vind Bonaire heerlijk voor een weekend weg,
maar om er te wonen?
Dat kan ik niet.

Toen ik mijn besluit kenbaar maakte om voorgoed naar de bana-
nenmonarchie te vertrekken riep een van mijn vrienden: 'Een ei-
land? Wat moet je daar? Ik zou gek worden. Ik wil als ik dat kan zo
naar Parijs rijden of naar Londen vliegen!'
Nou heb ik die behoefte niet.
Ik heb weinig met Parijs en helemaal niks met Londen.
Ik mis Brussel.
In culinairtechnisch opzicht.

Uit de reisgids van mijn vader *België, de zilte parel:*

*Brussel kent goede restaurants, zoals Aux Armes de Bruxelles aan de*
*naargeestig toeristische Beenhouwersstraat 13 (rue des Bouchers voor de*
*Franstalige lezers). Maar vooral een aanrader is restaurant Taverne du*
*passage gevestigd op de Koninginnegalerij 30 (Galerie de la Reine).*
*Bestel een halfje champagne Taittinger met daarna de garnaalkroket-*
*ten (les croquettes aux crevettes), de verse filet americain met de echte*
*Franse frietjes (le filet américain préparé au buffet avec pommes frites*
*ou pain et beurre) vergezeld door een fles rode bordeaux uit de Moulis*
*van het Chateau Chasse-Spleen uit 1998 en maak het geheel af met de*
*ijscoupe Brésilienne. Daarna een groot glas eau-de-vie de framboise en*

*een pousse café. Dan zult u begrijpen waarom uw favoriete reisboeken-
auteur dit ziet als een van de laatste culinaire bastions.*

*Restaurant Taverne du passage ligt sinds 1928 enigszins verscholen daar
in de Koninklijke Sint-Hubertusgalerijen, dus loop er niet voorbij!
De keuken is zeven dagen per week geopend, van twaalf uur 's middag
tot middernacht.*

*De obers zijn een instituut op zichzelf. Gestoken in witte jasjes met
gouden epauletten nemen zij uw bestelling op. Met oprechte deelne-
ming als u probeert te bestellen in gebrekkig Frans. Ik raad u dan ook
aan hardnekkig in het Engels te bestellen.*

*Als het Amsterdamse Café Hoppe het Hoppe is van het pilsener bier,
dan is Taverne du passage het Hoppe van het eten. Het is het soort
restaurant dat eigenlijk niet meer bestaat in Amsterdam, als het al ooit
heeft bestaan…*

248   Als ik erover lees wil ik ernaartoe. Nu!

Alleen zit ik er 7788 kilometer vandaan en er vliegen vanaf hier
enkel vliegtuigen naar Schiphol. Maar ik kan er in elk geval nog
wel naartoe.

Naar het Amsterdamse L'Entrecote kan ik niet meer…

Soms verlang ik intens naar een maaltijd in dit nooit geëvenaarde
restaurant.

Je kon in dit restaurant, gevestigd in de Amsterdamse P.C.
Hooftstraat, alleen (nomen est omen) entrecote eten.

Ook wat betreft de mogelijkheden van een voorgerecht was er een
pre-MTV-generatie gebrek aan keuze; er was namelijk maar één voorgerecht: een bord groene Hollandse kropsla met mosterddressing en
walnoten.

Dan kwam de entrecote: rund- of kalfsvlees.

Het vlees, alvast in schuine repen voorgesneden
(o kindervreugd)
werd geserveerd met een mosterdsaus en met
(o kindervreugd)
heel dunne Franse frietjes waarvan je altijd
(o kindervreugd) een tweede portie kreeg!

Daarna (o kindervreugd) had je de keuze uit verschillende nage-rechten, waarvan ik elke keer de profiteroles koos (roomijs in bla-derdeeg met chocoladesaus).

Helaas is het restaurant met de onnavolgbare art-deco-inrichting (maar dan de jarenzeventiginterpretatie van art-deco) ergens eind jaren negentig plotsklaps gesloten.

Twee kookpotten hebben een poging gedaan om het restaurant te laten herleven in de Van Baerlestraat.

Maar afgezien van het feit dat je daar niet wilt eten vanwege de mensen die om je heen zitten (vastgoedtypes, geheel door Oger ge-klede scootermakelaars met te dikke dassen en ander tuig dat tegen-woordig meent Amsterdam-Zuid te moeten bevolken), ontbreekt de juiste saus.

## .8.

Mis ik mijn werk?

Ik ben blij dat ik tijdens mijn korte carrière als tv- presentator de woorden 'penis' en 'vagina' op de nationale tv heb mogen zeggen.

Ik heb duidelijk iets bereikt in dit leven.

Ik ben blij dat ik nog altijd voor DBS7 programma's mag inspre-ken. Het is een aardig idee dat ik hier op het eiland bij Tonijn FM teksten inspreek, die de volgende week in Nederland zijn te horen.

Internet staat voor niets.

Mis ik bepaalde mensen?

Ik mis mijn goede vrienden af en toe, maar ik woon hier aardig en of ze zijn al langsgekomen of ze komen nog langs. Als ze hier zijn zie ik ze intensiever dan ik ze ooit in Nederland heb gezien. En er zijn nieuwe vrienden ontstaan. Mannen.

In het halfjaar dat ik hier nu woon heb ik mij verre gehouden van vrouwen. Niet letterlijk, je staat hier in de kroegen dicht tegen el-kaar aan, maar figuurlijk wel.

Na Femmetje heb ik er geen zin meer in.

Bovendien is de tragiek dat bijna iedere vrouw die geschikt is om een relatie mee te hebben hier weggaat. Boel maakt daar handig gebruik van met zijn harem aan toeristes, maar iemand die iets serieus wil opbouwen (zoals het enig kind van twee enig kinderen met bindingsdrang) heeft een probleem. De ondeugende stagiaires gaan na een halfjaar snuiven en feesten weer weg, de hoger opgeleide expats die elke week harder het *tiktaktok* van hun biologische klok horen gaan onherroepelijk na drie jaar terug naar het moederland, de mensen die hier geboren zijn en verder in het leven willen, wat dat 'verder' dan ook is, gaan ook weg. Bijna iedereen gaat weg.

Ik niet meer.

Ik blijf hier.

Ik heb het namelijk, bij toeval, perfect gedaan.

Als je hier op een zekere leeftijd gaat wonen na een redelijk deel van de wereld te hebben gezien, dan heb je het hier uitstekend. Dan wil je niet meer weg.

Ongetwijfeld ligt het verloren paradijs ergens in de Cariben of in Polynesië, maar ik heb geen zin om amechtig dat verloren paradijs te gaan najagen.

Ik hou van Curaçao.

En dat is voor mij voldoende. Het paradijs zit in je hoofd, maar de omstandigheden hier helpen wel.

Ik heb de lome levensstijl van het eiland overgenomen.

Als de loodgieter zegt op maandag te komen, dan komt hij niet. Als hij woensdagochtend belt en zegt dat hij niet kon komen 'omdat de zwager van mijn "byside" (zijn minnares, hier een compleet gereglementeerd maatschappelijk verschijnsel) op Westpunt vast stond met de truck en ik moest helpen', dan weet ik dat hij liegt, hij weet dat ik dat weet en hij weet dat ik niet moeilijk zal doen. Ik weet dat hij als hij zegt dat hij donderdagochtend zal komen dat meent, maar ik ben niet verbaasd als hij niet komt. Wanneer ik vrijdagmiddag aan de rand van mijn zwembad zit en een sigaar rook met een Polar erbij, dan komt hij langs. Een slanke creoolse Surinamer met een snorretje en een gouden polsketting. Hij is hiernaartoe gekomen voor een beter leven. We drinken drie Polar, praten over zijn Colombiaanse vrouw die net in een Venezolaans ziekenhuis bevallen is van zijn tweede kind, en dan gaat hij aan de slag. Hij is drie uur bezig, lang genoeg om een stukje vlees van de barbecue mee te eten en te flirten met een van mijn vrouwelijke gasten. Als hij weggaat omhelzen we elkaar. We zijn eilandvrienden geworden.

Die vrijdagavond laat als mijn gasten weg zijn check ik, halfdronken, mijn e-mail. Ik lees mijn e-mail, als het meezit, eens per week. Ik moet me er werkelijk toe zetten om het te doen. Ik ben te geacclimatiseerd, vanaf het begin al, want ik denk er wel aan dat ik mijn mail moet checken maar ik doe het dan vervolgens niet. In mijn werkkamer is het vochtig en warm. Ik zet de airco aan en daarna de laptop. Ik neem een slok Polar en wacht tot de boel is opgestart. Buiten is het donker. De krekels en aanverwante artikelen 251 maken hun vertrouwde geluiden. Ik open mijn mail. Ondanks de warmte krijg ik het ijskoud. Er is mail van Femmetje. Drie dagen geleden verstuurd.

Lieve Pep,
Dat is lang geleden, hè. *Dogs* is voorbij, ging goed. Heb twee aanbiedingen voor nieuwe musicals. Ik kan over twee weken met vakantie. Vind je het leuk als ik dan kom kijken naar je huisje?

Liefs, je ex-Femplex (hi, hi)

Of ze bedoelt dat ze mijn ex is of dat ze geen Femplex meer is kan ik er niet uit opmaken. Ik besluit dat ik dat wel ontdek als ze op het eiland is of niet. Kan mij het ook schelen. Ik heb te veel gezopen. Ik haal een blikje Polar uit de ijskast. Laat maar komen, denk ik, en ik merk dat ik terstond een halve erectie krijg. Pavlov. Na wat heen en weer gemail spreken we af dat ze tweeënhalve week naar het eiland komt.

Ik leg haar uit dat ik niet bepaald een 'huisje' heb, maar een vrij groot huis, en dat ze dus makkelijk kan blijven logeren.

Die uitnodiging neemt ze graag aan. Of het is omdat ze het leuk vindt om bij mij in huis te logeren of omdat ze graag gratis wil overnachten, dat weet ik niet.

Wellicht moet ik ook niet zo denken. 'Poen, poen, poen, poen' van Sonneveld komt in me op. Het is waarschijnlijk geen toeval dat ze nu vliegt. Op dit moment is een ticket namelijk het voordeligst.

Ik ga op mijn porch zitten en kijk tevreden over de baai. Ik nip van een ijskoude Polar, die door de warmte niet lang op temperatuur blijft.

'Je moet hier wel snel drinken. Daarom drinkt iedereen hier zo snel. Als je niet snel drinkt, dan is je drankje lauw of je wijn is veel te warm.'

Zeer tevreden met dit pas verworven inzicht loop ik naar de drankkast en schenk mezelf een rum van Barbados in, Mount Gay.

'Rum is de enige drank voor dit klimaat. Het past goed bij een sigaar en het kan niet echt te warm worden.'

Ik kijk op mijn horloge, het is halfzeven in de ochtend in Holland. Even overweeg ik om Femmetje wakker te bellen maar ik verwerp die gedachte, ik ben veel te dronken.

'Bovendien weet je nooit wat die labiello doet als ze mijn stem weer hoort. Dan komt ze opeens weer niet.'

Als ik nog wat wil doen, het is pas vijf over halfeen, dan moet ik naar de nieuwste, net geopende nachtclub. Daar gebeurt het nu, deze nacht.

Maar ik heb geen zin om me te verplaatsen. Ik ga slapen, besluit ik.

Om halfvier zit ik nog te zuipen. Rum. In mijn eentje. Starend naar de baai.

Ik ben intens gelukkig.

# .9.

In Nederland was de tijd tot haar landing waarschijnlijk voorbij gekropen. Hier vliegt de tijd zo snel om, dat ik me bijna een dag vergis. Ze blijkt deze woensdag te landen en niet donderdag, wat ik steeds dacht.

Ik ga haar halen in de Explorer. Ik besluit mijn oudroze zwembroek aan te doen, waarvan ze, toen we op Kythera zaten, zeer gecharmeerd was. Ik trek een donkerblauwe Lacoste-polo aan en doe mijn Ray-Ban met de groene glazen op.

De dagen voordat ze komt zit ik elke middag een paar uur in de zon, iets wat ik normaal gesproken niet doe. Wie hier als blanke woont, doet bijna zijn best om er zo wit mogelijk uit te zien. Ook gooi ik voor het bruinen wat citroensap in mijn haar terwijl de op het Hervormd Lyceum geleerde woorden van Prediker door mijn hoofd galmen: 'IJdelheid der ijdelheden, alles is ijdelheid en het najagen van wind.' Passaatwind?

Ik ben te vroeg op Hato Airport. Ik zie de KL735 landen. Een oude man leent me zijn verrekijker. Hij draagt netjes gepoetste schoenen met sokken, een grijze pantalon met messcherpe vouw, een wit onberispelijk overhemd en een zandkleurige strohoed met een zwarte band. De hoed heeft de vorm van een vilten jagershoed. Hij vertelt dat hij een oude 'Otrobandiet' is, die na de dood van zijn vrouw elke dag een paar uur hier zit.

Hij vindt het komen en gaan van 'al die mensen' een mooi gezicht. Het stemt hem tevreden om het leven aan zich te zien voorbijtrekken zonder dat hij er nog deel aan hoeft te nemen.

Als hij klaar is met kijken gaat hij naar de zuster van zijn overleden vrouw, die elke dag voor hem kookt. Hij praat een verzorgd Nederlands dat ik in jaren niet meer heb gehoord. Ik vertel hem in het kort wat ik hier kom doen.

Ik zie, door de verrekijker, Femmetje lopen naar de douane. Ze kijkt verbaasd naar het felle licht en knijpt met haar ogen als een jong poesje. Ik ben dol op jonge poesjes.

253

Ik zwaai als een gek geworden toerist naar haar, maar ze ziet me niet. 'Stima ta un kos bunita (de liefde is een mooi ding)!' zegt de oude man. Hij moest eens weten.

Femmetje, die duidelijk mijn douanetip is vergeten, laat nog even op zich wachten. Ik loop naar de auto en haal uit de goedgevulde jug twee Polar. Ik drink met de oude man een blikje.

Na negen maanden en twee weken belt Femmetje me weer eens. Ze is door de controle heen en ze heeft haar bagage. Ik spreek af om naast de ingang te gaan staan, aan vanuit haar geredeneerd (iets wat ik te vaak gedaan heb) de rechterkant, voor de parkeerplaats van de bussen.

Ze ziet me en lacht breeduit.

Ik druk haar een biertje in haar handen.

'Wat zie jij er goed uit, Pep! Blond en zo bruin! Het leven hier doet je goed.'

We lopen dicht tegen elkaar aan naar de auto.

Mijn rechterarm om haar slanke, strakke middel.

Haar linkerarm om mijn schouders.

Ze aait me door mijn krullen.

Het voelt alsof we elkaar gisteren nog hebben gezien.

Tijd, afstand, gestichten, musicals. Het maakt niet uit. De band is er nog.

Als ik de auto start gaan de airco aan en de muziek.

'Mag de airco alsjeblieft uit? Ik wil de warmte van hier voelen. Mogen de ramen open? Wat een leuke muziekjes. Zenden ze dat altijd uit?'

We rijden een stukje. Ik neem niet de route voor gevorderden vanaf Hato, die is korter maar voert langs minder mooie stukken.

Ik rij via Piscadera en Willemstad. Ik wil graag dat Femmetje met-een de schoonheid van het eiland ziet. Halverwege vraagt ze of ik de auto even langs de kant wil zetten.

'Waarom?'

'Ik wil je wat laten zien. Zet hem even stil, please?'
We parkeren vlak bij de waterzuiveringsfabriek en stappen uit. Ik loop naar de passagierskant van de auto.
Femmetje trekt haar grijze sweatshirt uit. Daaronder heeft ze een mouwloos wit hemdje van geribbelde T-shirtstof. Ze pakt mijn hand en brengt deze naar haar lippen.
'Dit is mijn mond. Weet je nog wat ik daarmee kan doen en weet je wat ik daarmee nu ga doen?'
Ze zoent me vol op mijn mond. Onze tongen dansen een tango, waarbij zij aanvankelijk de leiding heeft, maar geleidelijk neem ik het commando over.
Amor omnia vincit, denk ik, liefde overwint alles, zoals op de grafsteen van mijn grootmoeder en dus ook die van mijn vader staat.
Femmetje is nog geen uur op Curaçao of ik sta hier met een gigantisch hard bewijs tussen mijn benen dat onze liefde alles overwonnen heeft.
Ze is mijn eeuwige liefde.

We stappen weer in de auto en rijden verder. Femmetje vindt het eiland fascinerend. Steeds als ze iets opmerkelijks ziet, klapt ze in haar handen.
We doen boodschappen bij de Vreugdenhil.
Femmetje valt van de ene voedseltechnische verbazing in de andere. Haar grootste verwondering betreft de aanwezige soorten drop en het feit dat je het complete assortiment van Conimex kunt krijgen.
Nadat de caissière de boodschappen heeft gescand, wil ze gaan inpakken. Ik leg haar uit dat zelf inpakken niet hoeft.
Hier pakken ze je boodschappen voor je in.
Je hoeft ze niet zelf in een plastic zak te proppen en je hoeft ook niet je handen te klieven met het scherpe hengsel van de tas want ze dragen je boodschappen voor je naar de auto.
Kosten: 1 naf (minder dan 40 eurocent).
Femmetje vindt het een ongekende luxe.

We naderen mijn huis.

Eerst moeten we door de beveiliging.

Ik stel Femmetje voor als mijn gast en laat haar inschrijven in het gastenboek. Niet dat het veel uitmaakt, want de gekleurde bewaking houdt enkel andere gekleurde mensen tegen.

Ze laten blanke vrouwen met bietjeskleurig haar rustig door.

'Holy shit zeg, Pep, wat woon je chic.'

Ik parkeer op de oprijlaan.

'Is deze villa jouw huis?'

Femmetje stapt uit en danst en springt en huppelt. Ik wil haar koffer uitladen maar ze trekt me aan mijn hand.

'Zien, zien, ik wil het zien. Ooo, je hebt een zwembad. Wat is het groot. O, wat een gezellige veranda. Wat een leuke hond. Wat een mooie bomen en wat een prachtige bougainville.'

Ik, die nooit in mijn hele leven ook maar iets gehad heb met tuinieren, weet hoe de plant hier op het eiland heet.

'In het Papiaments heet de struik Beyisma, in het Nederlands Bruidstranen, en in het Engels Coral Vine. Ik weet niet of het familie is van de bougainville.'

Er zijn grenzen aan mijn plantkennis. Voor je het weet heb je een groene duim.

'Bruidstranen? Net als dat grappige likeurtje met het bladgoud dat we een keer hebben gedronken. O Pep, wat is het hier mooi.'

Ik laat haar het huis verder zien. Bij wat ik, uit netheid, haar kamer voor de komende periode noem, kijkt ze teleurgesteld.

Als we binnenlopen in mijn slaapkamer klaart haar gezicht op.

'Dat bed, hè, dat ken ik ergens van. Volgens mij heb ik daar heel veel heerlijke uren in doorgebracht, als ik het mij goed herinner was het ergens aan een gracht of zo.'

Ze kijkt me semionschuldig aan.

'Mijn geheugen laat me een beetje in de steek. Misschien moet ik eventjes gaan liggen om mijn geheugen een beetje op te frissen.'

Ze voegt direct de daad bij het woord, gaat liggen en trekt haar van het zweet doordrenkte geribbelde T-shirt uit.

Daar ligt mijn ex-Femmetje, mijn ex-Femplex, met haar volmaakte bovenlichaam naakt.

Dat kan ik niet aan.

'Er zit iets heel geks in je zwembroek, het lijkt wel een grote leguaan. Kom eens hier...'

Ik ben weerloos.

Ze haalt, bijna teder, mijn erectie uit mijn zwembroek. Ze neemt hem in haar mond. Femmetje is nog geen anderhalf uur op het eiland of ze heeft mijn erectie in haar mond.

'Gwa bowe wop me liwwe.'

'Je moet niet met volle mond praten.'

Ze laat de leguaan uit haar mond ploepen en zegt: 'Ga boven op me liggen.'

We beginnen te zoenen. Ik ga boven op haar liggen, ze dwingt mijn erectie naar haar gespreide benen.

Binnen in haar zijn voelt als thuiskomen.

Ik ben weer op slag hopeloos verliefd.

Onze liefde is de sterkste die ooit is geweest.

Dit wordt de moeder van mijn kinderen.

257

We spreken heel veel in die dagen daarna maar het gaat niet over de voorbije tijd.

Ik vraag er ook niet naar.

Als Femmetje mij iets wil vertellen, dan doet ze dat wel. Bovendien, wat moet ik haar vragen?

Of ze nog steeds gek is?

Of ze haar pillen tijdig slikt?

Of ze nog steeds een grensgeval is?

Of ze nog weleens in haar schitterende armen kerft?

Haar armen waarin je de littekens alleen ziet als je weet waar je ze moet zoeken, zoals ik?

Of ze de liefde van mijn leven is of de liefde voor nu, voor heel even?

Ik geniet gewoon van het feit dat ze er is.

De hitte maakt ons loom en geil.

Dat is voldoende. Er is niets anders dan het nu.

# .10.

Tijdens een van de talloze gesprekken die we voeren vraagt ze hoe ik mezelf zie, vandaag over exact vijf jaar.

'Ik woon nog steeds hier. Het is prachtig weer, er staat een lichte bries die de dunne witte gordijnen doet wapperen. Door mijn oogharen heen zie ik twee blonde kindertjes met krulletjes braaf spelen. Ze zijn met een schepje het water uit het zwembad aan het scheppen in een emmertje.'

Een typische Femmetje-vraag volgt: 'Wat voor kleur heeft het emmertje?'

'Geel, groen en blauw. Er staan allemaal beestjes op. Schildpadden voornamelijk.'

'Dat is een leuk emmertje, Pep,' zegt ze met haar kleinemeisjesstem.

Ik pak haar vast en zeg: 'Ik draai me om naar je, ik hou jou vast, jij, de moeder van mijn kinderen, de liefde van mijn leven...'

Ik zie dat haar ogen vochtig worden.

'Ik kus haar en aai over haar buik, waar ons derde kind in wacht.'

Ze huilt.

'O, Pep, o lieve, lieve Pep.'

Ze omhelst me en houdt me vast met alle kracht in haar.

'Ik zou niks liever willen.'

# .11.

Tweeënhalve week vliegt voorbij.

De dag van het afscheid is aangebroken.

De avond ervoor hebben we seks gehad alsof het lot van deze wereld van ons geneuk afhing.

Wees gerust, de wereld is gered.

De volgende ochtend douchen we samen.

Ik vraag haar om te blijven, hier bij mij.

Om de vlucht te laten schieten, om samen een nieuw leven op dit eiland te beginnen.

Ze huilt, we knuffelen, maar ze zegt niks.

Ik weet dat mijn pogingen zinloos zijn.

En ergens, diep in mijn binnenste, meen ik ze ook niet meer volledig. Zelfbescherming? Is het afstand nemen nu al begonnen omdat ik weet dat ze gaat? Zijn we deze tweeënhalve week op zoek geweest naar de verloren tijd? Is dit het sluitstuk van de grootste liefde die er ooit is geweest?

Ze gaat.
Ze is gekomen (vaak zelfs deze vakantie) maar ze gaat.
Nu.
Het kan niet anders.

En ik voel dat ze niet terugkomt.

Ik wil het anders.
Ik wil de rest van mijn leven naast haar wakker worden.
Ik wil die kinderen met blonde krulletjes. Voor mijn part is de haarverf dusdanig in haar DNA verankerd dat we kinderen met bietjeskleurig haar krijgen.
Ik wil haar.
Ik wil haar kinderen.
Met haar wil ik oud worden.
Ik wil Femmetje.
En Femmetje wil mij.

Maar ze kan het niet.

Ik rij haar naar Hato.
De ramen zijn dicht, de airco staat op Zweedse winter.
De radio laat enkel droevige tango's horen.
Het is zwaarbewolkt.

Even overweeg ik om van de Julianabrug af te rijden, rechtstreeks de Sint Annabaai in.

Laat mij nu, hier op deze brug, onze grote liefde, onze zo meteen eindigende liefde, spectaculair laten besluiten met een gruwelijk ongeluk. Maar ik hou te veel van mezelf. Bovendien wil ik het mijn moeder niet aandoen.

Op Hato moeten we abrupt afscheid nemen.

De vertrektijd is genadeloos.

We tranen allebei. Ze bedankt me voor alles. Ze belooft me te mailen, te sms'en. Ze roept: 'We bellen, lieve Pep,' als ze de deuren naar de douane door loopt. Alle vormen van contact zullen worden onderhouden, maar ik weet dat het niet zal baten.

Zij zit straks daar in Nederland en ik zit hier op het eiland.

Ze komt niet opeens over twee weken terug.

Onze liefde is in theorie eeuwig, maar in de praktijk niet.

Liefde overwint niet alles.

# .12.

Ik ben diepbedroefd tijdens het terugrijden.

Ik besef, als mijn tranen opdrogen door de koelte van de airco en als ik het hoofd weer koel en helder heb, dat op de allereerste plaats in haar leven het acteren komt. Ik besef dat het acteren haar de mogelijkheid geeft om in een andere persoonlijkheid te verdwijnen. Het acteren is een vlucht van zichzelf, een toevluchtsoord, een veilige haven ver weg van de wervelstormen in haar hoofd. Ver weg van de dwanggedachten, ver weg van het leed in haar jeugd, ver weg van het straf/beloningssysteem, ver weg van het gitzwarte niets. Daarom is haar wil om op het toneel te staan, om te acteren, groter dan wat dan ook, groter dan de wens om moeder te worden, zelfs groter dan onze liefde.

Een liefde waarvan ze vindt dat ze die niet verdient.

Hoewel de musical een grillige minnaar is, heeft het een groot voordeel voor haar: het is geen mens.

Mensen hebben haar weggedaan. Haar eigen moeder heeft haar weggedaan. Je kunt misschien ook niet verwachten dat iemand die in haar vroege jeugd zo beschadigd is daar ooit geheel van herstelt. Dat zo iemand vertrouwen heeft in de liefde, dat iemand die zo geschonden is, vertrouwen kan hebben in haar geliefde. Dat Femmetje kan kiezen voor de afhankelijkheid die in elke relatie zit, voor het aangaan van de diepere band die je als ouder hebt met je kind, dat ze ervoor kan kiezen om oud te worden met mij.

Ik wil haar alle liefde geven die ik in me heb, maar ze kan die liefde niet ontvangen.

Heeft ze mijn liefde gespiegeld? Is al mijn liefde slechts teruggekaatst? Zag ze door mij hoe mooi het kon zijn, maar geloofde ze het niet? Zijn haar leed en haar pijn vertrouwder metgezellen dan ons geluk en de belofte van een mooie toekomst, de belofte om samen het leven te beleven?

Ik ben nog steeds diepbedroefd als ik thuiskom, maar het wonen op het eiland heeft op het punt van verdriet een curieus voordeel. Leed voelt anders als de oorzaak van dat leed zich met grote snelheid verplaatst naar een punt dat 8100 kilometer verderop ligt. Een stipje op de wereldbol waar ik in het geheel niet wil zijn.

De tijd heeft al heel wat door Femmetje aangebrachte wonden geheeld (hoewel ze er ook weer wonden bij slaat), dus deze wond zal ook dichtgroeien en overwoekerd worden met de herinneringen aan de mooie momenten.

Het gaat in het leven om het hier en nu.

Niet om loze beloften.

Het gaat er niet om wat je zegt maar wat je doet.

Je kunt nog zo hard roepen dat je bij iemand wilt zijn, dat je met je grote liefde kinderen wilt, maar als je vervolgens weggaat naar Polderonië om een bepaalde ambitie na te jagen, dan is er duidelijkheid.

Ik kan hoog of laag springen, maar het is niet anders.

# .13.

Die avond, om een uur of elf, zeven uur nadat ik Femmetje op Hato heb afgezet, ga ik uit.

Het is donderdag, dus volgens het strakke recreatieschema waar we ons op het eiland allen aan moeten houden ga ik naar De Heeren.

Boel is er, Mick, Thierry Pablo, dokter Wederfoort.

Iedereen is er. Mijn vrienden. Mijn drinkmaten.

Ik dans een innige dans met Koning Alcohol. Van alle kanten komen de troostende whisky's met ijs. Boel geeft me een Cohiba Siglo IV.

Om halfeen, in een waas van sigarenrook en White Label met ijs, kom ik jou tegen.

Ik loop je bijna omver.

Ik voel doordat ik per ongeluk met mijn linkerelleboog tegen je aan stoot de grootte van je borsten.

Ik voel de warmte van je lichaam.

Het vonkt.

Nadat je hebt gezworen dat je geen toeriste bent, maar hier op het eiland woont en voorlopig niet van plan bent om te vertrekken, raken we verder in een gesprek waar we niet meer uit komen.

Uren later dansen onze tongen de merengue op mijn porch.

De maan is bijna vol.

De leguanen schuifelen door het struikgewas.

Even meen ik tussen de cactussen een kind met blonde krulletjes te zien.

Er is hoop.